Paula Piepenbrock, Nordhessin von Geburt, aber nicht aus Überzeugung, findet sich unversehens in ihrer Heimatstadt wieder. Das Leben in der Provinz läßt sich zunächst gar nicht mal so übel an. Auf einem Punkkonzert trifft sie ihre Jugendliebe Heiner wieder, der mittlerweile Assistenzarzt am örtlichen Krankenhaus ist. Allein, zu dem von Paula erwarteten Tête-à-tête soll es nicht mehr kommen: Sie findet den Exgeliebten tot in seiner Wohnung. Die Beamten der Mordkommission nehmen ihre Arbeit auf. Leider hat Paula eine alkoholbedingte Gedächtnislücke, was die Tatzeit betrifft, und wird von der Zeugin zur Verdächtigen. Unter Rechtfertigungsdruck belebt sie ihre alten Kontakte in der Kleinstadt und beginnt auf eigene Faust den Mörder zu suchen. Jeder im Städtchen scheint Hinweise liefern zu können: die Teilnehmerinnen einer Tupperparty ebenso wie ehemalige Mitschüler, Nachbarn, eine Punklady und Axel, der Wirt in Paulas Stammkneipe. Ist vielleicht sogar einer von ihnen der Mörder?
Ein spannender Krimi mit kleinstädtischem Lokalkolorit, voll skurriler Charaktere und witziger Dialoge.

Karin Ebeling, Jahrgang 1965, und *Sabine Pachali*, Jahrgang 1964, lernten sich im Religionsunterricht kennen; schätzen lernten sie einander später. Seit 1983 standen sie in regem Briefkontakt, bis sie 1994 das Briefeschreiben einstellten und ihren ersten gemeinsamen Krimi verfaßten, der hiermit vorliegt.

Karin Ebeling · Sabine Pachali

Alles, alles geht vorbei

Roman

Fischer Taschenbuch Verlag

Die Frau in der Gesellschaft
Herausgegeben von Ingeborg Mues

Originalausgabe
Veröffentlicht im Fischer Taschenbuch Verlag GmbH,
Frankfurt am Main, Oktober 1999

Gesamtherstellung: Clausen & Bosse, Leck
Printed in Germany
ISBN 3-596-14123-0

Die Welt ist einmal, was sie ist,
und die Dinge verlaufen nicht,
wie *wir* wollen, sondern wie
die *andern* wollen.

Theodor Fontane: Effi Briest

Samstag, 4. September 1993, abends

Alles, alles geht vorbei ...

Dies hoffte ich inständig, was das Geschehen auf der Bühne vor mir betraf. In bezug auf meine Anwesenheit an diesem Ort akustischen Grauens war mein Glaube daran jedoch grundlegend erschüttert. Als Nicht-einmal-Gattin eines Noch-nicht-ganz-Beamten hatte es mich in genau die nordhessische Kleinstadt zurückverschlagen, in der ich aufgewachsen war. Nicht, daß ich mir erträumt hätte, überhaupt wieder in einem derartigen Kaff zu landen, aber ausgerechnet hierher zurückzukehren ließ die letzten zehn Jahre wie eine bloße Unterbrechung eines Daseins als Provinzmaus erscheinen. So stand ich jetzt also in der vertrauten Stadthalle, in der ich nie wieder hatte stehen wollen, und ließ die Lärmbelästigung einer ländlichen Damencombo, die sich dem Artenschutz in Form der Bewahrung des Punk verschrieben hatte, über mich ergehen. Es war ein Alptraum in jeglicher Hinsicht, dem ich dadurch zu entgehen suchte, daß ich die Abstände zwischen zwei Bieren möglichst kurz bemaß.

Marmor, Stein und Eisen bricht ...

Die Stimme, die hier so zuversichtlich von der Vergänglichkeit fast alles Irdischen kündete, kam mir vage bekannt vor. Von meinem Standort am hinteren Ende des Saales aus konnte ich nur vermuten, daß ich auch das Gesicht über einem schwarzen T-Shirt mit abgeschnittenen Ärmeln schon gesehen haben mußte. An den pinkfarbenen Streifen im dunklen, kurzen Haar konnte ich mich allerdings nicht erinnern. Das Outfit der Sängerin wurde durch eine pinkschwarz gestreifte Röhrenjeans komplettiert. In dieser Aufmachung unterschied sie sich nur unwesentlich von den beiden anderen Bandmitgliedern im redlichen Bemühen, dem Namen *Pink Lemons* alle Ehre zu machen. Meine Güte, es war wirklich noch längst nicht an der Zeit für Revivals der achtziger Jahre. Oder hatte man letztere in diesem Teil der Welt einfach noch nicht für tot erklärt?

Immerhin wurde ich neugierig – eine Gemütsregung, die mir

seit einiger Zeit, genauer, seit ich wußte, welche Zukunft mir bevorstand, fremd geworden war. Beim Gedanken daran, meine Ellenbogen zu Hilfe nehmen und mir einen Weg zur Bühne bahnen zu müssen, um festzustellen, ob Anne wirklich Anne war, endete dieser Anflug von Interesse allerdings schlagartig. Um keinen Preis hätte ich mich freiwillig in das Getümmel der Fünfzehn- bis Zwanzigjährigen gestürzt, blaue Flecken in Kauf genommen und mich der Gefahr ausgesetzt, mir unglaublich alt vorzukommen. Schließlich war ich fast dreißig, und diese Tatsache trug momentan ganz entschieden nicht zur Steigerung meiner Stimmung bei. Martin, der Noch-nicht-ganz-Beamte und letztendliche Grund meines Hierseins, wurde offensichtlich nicht von derartigen Überlegungen geleitet, denn er sprang und rempelte inmitten seiner künftigen Schülerinnen und Schüler auf der Tanzfläche herum.

Gerade als ich dabei war, mir unter erschwerten Bedingungen eine Zigarette zu drehen, tauchte Martin auf, erhitzt und übers ganze Gesicht strahlend, drückte mir einen feuchten Kuß auf den Mund und machte auf dem Absatz wieder kehrt. »Na, amüsierst du dich genauso gut wie ich?« sollte dieser kurze Auftritt wohl im Klartext heißen. Hüpfend und wild mit den Armen fuchtelnd, nahm er erneut Kurs auf die Tanzfläche. Der Mann hatte noch nie tanzen können, was ihn allerdings nicht daran hinderte, es immer wieder zu versuchen, und was zumindest *seine* gute Laune auch nicht im geringsten beeinträchtigen konnte. Nun, wenigstens einer, der seine Gesellschaftsfähigkeit nicht ob eines kolossalen Stimmungstiefs, bedingt durch den Umzug in die hessische Provinz, eingebüßt hatte. Darüber hinaus konnte er sich einen gesunden Zukunftsoptimismus leisten: Schließlich würde er zum Schuljahresbeginn am Montag eine feste Stelle antreten, damit über ein geregeltes Einkommen verfügen und zu allem Überfluß auch noch in dem Beruf arbeiten, in dem er immer hatte arbeiten wollen. Meine Aussichten für die kommende Woche – und vermutlich auch für die darauf folgenden – bestanden hingegen darin, mich der noch zahlreich vorhandenen randvollen Umzugskisten anzunehmen und mich mit meiner neuen Rolle als Hausfrau zu arrangieren. Ich brauchte ein frisches Bier.

Glücklicherweise hatte ich meine strategisch günstige, weil thekennahe Position nicht aus schierer Neugierde aufs Spiel gesetzt. Ich gelangte ohne nennenswerte Hindernisse ins Foyer. Der Lärmpegel sank auf ein etwas erträglicheres Maß herab. Dafür war ich jetzt dank der Festbeleuchtung eventuellen Fragen nach dem Grund meiner Anwesenheit schutzlos ausgeliefert, und – was weitaus schlimmer war – jeder, den es interessierte, konnte mich bei meinem Tun beobachten. Im Geiste hörte ich schon das Telefon klingeln: am anderen Ende der Leitung meine besorgte Mutter in der Absicht, ihre Erkundigungen nach meinem Wohlbefinden mit einem Vortrag über die Folgen des Alkoholmißbrauchs zu verbinden. Da auf den ersten Blick aber kein Gesicht zu erkennen war, das wiederum mich hätte erkennen können, ging ich weiter und stellte mich am Bierstand an.

Nun verfolgen uns die Gespenster aus einem früheren Leben aber leider nach keinem bestimmten System. Sie kommen und gehen, wie es ihnen beliebt. Sollte nämlich das Gesicht des Gespenstes, das ich soeben meinte gesehen zu haben, zu der menschlichen Rückseite gehören, die gerade in den Saal entschwand, hatten beide hier und heute genausowenig zu suchen wie ich. Bevor mein Verfolgungswahn ausarten konnte, war ich an der Reihe, bestellte ein Pils und nahm den Plastikbecher in dem Moment entgegen, als sich eine Hand auf meine Schulter legte.

»Paula, was machst du denn hier?«

Nicht, daß ich auf diese Frage nicht vorbereitet gewesen wäre, aber zusammen mit dem Druck auf meine Schulter brachte sie, so unverblümt gestellt, mein Bier zum Überschwappen.

»Ich steigere den Umsatz meines Hörgeräteakustikers«, erklärte ich im Umdrehen und blickte dem indiskreten Störenfried direkt ins Gesicht. Mein Gegenüber zuckte ein wenig zurück, und der arglos erfreute Ausdruck in seinen Augen wich dem einer leichten Irritation. Vor mir stand Axel, der schon seit Ewigkeiten in der einzigen Kneipe vor Ort arbeitete, die ich nicht ganz schlechten Gewissens hätte empfehlen können. Zumindest hatte er das schon getan, als ich als Schülerin dort verkehrte, und er war auch noch dort gewesen, als ich vor zwei Jahren im *Rusti* Zuflucht gesucht hatte. Da nicht davon auszugehen war, daß sich sein Tätigkeitsbereich inzwischen verändert hatte, und für Kneipenwirte eine Art Schweigepflicht sicherlich ebenso verbindlich war wie für Ärzte und Priester, wich meine Kleinstadtphobie allmählich einem Gefühl von relativer Sicherheit. Außerdem mochte ich Axel oder konnte mich zumindest an keinen Grund erinnern, warum ich das nicht hätte tun sollen.

»Na, Axel«, sagte ich betreten, während Bier von meiner Hand tropfte, »heute ausnahmsweise mal vor und nicht hinter der Theke?« Meine idiotische Bemerkung machte mich noch um einiges verlegener. Dankenswerterweise war meine Neigung zum Rotwerden nicht sonderlich ausgeprägt.

Axel schien jedoch keinen Anstoß zu nehmen und erklärte nicht ohne Stolz: »Seit ich mein eigener Chef bin, stehn au ma annere für mich hinner der Theke. Hab den Schuppn vorn paar Jahren gepachtet. Na ja, und wenn ich kein Bock hab, dann geh ich halt. Das läuft soweit ganz gut, weil ich meistens wen finde, der für mich einspringt. Heute wars 'n bißchen schwierig, weil die meisten hierher wollden, aber dann hats doch noch geklappt. Hätt mich tierisch genervt, wenn ich Anne verpaßt hätt.«

»Dann isses also wirklich Anne. Ich war mir nicht ganz sicher. Und, ehrlich gesagt, hab ich sie hier auch nicht mehr erwartet.«

»Doch, klar isse noch hier. Wieso au nit? Ich finds klasse, wasse so alles auf de Beine stellt. Die wollden die Band zuerst *Dildo Sisters* nennen, aber wegen ihren Alden ham ses dann doch nit gemacht. Na ja, wär hier in der Gegend wahrscheinlich eh nit so gut gekommen. Aber du klingst ja eher abgenervt. Wieso bistn dann hier?«

Eine gute Frage. »Daß ich gereizt bin, hat nichts mit dem Konzert zu tun. Im Gegenteil, ich finde es ziemlich ... mutig, was die drei da machen. Ich meine, es gehört schon einiges dazu, sich auf eine Bühne zu stellen und ..., also überhaupt vor Publikum aufzutreten«, kriegte ich gerade noch die Kurve und erklärte ausführlich, wie nervtötend es doch sei, wochenlang inmitten von Umzugskisten zu leben, die es entweder ein- oder auszupacken gilt und deren unergründliche Tiefen das gerade dringend Benötigte garantiert nicht wieder hergeben. Einer diplomatischen Eingebung folgend vermied ich hinzuzufügen, daß auch das entscheidende Kabel zum Anschluß unseres Videorecorders in einer der besagten Kisten verschwunden blieb. Da das Fernsehprogramm erwartungsgemäß auch nichts zu bieten hatte, war uns nichts anderes übriggeblieben, als dem kulturellen Ereignis vor Ort beizuwohnen.

»Da mußte durch, aber dann haste Ruh. Erstma«, grinste er. »Wo bistn hingezogen?«

Ich sagte es ihm.

»Ich dachte, du bist nur ma widder zu Besuch. Alder Fisch, da biste ja in gefährliche Nähe zu deiner Verwandtschaft gerückt. Hattense dich nit gerade ziemlich geknechtet, als wir uns das letzte Ma gesehn ham?« Sie hatten.

Zum Geburtstag meiner Mutter vor zwei Jahren hatten sie ausnahmsweise familiäre Eintracht demonstriert und waren kollektiv über mich hergefallen. Zunächst hatte man allgemein Befremden über meine ausgedehnte Studienzeit kundgetan. Ich hatte es vorgezogen, mich nicht zum Thema zu äußern. Jeder Rechtfertigungsversuch meinerseits wäre auch überflüssig gewesen, war die Tischgesellschaft doch stillschweigend übereingekommen, daß es eigentlich um etwas ganz anderes gehen sollte. Den entscheidenden Vorstoß hatte meine Tante Waltraut aus Merseburg gemacht, indem sie andeutete, daß es da doch nun schon seit einigen Jahren diesen jungen Mann in meinem Leben gäbe. Der langen Rede kurzer Sinn, wenn wir uns endlich entschlössen zu heiraten, könne alles seinen geregelten Gang gehen. Oder ob wir etwa keine Kinder haben wollten? Bedauerlicherweise hatte der junge Mann und potentielle Kindsvater gerade durch Abwesenheit geglänzt, so daß ich die vehemente Forderung nach unserem Tribut an den Fortbestand der Menschheit allein abzuwehren hatte. Tante Waltraut hätte wohl bald aufgegeben, aus schierer Verzweiflung über meinen hoffnungslosen Fall. In ihren Augen würde ich aufgrund meines fortgeschrittenen Alters von Glück sagen können, wenn ich Martin überhaupt noch dazu bewegen könnte, mich zu ehelichen.

Leider war der Rest der lieben Anverwandten ebenfalls der Meinung gewesen, daß ich die westliche Altersgrenze nicht nur erreicht, sondern bereits überschritten hatte. Einzig meine Mutter hatte einen schwachen Versuch unternommen, ihrer ältesten Tochter zu Hilfe zu eilen. Heutzutage würden die jungen Leute sich einen solchen Schritt ja sehr genau überlegen, hatte sie gemurmelt, war aber nicht allzu überzeugend gewesen, da ihre Augen bei der Vorstellung von fröhlichem Kinderlachen und trippelnden Füßchen immer diesen feuchten Glanz bekommen.

»Überlejen, überlejen, wos gippets dann da noch zu überlejen«, hatte Nachbar Karl-Heinz Faupel, vierfach gesegneter Vater, plötzlich losgelegt, wohl um das leidige Thema mit einem männlichen Machtwort zu beenden. »Mensch, Mäjen, sieh zu, daß de us dieser Kommune wegkimmest oder wie ihr dafür sacht. Me weiß ja, wies da zugeht ... Schnapp dir dinnen Schullehrer und setz Kinner in de Welt. Ich saache dir, je länger de wachtest, deste schwierijer wirds.« Hier hatte einer gesprochen, der sich auskannte in der Welt.

An dieser Stelle war ich gegangen, schnurstracks ins *Rusti*. Leider hatte ich nicht mehr zum Gelingen des Festes beitragen können.

»Wenigstens können sie mich nicht mehr drängen, endlich mein Studium abzuschließen«, erklärte ich Axel jetzt wenig optimistisch, weil ich mich darauf gefaßt machen mußte, demnächst unangenehme Fragen nach Sinn und Zweck des Unternehmens Studium schlechthin beantworten zu müssen. Nicht, daß ich schon Antworten parat gehabt hätte.

»Ach, dann bisde jetz fertig? Sach ma, is das eigentlich euer Abi-Jahrgang, der in zwei Wochen diese Fete zum Zehnjährigen macht?«

»Ja.« Neuneinhalb der seither verstrichenen Jahre hatte ich an diversen Universitäten verbracht.

»Du hast was mit Sprachen gemacht, stimmts?«

»Mhm.«

»Und hast tatsächlich hier 'n Job gekricht ...« Die Beharrlichkeit, mit der er sich an der Skala meiner wunden Punkte entlanghangelte, war wirklich bemerkenswert.

»Nein.«

Axel startete einen neuen Konversationsversuch: »Früher warste doch immer ganz gut in Deutsch. Hab gehört, dasse beim *Wochenplättchen* wen zum Korrekturlesen brauchen. Geh doch ma hin und fraach.«

»Danke für den Tip, aber ich glaube, das ist nicht ganz das, was mir vorschwebt.« Ich verspürte nicht die geringste Lust, mich durch die Veranstaltungshinweise und Berichte der diversen Fußball-, Kaninchen- und Taubenzuchtvereine zu arbeiten und hier ein Komma hinzuzufügen und dort ein P durch ein B zu ersetzen.

»War ja nur 'n Vorschlaach. So, ich will ma widder rein, sonst verpaß ich doch noch de Hälfte. Man sieht sich. Du weißt ja, wo de mich findest ...« Sprach's und verschwand.

Was blieb mir anderes übrig, als mich gleichfalls in das Getümmel zu stürzen und den endgültigen Verlust meiner Hörfähigkeit zu riskieren? Immerhin bot die diffuse Beleuchtung im Saal eine gewisse Anonymität und die Möglichkeit, in der Menge zu verschwinden. Am Eingang mußte ich mich zunächst durch einen Pulk weiblicher Fans schlängeln, die Schlaghosen, kunstvoll gehäkelte Westen und klotzige Schuhe trugen. Von der Ästhetik der Plateausohle ließen sich vermutlich nur diejenigen überzeugen, die sie nicht schon vor zwanzig Jahren scheußlich gefunden hatten. Im Saal war man bereits ein, zwei Moden weiter und verlangte konsequent immer noch *Anarchy for the U.K.*, eine Forderung, die mir nach einer Dekade Thatcherismus und angesichts des Sittenverfalls im englischen Königshaus überholt schien. Mutig, wirklich außerordentlich mutig.

Während ich so vor mich hin sann, hatte sich jemand zu mir gesellt, der die Stirn hatte zu behaupten, daß er erwartet hätte, mich irgendwann hier zu treffen. Dazu fiel mir erst einmal überhaupt nichts ein. Ich hätte nie damit gerechnet, daß der Mund, der jetzt zu mir sprach, tatsächlich zu der Rückseite gehörte, die ich vor einer halben Stunde gesehen hatte. Das fleischgewordene Phantom fügte hinzu, sich auf diesen Moment gefreut zu haben. Ich schätze, ich freute mich auch.

»Reist du als männliches Groupie im Gefolge der Band, oder machst du Ferien hinter mittelalterlichen Stadtmauern?« Menschen bringen ihre Freude auf unterschiedliche Weise zum Ausdruck. Meine diesbezüglichen Ausdrucksmöglichkeiten sind außerordentlich begrenzt. Ich konnte nur hoffen, daß mindestens die Hälfte meiner Äußerung vom lautstarken Beifall übertönt worden war. Offenbar hatte ich Glück.

»Ich sehe, dein Bier ist auch alle«, brüllte mir Heiner ins Ohr. »Laß uns rausgehen, hier versteht man sowieso sein eigenes Wort nicht.«

Wir machten uns auf den kurzen Weg zur Theke, der jetzt nahezu unpassierbar geworden war. An den verzückten Gesichtern ringsum erkannte ich, daß mir im Verlauf des Abends irgend etwas entgangen sein mußte.

Wieder im unvorteilhaften Licht des Eingangsbereichs angekommen, überprüfte ich, ob meine Phantasie mir nicht möglicherweise doch einen Streich gespielt hatte. Es bestätigte sich aber nicht nur endgültig die Identität meines Gegenübers, sondern die Beleuchtung machte auch die ersten Zeugnisse des natürlichen Alterungsprozesses sichtbar. Da zeigten sich die ersten silbernen Fäden im dunkelblonden Haar, und das Auftreten von Lachfalten war nicht mehr allein ans Lachen gekoppelt. Hinzugekommen war auch eine kleine Narbe knapp über der rechten Augenbraue. Manche Leute, und mein Gegenüber gehörte eindeutig dazu, gewinnen mit zunehmendem Alter noch an Attraktivität. Nahezu neun Jahre hinterlassen ihre Spuren, und ich fragte mich etwas besorgt, welche davon wohl gerade in meinem Gesicht zur Geltung kommen mochten.

»Warte doch einfach hier, während ich uns schnell noch was zu trinken hole«, erbot er sich. »Es ist nämlich gleich Pause.«

Das gab mir die Gelegenheit, eine Zigarette anzuzünden und sehr tief durchzuatmen. Ich fühlte mich zugegebenermaßen ein wenig durcheinander, aber auf die angenehme Art. Äußerst unangenehm war mir hingegen, daß sich Tanja, der jüngste Sproß der

Faupelschen Sippe, direkt in meinem Blickfeld befand. Allerdings war sie gerade in ein Gespräch mit einem Jüngling mit Baseballmütze vertieft, das heißt, sie lauschte seinen Worten und himmelte ihn hemmungslos an. Ich hatte also gute Chancen, unbemerkt davonzukommen.

Das Bier, das mir unter die Nase gehalten wurde, erinnerte mich an meine eigenen Angelegenheiten. Die Zigarette in der einen Hand, den Becher in der anderen, brauchte ich mich wenigstens nicht mehr darum zu kümmern, was ich mit meinen Händen anstellen sollte.

Heiner sagte: »Um deine Frage von vorhin zu beantworten: Von einem Urlaub bin ich momentan so weit entfernt, wie man nur sein kann. Ich arbeite hier, hab Ende letzten Jahres 'ne Stelle als Assistenzarzt im Krankenhaus gekriegt.«

»Das Leben ist manchmal hart zu uns.« Das *Hospital zum Heiligen Geist* war nur eine von zahlreichen Einrichtungen der Stadt, die sich fest in katholischer Hand befanden.

»Und du? Besuchst du deine Eltern übers Wochenende?«

»Von einem Wochenendbesuch bin ich momentan so weit entfernt, wie man nur sein kann«, erklärte ich mit einem schiefen Grinsen. »Ich wohne wieder hier, allerdings nicht bei meinen Eltern.«

»Wie kommt's?« Nie zuvor war ich jemandem für einen derartig verständnislosen Blick so dankbar gewesen. Endlich ein Mensch, der ein gewisses Befremden darüber zum Ausdruck brachte, daß ich an die Stätte meiner Kindheit zurückgekehrt war. Er lud sogar noch nach und fragte, ob dies meine freie Entscheidung gewesen sei. Ich war entzückt!

»Halb und halb«, kam mir das Zugeständnis an die Wahrheit etwas schwerfällig über die Lippen. »Mein Freund ist Lehrer und hat ausgerechnet hier eine Stelle an der Schule bekommen. Wir wollten zusammenziehen, und meine WG hat sich ohnehin gerade aufgelöst. Außerdem macht es keinen großen Unterschied, ob ich hier oder in Marburg als arbeitssuchend registriert bin, jedenfalls nicht mit meinen Fächern. Der Bayerische Wald oder die Schwäbische Alb wären mir allerdings lieber gewesen.«

»So etwas solltest du dir nicht wünschen«, bemerkte er schlicht. »An welcher Schule ist dein Freund denn?«

»Na, an meiner doch«, gab ich unwillig von mir, konnte meinen Unmut über dieses pikante Detail aber nicht näher ausführen, da in diesem Moment der Run auf die Theke einsetzte und wir von denjenigen, die eingeschult worden waren, als ich Abitur gemacht hatte, gegeneinandergedrückt wurden. Wir standen offenbar im Weg.

Beim Versuch, uns in den Saal zurückzukämpfen, trafen wir auf Martin, der seinerseits auf dem Weg war, seinen offensichtlichen Flüssigkeitsbedarf zu stillen. Er wirkte abgehetzt, schien aber erfreut, mich zu sehen. Als er den Mund öffnete, kam ich ihm zuvor: »Na, amüsierst du dich?« Martin klappte den Mund wieder zu. Zu dritt wichen wir seitlich aus und retteten uns an die Wand, wo ich mich schließlich doch einiger Höflichkeitsregeln besann. »Heiner, das ist Martin. Martin – Heiner«, stellte ich vor und beschloß, es dabei bewenden zu lassen.

Das meinen beiden Statements folgende Schweigen fiel um so unangenehmer auf, als wir wegen der im Saal eingetretenen, wohltuenden Stille kaum die Stimme hätten heben müssen, um eine gepflegte Unterhaltung zu führen. Martin tat den ersten Schritt in diese Richtung: »Ich dachte schon, du wärst nach Hause gegangen. Ich hab dich schon eine ganze Weile nicht gesehen.«

»Um was zu tun?« fragte ich bissig. »Mich in dieses Chaos zu setzen und zu schmollen? Ich dachte, wir sind hierhergekommen, weil wir unserer Kistenhalde entgehen wollten.«

»Na ja, ich habe nicht den Eindruck, daß du hier lieber bist. Du hast zumindest vorhin nicht so ausgesehen«, erkannte Martin etwas spät.

»Allerdings nicht. Die hätten zusammen mit den Eintrittskarten Ohropax verteilen sollen.«

»Sei nicht unfair«, ertönte der zweistimmige Protest. Sie verstanden sich offenbar, die Herren.

»Die Sängerin hat doch nun wirklich eine gute Stimme«, empörte sich mein sogenannter Lebensgefährte und signalisierte seine uneingeschränkte Bereitschaft durchzuhalten.

»Ja, das finde ich auch«, solidarisierte sich Heiner. »Da fällt mir ein, ich habe Anne versprochen, in der Pause vorbeizuschauen. Wir sehen uns dann nachher noch mal, vorausgesetzt, du ergreifst nicht doch noch die Flucht, Paula«, grinste er uns an und wandte sich Richtung Garderobe. Dann schien ihm noch etwas einzufallen: »Ach übrigens, als männliches Groupie sehe ich mich eigentlich nicht …« Heiners Hörfähigkeit hatte jedenfalls nicht gelitten.

»Was will er denn damit sagen?« kam es von Martin.

»Ach, nichts von Bedeutung«, wiegelte ich ab.

»Ich brauch dringend ein Wasser. Soll ich dir was mitbringen, wenn ich es heute noch bis zur Theke schaffe?« Hatte er wirklich Wasser gesagt?

»Nein danke. Ich muß erst mal an die frische Luft. Auch wenn hier offensichtlich niemand meine Meinung teilt – diese Stadthalle hat wahrlich schon bessere Tage gesehen.«

»Ich weiß, das BAP-Konzert zum Beispiel. Nur muß es damals noch viel lauter gewesen sein …«, meinte Martin, bevor er sich trollte und sich mir der Verdacht aufdrängte, eine Jugenderinnerung zuviel preisgegeben zu haben. Damals war ich vermutlich auch ein ganz kleines bißchen rumgehopst, heute verbeugte ich mich innerlich vor den frustrierten Dreißigjährigen, die dem Ereignis beigewohnt hatten.

später

So unwahrscheinlich es mir auch erscheinen mochte, diese Stadt hielt eine Überraschung für mich bereit: Nach einer großzügig abgesteckten Runde um den Block mußte ich nämlich feststellen, daß der *Delta*-Markt im Erdgeschoß der Stadthalle inzwischen einem *CEKA*-Markt gewichen war. Anstelle von Lebensmitteln wurden hier nunmehr Klamotten und sonstiger Tinnef feilgeboten. Ich hoffte, das Nachfolgeunternehmen hatte wenigstens eine

Alarmanlage installieren lassen, die das wieder einsetzende Gestampfe im Obergeschoß nicht mit sofortigem Loskreischen quittieren würde. Unserer BAP-Euphorie hatte sie damals nämlich nicht standgehalten.

Offenbar war ich nicht die einzige, die die Pause überzogen hatte. Inmitten des von den gestalterischen Höhenflügen der siebziger Jahre zeugenden Arrangements aus Betonkübeln und Grünpflanzen, das den gepflasterten Vorplatz der Stadthalle zierte, vergnügten sich Tanja Faupel und ihre Eroberung auf einer Holzbank. Das heißt, eigentlich konnte ich nur annehmen, daß es sich um die beiden handelte, aber die schulterlange Kunstkrause auf dem Kopf der einen Gestalt und die verkehrt herum auf den Kopf der anderen drapierte Baseballkappe waren mir Beweis genug. Nicht, daß diese eigenartige Form der Kopfbedeckung einen Mann zur Augenweide machte, aber wenigstens brauchte er sich der Manifestation westlicher Kultur in keiner Lebenslage zu entledigen, wenn er den Mützenschirm im Nacken trug. Die beiden Turteltäubchen befanden sich ohnehin in dem Stadium, in dem Äußerlichkeiten keine Rolle mehr für den weiteren Handlungsablauf spielten. Das beständige Plätschern des in die Waschbetonkreation integrierten Springbrunnens mochte ihren Ansprüchen an ein lauschiges Plätzchen fernab vom Elternhaus genügen. Sie schienen auf dem besten Wege, den familieninternen Altersschnitt für Erstgeburten – ganz in Papa Faupels Sinne – zu verbessern.

Ich stieg die Treppe zur Stadthalle hinauf, dem Lärm entgegen. Im Foyer lehnte Heiner an der Theke und plauderte angeregt mit meinem Exmitschüler Rüdiger von Bohr. Ich hatte früher nie gewußt, worüber ich mit dem reden sollte. Nicht, daß mir Rüdiger oder seine Ansichten zuwider gewesen waren, im Gegenteil, in seiner höflichen und ruhigen Art hatte er nicht gestört, und seine Sichtweise der Dinge, die unsere Schülerherzen bewegt hatten, hatte er nie kundgetan. Er war einfach immer nur dagewesen. Seine Kleidung schien immer noch ein bis zwei Nummern zu groß zu sein und schlotterte wie eh und je um seinen schmächtigen Körper. In seinem dunkelblauen Blazer, dem hellblauen Seidenhemd und der grauen Leinenhose mit akkuraten Bügelfalten hätte er zwar eher in ein Orgelkonzert im hiesigen Dom gepaßt, aber über Leute, die sich mutmaßlich im falschen Film befanden, stand mir als allerletzter ein Urteil zu. Als älterer Bruder der Hauptattraktion des Abends, nämlich Annes, hatte er sich vielleicht auf seine Weise schick gemacht.

Die Karriere seiner Schwester als Gesprächseinstieg zu nutzen erschien mir heikel. Meine Animositäten bezüglich ihrer nicht zu überhörenden Aktivitäten würden einer gepflegten Unterhaltung sicher im Wege stehen. Die Idee, ihn nach seinem beruflichen Werdegang zu fragen, verwarf ich ebenfalls sehr schnell. Das letzte, was ich über Rüdiger gehört hatte, war, daß er in die Fußstapfen seines gestrengen Vaters getreten war und Zahnmedizin studierte.

Während ich auf die beiden Männer zusteuerte und mir das Hirn nach einem adäquaten Gesprächsstoff zermarterte, hatte Rüdiger sein Bier ausgetrunken und den leeren Becher weggeworfen. Er machte gerade Anstalten zu gehen, als ich mein Ziel erreichte. Übrigens schien er von meinem Aufkreuzen nicht im mindesten überrascht, was einmal mehr die irrige, aber dennoch weitverbreitete Annahme, der Mann sei über jede Form von Klatsch erhaben, Lügen strafte. Bevor er loszog, um sich für seine brüderliche Solidaritätsbekundung im Saal die Klamotten ramponieren zu lassen, fragte er mich noch, ob mir denn jemand eine Einladung zu unserem Jahrgangstreffen geschickt hätte. Vielleicht sollte ich demnächst die Themenwahl einfach denjenigen überlassen, die in der Lage sind, ganz selbstverständlich das Nächstliegende anzusprechen.

Heiner hatte den kurzen Informationsaustausch zwischen Rüdiger und mir genutzt, um zwei weitere Biere zu bestellen, und wandte sich jetzt an mich. Nachdem Rüdiger nicht mehr neben ihm stand und optische Täuschungen provozierte, schien er geschrumpft. Er überragte meine Einssiebzig nur unwesentlich, war aber ziemlich kräftig und wirkte daher Seite an Seite mit dem spindeldürren Rüdiger regelrecht breit.

»Rüdiger kommt gerade von zu Hause und hat erzählt, daß der Alte ..., du weißt doch, wen ich meine?« Ein verständnisinniges

Nicken meinerseits. »... schwer am Toben ist. Anscheinend ist er der Meinung, daß seine nichtsnutzige Tochter ihn soeben in der ganzen Stadt lächerlich macht. Fürchtet um sein Ansehen bei den Stadtvätern und was weiß ich nicht noch alles. Es klingt, als wäre er kurz vorm Herzinfarkt, aber ich habe ja heute Gott sei Dank keinen Dienst.« Heiners Worte ließen keinen Zweifel daran, wie ungern er dem alten von Bohr, einem despotischen Wächter über makellose Zahnreihen, einwandfreie Mundhygiene und die exakte Bürstenführung, kurz, einem Zahnreißer aus echtem Schrot und Korn, lebensrettende Maßnahmen hätte zugute kommen lassen. Was mich betraf, würde Heiner für diese unterlassene Hilfeleistung eine Gratifikation erteilt werden.

»Was für einen Ruf hat der denn zu verlieren? Als ich klein war, hat der Arsch sich immer geweigert, mir 'ne Spritze zu geben, und mir eiskalt erklärt, ich sei an meinen Löchern selber schuld, weil ich so viel schnucke. Ich sollte besser auf meine Zähne achtgeben. Und dann hat er ausgiebig gebohrt.« Die häßliche Prozedur, der ich mich vor langer Zeit hatte unterziehen müssen, war plötzlich wieder unangenehm präsent, und bei der Erinnerung an den unerbittlichen Mann mit den dichten, weißen Haaren, der mich damals traktiert hatte, wurde mir leicht übel. Meiner Meinung nach konnte das Grauen der Szene nur noch in der Besetzung mit Dustin Hoffman und Laurence Olivier gesteigert werden.

»Wenn man Anne reden hört, müssen seine Erziehungsmethoden ähnlich gewesen sein.«

»Glaube ich unbesehen.«

»Und sie war dann auch prompt mit einem Typen liiert, der ähnlich dominante Züge an den Tag gelegt hat. Klassisch, nicht? Mein Vorgänger übrigens. Es hat auch 'ne Weile gedauert, bis er kapiert hat, daß Anne nichts mehr von ihm will.«

»Aber immerhin hat sie die Kurve gekriegt«, merkte ich an. »Und das«, ich wies mit dem Kopf vage in Richtung Saal, »war ja wohl erziehungstechnisch nicht vorgesehen.«

Heiner grinste. »Kaum. Rüdiger scheint besser zu funktionieren. Er ist vor kurzem bei dem Alten in die Praxis eingestiegen, weil der sich angeblich zur Ruhe setzen will. Was ich erst dann glaube, wenn ich es sehe. Aber falls du einen neuen Zahnarzt brauchst, kann ich Rüdiger nur empfehlen.«

»Ich werd's mir überlegen«, versprach ich pflichtschuldig und wußte im selben Augenblick, daß es da nichts mehr zu überlegen gab. Wie bitte sollte der anämisch wirkende Rüdiger es bewerkstelligen, auch nur einen einzigen Zahn zu ziehen, ohne dabei seine Kraftreserven vollends zu erschöpfen und ohne das Unternehmen für sein Opfer am anderen Ende der Zange zum unvergeßlichen Horrortrip werden zu lassen? Bei der Vorstellung, wie Rüdiger und seine Assistentin mit vereinten Kräften zogen und zerrten – ganz zu schweigen von der Möglichkeit, daß er seinen Vater bat, Hand anzulegen –, wurde mir so richtig schlecht. Wenn ich das Bier, das man uns inzwischen hingeschoben hatte, ohne Brechreiz bewältigen sollte, mußten wir umgehend das Thema wechseln. Eventuellen Schwindelgefühlen zuvorkommend, stützte ich mich mit dem Unterarm auf die klebrig feuchte Edelstahloberfläche der Theke und versuchte anschließend, mit einem möglichst neutralen Gesichtsausdruck den Schwerpunkt der Unterhaltung vom Bruder zurück auf die Schwester zu verlagern.

Ich erkundigte mich zunächst unverbindlich, ob Anne mit dem bisherigen Verlauf des Konzertes zufrieden gewesen sei. »Oder war das gar nicht Thema?« setzte ich nach.

Die Antwort ließ ein wenig auf sich warten, denn Heiner konzentrierte sich gerade darauf, ein Fleckchen am Thekenrand auszumachen, das nicht mit dem glitschigen Belag aus verschüttetem Bier, Wein, Orangensaft und Cola überzogen war. Nachdem er einen halben Meter von meinem rechten Ellenbogen entfernt fündig geworden war, plazierte er dort seinen linken und sah mich durchdringend an. Heiners Augen waren nicht selbstverständlich und unwiderruflich blaßblau, sondern erschienen an diesem Abend nur so, weil er ein blaues Jeanshemd trug. Sie konnten alle Schattierungen von Blau über Grau bis hinein ins Grünliche annehmen und changierten je nach Kleidungsfarbe, Licht und Stimmung. Vor Jahren hatte ich hinreichend Gelegenheit gehabt, in den Genuß zahlreicher Nuancen dieses interessanten Phänomens zu kommen. Jetzt hatte sich ein leicht amüsierter Ausdruck in das vorübergehend blaue Augenpaar eingeschlichen.

»Ich habe noch nie erlebt, daß sie mit einem Auftritt so richtig zufrieden gewesen wäre. Jedenfalls nicht in den drei Monaten, die wir uns näher kennen. Sie hat ja immer was an sich selbst auszusetzen, und irgendein Mikro ist ihrer Meinung nach auch immer falsch eingestellt. Aber ...«, und hier zog Heiner die rechte Augenbraue kaum merklich in die Höhe, »... die Leute sind heute abend toll, sie gehen so richtig mit, hat sie gesagt, und so ein Feedback tut ihr gut.«

»Okay, okay«, gestand ich zu, »ich hätte mich heute abend vor die Glotze setzen sollen. Erzähl mir lieber, wie ihr euch kennengelernt habt.«

»Ich war mal zum Essen bei Rüdiger. Er kocht wahnsinnig gut. Anne weiß das auch und hat sich selbst eingeladen.« Da war er wieder, der Zahnarzt, aber in Verbindung mit gutem Essen konnte er meinem Magen nichts mehr anhaben. Im Gegenteil, ich fühlte mich sogar in die Lage versetzt, meinem Bier, das ich noch nicht angerührt hatte, vorsichtig nippend zuzusprechen.

Heiners Ausführungen zufolge beruhte die Freundschaft der beiden Männer keineswegs nur auf Rüdigers kulinarischen Fähigkeiten, sondern vor allem darauf, »daß wir beide mit dem ganzen Krankenhaus- und Ärzteklüngel gleich wenig am Hut haben. Ich hab mich im Kollegenkreis ziemlich schnell rar gemacht, mit dem Ergebnis, daß die ersten paar Monate hier reichlich öde waren, aber so nach und nach lernt man auch andere Leute kennen. Mittlerweile fühle ich mich sogar richtig heimisch.«

»Du bist ein echter Lebenskünstler.«

»Im Ernst, Paula, ich glaube, für die Dauer der Assistenzzeit läßt es sich hier gut aushalten. Natürlich will ich hier nicht seßhaft werden, sondern denke für die Zeit danach eher an ein Bevölkerungsminimum von fünfhunderttausend Seelen.«

»So was richtig schön Anonymes?« fragte ich mit von Herzen kommender Mißgunst. Heiner überging diese niedere Gefühlsregung taktvoll und erklärte unbekümmert: »Du wirst über Martin bestimmt auch schnell neue Leute kennenlernen.«

Das war nicht ganz die Art von Trost, die ich mir gewünscht hatte. »Martins zukünftige Kollegen sind mir durchaus bekannt, und ich lege eigentlich keinen Wert darauf, diese Bekanntschaften zu vertiefen«, erwiderte ich frostig, nahm aber dankbar die Zigarette an, die er mir anbot. Mit nicht geringem Erstaunen betrachtete ich die R1 zwischen meinen Fingern, hatte Heiner doch zu der Zeit, als wir engen Kontakt pflegten, immer so ziemlich das schwärzeste Kraut geraucht, das er auftreiben konnte. Das Reduzieren gesundheitsschädigender Werte war wohl ein halbherziges Zugeständnis an seine Profession, eine Gratwanderung zwischen Suchtverhalten und besserer Einsicht.

»Meinst du nicht«, erkundigte er sich, während er zuerst mir, dann sich selbst Feuer gab und wir beide unsere Ellenbogen wieder von der Theke nahmen, »daß sich im Laufe der zehn Jahre deiner Abwesenheit eventuell doch das eine oder andere in dieser Stadt verändert haben könnte?«

»Sicher, der Supermarkt direkt unter uns zum Beispiel.«

Er achtete nicht auf meinen Einwurf. »Soweit ich informiert bin, hat deine ehemalige Schule inzwischen nicht wegen Vergreisung des Kollegiums dichtmachen müssen. Ab und zu tritt da schon mal jemand ab, und dafür rücken dann andere nach. Und die, die ich von denen kenne, finde ich eigentlich ganz nett.«

»Aha.«

»Übrigens habe ich vor, solange es noch warm ist, zur großen Freude meiner Nachbarin 'ne Gartenparty zu machen. Du hättest die einmalige Gelegenheit, ein paar Ortsansässigen zu begegnen, die du noch nicht kennst. Allerdings weiß ich noch nicht genau, wann. Wir sollten uns aber sowieso mal treffen. Wo wohnst du eigentlich?«

Da beide Vorschläge ganz entschieden zu den besten gehörten, die ich in letzter Zeit gehört hatte, klang mein »Im Chattenweg« schon etwas versöhnter mit den guten alten Chatten als noch vor einer Weile gegenüber Axel.

Heiner strahlte. »Dann sind wir ja fast Nachbarn. Ich wohne ganz am Ende der Straße, genaugenommen im Fasanenweg. Es ist aber von dir aus gesehen das letzte Haus auf der linken Seite vom

Eckerichsweg.« Ganz genau genommen war das Stück des Eckerichsweges, von dem die Rede war, die Verlängerung des Chattenweges oder umgekehrt, aber da wir ein Gespräch unter Ortskundigen führten, kamen keine Irritationen auf. »Wenn du Lust hast, könnten wir zusammen frühstücken«, schlug er vor.

Und ob ich Lust hatte. Der Durchführung dieses Vorhabens in unserer Wohnung stand allerdings im Wege, daß wir noch keinen Eßtisch besaßen.

»Dann kommst du eben zu mir. Laß mich überlegen ... Nächstes Wochenende hab ich frei und muß erst am Montag abend wieder ins Krankenhaus.«

Wir einigten uns auf den Montagvormittag.

Der schal gewordene Inhalt unserer Plastikbecher ging zur Neige, die Zigarettenstummel waren ausgedrückt, Heiner verbreitete Aufbruchstimmung, und mein Harndrang ließ sich auch nicht länger ignorieren. Wir verabschiedeten uns.

Sollte diese Stadt auch immer nur deshalb zu meinem Wohnort werden, weil entweder mein Vater oder mein Freund hier in Arbeit und Brot standen, so gab es dennoch jemanden, der mit all dem nichts zu tun hatte und ganz andere Assoziationen in mir weckte. Heiner und ich teilten ein Stück Vergangenheit, und es stand uns frei, daran anzuknüpfen, wo und wie es uns beliebte.

Samstag, 11. September, morgens

Welche Erwartungen an meine Freunde auch immer mit meinem Gang zum Briefkasten verknüpft waren, sie wurden enttäuscht. Niemand hatte mir ein paar teilnahmsvolle oder gar aufmunternde Zeilen zukommen lassen, niemand hatte versucht, mich mit Katastrophenmeldungen abzulenken, oder sich auch nur bemüßigt gefühlt, in einem Satz mitzuteilen, er habe meine neue Adresse notiert. Warum auch sollte jemand prompt reagieren, nur weil ihm das alljährliche Postkärtchen von mir ins Haus geflattert war, diesmal allerdings nicht mit fröhlichen Urlaubsbotschaften, sondern mit kryptischen Bemerkungen über das Leben auf dem Lande bekritzelt? *Schreib mal wieder*, hatte ich mir gedacht und im Verlauf der vergangenen Woche meine Freunde schriftlich von meinem Verbleib unterrichtet – für den Fall, daß es irgend jemanden interessieren sollte. *Ruf doch mal an* war daran gescheitert, daß wir erst gestern mit einer fernmündlichen Verbindung zur Außenwelt versehen worden waren, entgegen anderslautenden Versprechungen, versteht sich.

Es war mir also gar nichts anderes übriggeblieben, als schriftlich zu kommunizieren, was dieser Tage mit einem zusätzlichen und meiner Ansicht nach unnötigen Aufwand verbunden war. Da der Sommer 1993 nämlich als derjenige in die Geschichte eingehen würde, in welchem unsere Brüder und Schwestern jenseits der gefallenen Mauer vom diskriminierenden O vor ihren Postleitzahlen befreit und im sächsischsprachigen Teil mit einer meines Erachtens nicht minder diskriminierenden Null versehen wurden, hatte ich mühselig mindestens zwanzig der neuen fünfstelligen Zahlenkombinationen, die ich mir nie würde merken können, nachgeschlagen und damit meinen Beitrag zur gemeinsamen Gestaltung der Einheit geleistet. Je länger ich in dem gewichtigen Postleitzahlenverzeichnis hin und her geblättert hatte, desto unangenehmer war mir die dem Monstrum eigene Logik aufgestoßen, derzufolge wir neuerdings in einem soziologisch fragwürdigen Zweiklassensystem lebten: Es gab nur noch Stadtmenschen im Gegensatz zu Landmenschen in einem Verhältnis von 4:1.

Während ich im Hausflur fortfuhr, die Post zu sichten, fing ganz in der Nähe ein Elektrowecker an, leise piepende Töne von sich zu geben. Ich klemmte die beiden Zeitungen, die *taz* für mich, die *Nordhessische Post* für Martin, unter den Arm, schob eine ebenfalls an ihn gerichtete Rechnung dazwischen und betrachtete einen dicken Umschlag aus fester Pappe. Der Absender ließ darauf schließen, daß ich in nächster Zeit nicht unter Beschäftigungsmangel leiden würde. Die anhaltenden Weckgeräusche wurden penetrant, und ich entschloß mich, den Rückzug in unsere Wohnung anzutreten. Zwei Stufen auf einmal nehmend, hechtete ich die Treppe zum zweiten Stock hoch und schloß die Wohnungstür hinter mir. Das Piepen wurde eindringlicher, obwohl unsere Wecker längst ausgelärmt hatten. Es konnte also nur das neue Telefon sein. Nie wieder würde ich einen Apparat kaufen, ohne vorher seine Geräuschentwicklung genauestens überprüft zu haben.

Das Telefon befand sich nicht an seinem seit gestern angestammten Platz im Flur. Die Verlängerungsschnur wies mir den Weg in Martins Zimmer. Neben dem aufgeschlagenen örtlichen Telefonbuch auf dem Schreibtisch gab das Gerät unverdrossen und provozierend sein schrilles Piepen von sich. Schnell griff ich mir den Hörer und knallte die Post auf die Schreibtischplatte.

»Piepenbrock«, keuchte ich erwartungsvoll.

»Hier auch. Ich wollte nur mal schnell ausprobieren, ob man euch endlich erreichen kann. Hab ich euch aus dem Bett geklingelt? Du bist ja ganz außer Atem.«

»Hallo, Mama. Ich war unten am Briefkasten.«

»Ach, deshalb hat das so lange gedauert. Hier liegt übrigens auch ein Brief für dich. Ein Einschreiben.«

»Wenn es ein Einschreiben ist, wieso ist es dann bei euch? Und woher kommt es?«

»Der Wissemann meinte, ich könnte genausogut unterschreiben. Es ist vom Bundesverwaltungsamt. Hat das was mit dem Geld zu tun, das du für dein Studium aufgenommen hast?«

»Das kann ich dir erst sagen, wenn ich den Brief aufgemacht habe.« Ich verfluchte innerlich zuerst das Bundesverwaltungsamt, dann Herrn Wissemann, der seit mindestens fünfzehn Jahren im Viertel meiner Eltern als Postbote fungierte, ließ mich auf Martins Schreibtischstuhl fallen und wappnete mich für eine neue Variation des uralten Themas *Besorgte Eltern erwachsener Kinder.*

»Soll ich ...?«

»Nein, laß ihn zu. Ich kann mir nicht vorstellen, daß es was Wichtiges ist«, erklärte ich im Brustton der und gänzlich entgegen meiner Überzeugung. Auf der sich linker Hand in greifbarer Nähe befindenden Computertastatur drückte ich eine Folge von vier Buchstaben, die, wäre der Bildschirm eingeschaltet gewesen, das kleine Wort mit f ergeben hätte. Das konnte meine Mutter aber nicht sehen und mich folglich nicht für meine Ausdrucksweise rügen.

»Aber wenn die jetzt das Geld zurückwollen? Kommt doch einfach zum Mittagessen vorbei, dann wissen wir Bescheid. Es gibt Weckewerk.« Vier Gründe sprachen dagegen, dieses Angebot anzunehmen: Erstens war es gar nicht nötig, daß WIR darüber Bescheid wußten; zweitens wollte ich nicht so schnell mit den Details der von mir zu begleichenden Schuldenlast konfrontiert werden; drittens hatte ich nicht die geringste Absicht, Familienbesuche am Wochenende zum Regelfall werden zu lassen; und viertens fand ich Weckewerk buchstäblich zum Kotzen.

»Du weißt genau, daß ich das Zeug nicht esse. Und sag jetzt nicht wieder, daß ich mir das nur einbilde«, nahm ich das Standardargument meiner Mutter vorweg, mit dem sie mich früher immer zum Mitessen hatte bewegen wollen. Jeden Samstag hatte der gräulich-braune, fetttriefende Brei auf dem Tisch gestanden und seinen widerwärtigen Gestank bis in den letzten Winkel des Hauses verströmt. Der unappetitliche Anblick allein hätte mich nicht am Essen hindern können, aber die Information, daß die Mischung neben eingeweichtem Brot, Schwarten und Gehacktem auch noch Fleisch vom Kopf des Schweins enthielt, hatte zu meiner standhaften Weigerung geführt, die kulinarische Pietätlosigkeit zu verzehren.

So schnell gab meine Mutter aber nicht auf. »Martin kennt das sicher noch nicht. Und der Junge muß doch mal was Warmes essen, wenn er die ganze Zeit arbeitet.«

»Nicht, daß ich ihm das nicht gönne, aber er hat 'ne Konferenz und kommt später. Außerdem koche ich heute abend«, erklärte ich mit aller Entschiedenheit, obwohl ich bisher selbst noch nichts von diesem Vorhaben gewußt hatte. Böse fixierte ich das Telefon, das indirekt dafür verantwortlich war, daß ich noch einen Last-minute-Wochenendeinkauf tätigen mußte.

»Ihr seid doch noch gar nicht richtig eingerichtet. Wie könnt ihr denn ohne Tisch überhaupt essen?« setzte meine Mutter noch einmal nach.

»Och, für gewöhnlich verteilen wir die Sachen auf Teller«, erläuterte ich geduldig, während ich mich auf dem Drehstuhl mal in die eine, mal in die andere Richtung bewegte, »und meistens essen wir sie dann mit Messer und Gabel.«

»Du hast keinen Grund, kiebig zu werden, Paula. Ich hatte mich nur darauf gefreut, daß du vorbeikommen würdest. Jetzt wohnst du schon hier, und man kriegt dich trotzdem nie zu sehen.«

»Mutter, bitte«, stöhnte ich, »laß uns doch erst mal mit der Wohnung zu Rande kommen. Nächste Woche schau ich mal rein. Bestimmt.«

»Donnerstag paßt gut«, erklärte sie eilig. »Um halb acht. Du brauchst vorher nichts zu essen.« Erleichtert, nicht über jeden Tag der kommenden Woche einzeln verhandeln zu müssen, sagte ich zu, und wir legten auf.

Ich erhob mich und nahm meine Post, der ich mich jetzt endlich ungestört in meinem Zimmer zu widmen gedachte. Auf halbem Wege machte ich kehrt, um mir das Telefon zu schnappen und es ordnungsgemäß an seinem Platz zu deponieren.

Ich verwandelte mein nagelneues Futongestell in ein Sofa und holte eine Tasse Tee aus der Küche. Jetzt fehlte nur noch eine Zigarette. Also griff ich erst einmal zu Tabak und Blättchen, nachdem ich es mir auf dem Sofa bequem gemacht hatte. Während ich drehte, betrachtete ich befriedigt meine neueste Lieblingserrungenschaft: Zu meiner Rechten nahm ein Bücherregal die gesamte Schmalseite meines Zimmers bis hinauf zur Decke ein. Schon als Kind hatte ich mir ausgemalt, wie ich mich, wenn ich einmal groß wäre, mit Büchern einmauern würde. Die alten, instabilen und reichlich überlasteten Regale aus Studientagen hatte ich kurzerhand ihrer eigentlichen Bestimmung übergeben und zum Kellermobiliar deklariert. Ob die noch in Kisten verpackten und in einer Ecke verstauten Studienunterlagen gleichfalls in den Keller wandern oder unbesehen dem Altpapier überantwortet werden sollten, war noch nicht entschieden.

Das Buch, das ich jetzt dem Pappumschlag entnahm, verlieh mir die Berechtigung, mich hinfort Übersetzerin zu nennen. Bisher hatte ich mich nur gelegentlich an wissenschaftlichen oder sonstigen Fachtexten versucht, denen erst mit dem irgendwann eintrudelnden Scheck ein Reiz abgewonnen werden konnte. Ich begann umgehend, mich in mein neues Tätigkeitsfeld einzuarbeiten.

Behaglich lehnte ich mich zurück, zündete die Zigarette an und schlug das Buch auf. Der Ort des Geschehens, eine kleine Unistadt im Mittleren Westen der USA, war mir nicht fremd, denn in einer dieser Städte mitten im Nichts, die sich bestenfalls, aber nicht zwangsläufig im Namen unterscheiden, hatte ich zwei Semester als Austauschstudentin verbracht, weshalb ich mehr als geneigt war, jedwede dort angesiedelte kriminelle Handlung für möglich zu halten.

Am Ende des ersten Kapitels angelangt, konnte ich nur bedauern, daß Martin nicht wie die pubertierende Tochter der Heldin entschlossen war, sich einer Obstdiät zu unterziehen, was die Speisefolge dieses Abends aufs angenehmste geklärt und mir ein weiteres Stündchen unbeschwerten Arbeitens beschert hätte. Unter den gegebenen Umständen jedoch sollte ich mich tunlichst auf den Weg machen, wollte ich meine hausfraulichen Verpflichtungen noch einigermaßen würdevoll über die Bühne bringen und nicht mit allen Mitteln um halbvergammelte Gemüsereste kämpfen. Mit einem tiefen Seufzer klappte ich das Buch zu.

mittags

Die Straße war naß. Seit Tagen schon war der Himmel bedeckt, und die kühle, feuchte Luft kündigte den Herbst an. Ich überlegte kurz, ob ich aufgrund der Witterungslage mein Vorhaben besser verschieben sollte, konnte aber keine ernstzunehmenden Vorboten eines sich zusammenbrauenden Unwetters entdecken, die den Rückzug ins Haus gerechtfertigt hätten. Also machte ich mich, da ich zuerst auf den Markt wollte, zielstrebig gen Altstadt auf und hielt direkt auf den *Grauen Turm* zu, einen Teil des mittelalterlichen Verteidigungssystems der Stadt und als Bollwerk gegen feindliche Übergriffe von Nordwesten gedacht. Das war ungefähr die Richtung, aus der auch ich mich näherte, aber schließlich kam ich nicht, um zu plündern, zu brandschatzen und zu morden, sondern den Reichtum der wackeren Kaufmannschaft zu mehren. In dieser friedlichen Absicht passierte ich nach wenigen Minuten die Stadtmauer, die in diesem Abschnitt noch weitgehend erhalten war.

Bis zum Marktplatz war es nicht mehr weit, und ich legte die kurze Strecke sogar schneller zurück als angenommen. Es kam mir vor, als sei die Stadt früher größer gewesen, weitläufiger, und als sei sie während meiner Abwesenheit geschrumpft. Man hatte sich mächtig ins Zeug gelegt, die alten Fachwerkhäuser, die den gepflasterten Platz umgaben und von ehemals florierendem Handel und Wohlstand kündeten, Anfang der achtziger Jahre zu restaurieren. Wo die Fassade bereits wieder am Bröckeln war, wurde das Auge von Blumenkästen mit den unvermeidlichen Geranien abgelenkt. Nur bei dem in Stein gehauenen Ritter, der den Rolandsbrunnen in der Mitte des Platzes zierte, erfüllte die Blumendekoration diesen Zweck nicht mehr. Er hatte im Laufe der Jahrhunderte einiges an Glanz eingebüßt, hielt aber noch tapfer sein Schild und die Fahnenlanze und blickte mit stoischer Gelassenheit über das Markttreiben hinweg. Ich stellte nicht ganz so gelassen fest, daß um diese Zeit, es war kurz vor zwölf, noch ziemlich viele Leute zwischen den Ständen herumliefen. Die meisten von ihnen trugen jedoch eine Kamera um den Hals und stellten wohl keine ernsthafte Konkurrenz für mich dar.

Ich entschied mich für den einzigen Obst- und Gemüsestand und gab mir Mühe, die wohlinformierte, bewußt einkaufende Hausfrau zu mimen, während ich das Angebot begutachtete. Bananen, Pfirsiche, Weintrauben, Kiwis und rotbackige Äpfel. Martin sollte mehr Obst essen, das würde seinem Bauchansatz guttun. Zerfledderte Salatköpfe, schrumpelige Gurken, schlaffer Schnittlauch und Tomaten aus Holland. So etwas kam mir nicht auf den nichtvorhandenen Tisch. Zucchini ... Bevor mir einfiel, warum mir dieses Gemüse nicht behagte, sagte man es mir.

»Du willst doch nit etwa Sutschinis kaufen? Deine Mudder had so viele im Gaaden, daß se nit mehr weiß, wohin demit.« Die das sagte, stand auf der anderen Seite der Obstkisten und bedachte mich mit einem wissenden Blick aus Augen, die gerade noch unter einem gekräuselten Mop hervorlugen konnten. Die Haartracht, in der Mitte gescheitelt, am Ansatz glatt, war dem ungetrimmten Fell eines Pudels nicht unähnlich. Schräg hinter ihr saß ein etwa zehnjähriger Junge sichtlich gelangweilt auf einem Schemel. Ich hatte Melanies Sohn zwar nie bewußt wahrgenommen, aber die Blutsbande waren offensichtlich. Auch wenn sein Haar glatt war, es war von derselben unbestimmten Farbe wie das aller Faupelsprößlinge, einer Mischung, die irgendwo zwischen aschblond und hellbraun anzusiedeln war, faupelfarben eben.

»Bis jetzt hat sie sie immer noch unter die Leute gebracht«, erklärte ich freundlich, aber distanziert und wunderte mich, warum wir in diesem Jahr noch nicht mit der Zucchiniernte meiner Mutter behelligt worden waren. Während der letzten drei Sommer hatte sie das Zeug plastiktütenweise nach Marburg geschleppt, und zwei WGs – Martins und meine – waren jedesmal wochenlang damit beschäftigt gewesen, die Pseudogurken möglichst variationsreich zu entsorgen. Ob in pürierter Form oder bißfest, roh, gekocht oder gebraten, in welcher Kombination und mit welcher Füllung auch immer, als Endprodukte waren, egal wie wir sie nannten, immer Zucchini herausgekommen. Ich wandte mich den Karotten zu. Das Möhrenkraut war welk.

»... wohnt wieder hier ...«, tönte es, als mein kritisches Auge zu den Radieschen wanderte.

»Diese Radieschen sehen wäßrig aus«, kommentierte ich und blickte auf, um festzustellen, wem Melanie die frohe Botschaft verkündet hatte. Rechts von mir stand eine große, schlanke Frau, die etwa im Alter von Melanie und mir sein mußte, und lächelte mir zu, als müßte ich sie kennen. Ich kannte sie nicht, lief aber wohl auch nicht Gefahr, in den Kreis von Melanies Freundinnen eingeführt zu werden, da ihr schwarzes, kinnlanges Haar erst kürzlich Kontakt mit einer Schere gehabt hatte und nicht die geringste Andeutung von Wellen aufwies. Auch ihre sonstige Erscheinung war entschieden zu, sagen wir, geschmackvoll, um in Melanies näherem Umfeld bestehen zu können. Für einen Einkauf auf dem Markt war sie etwas overdressed in ihrem taubenblauen, langärmeligen Baumwollpulli, dem schwarzen Ledermini und den eleganten Trotteurs. Die von Melanie kombinierten Kleidungsstücke hingegen waren zweifellos Bestandteile zweier verschiedener Jogginganzüge.

»Dieder kauft keine minderwertiche Ware ein.« Melanie funkelte mich giftig an. Dann besann sie sich auf ihre Pflichten als Geschäftsfrau und versicherte mit einem zuckersüßen Lächeln: »Wir essen die Sachen schließlich selber.«

»Das bezweifelt Paula sicher nicht«, meinte die Große und zog hochmütig eine Braue in die Höhe. Das gefiel mir, und ich witterte Solidarität aus einer Quelle, die mir eigentlich bekannt sein sollte. Sie ließ sich die letzten, nicht mehr als frisch zu bezeichnenden Champignons einpacken, die somit von unserem Speiseplan gestrichen waren, und ihr Gesicht zeigte deutliches Mißfallen angesichts der bereits schwarz gewordenen Lamellen.

Melanie indessen sah ihre Chance gekommen, von der Verteidigung zum Angriff überzugehen. »Wärsde früher gekommen, häddesde mehr Auswahl gehapt.«

Wir waren wohl schlechte Hausfrauen, die Große und ich, was erstere völlig kaltzulassen schien. Nicht eine Wimper zuckte hinter ihrem schmalen, schwarzen Designerbrillengestell. Ich bewundere Souveränität, fühlte mich aber dennoch berufen, etwas zu ihrer Verteidigung vorzubringen.

»Man hat schließlich noch anderes zu tun«, murmelte ich selbstbewußt und überließ die beiden ihren Verhandlungen um die Zitronen, die die Große ungespritzt verlangte. Da Melanies makellose Zitronen aber gespritzt waren, wurde nichts aus dem Geschäft, und ihre sichtlich nicht zufriedengestellte Kundin deutete gelangweilt auf orangefarbene, quadratischen Tomaten gleichende Früchte, die ich nicht einmal dem Namen nach kannte. Interessiert und in der Hoffnung, daß mir wenigstens der Name der neben mir stehenden Frau einfallen würde, musterte ich sie etwas eingehender, aber ihre Aufmachung erinnerte mich lediglich an eine x-beliebige Großstädterin.

Der Groschen fiel, als mich die vermeintliche Touristin direkt ansprach und wissen wollte, was es denn anderes sei, das ich zu tun habe. Natürlich kannte ich das ovale Gesicht mit der unverschämt wohlproportionierten, geraden, schlicht perfekten Nase. Diese Nase weckte jetzt nur noch Neidgefühle in mir; während der Pubertät hatte sie aufgrund der Länge und Krummheit meines eigenen Exemplars eine geradezu zerstörerische Wirkung auf mein Selbstwertgefühl gehabt. Man konnte mir dennoch nicht verdenken, in der extravaganten Dreißigerin nicht auf Anhieb meine ehemalige Mitschülerin Ruth Riemenschneider wiedererkannt zu haben. Graue Flanellglockenröcke, karierte Blusen und die Taille einschnürende, breite Gürtel hatten ihr damaliges Erscheinungsbild geprägt. Ihre Aura einer Klosterschülerin aus den Fünfzigern war durch den langen, geflochtenen Zopf, der allerdings nicht schwarz, sondern braun gewesen war, und eine Nickelbrille unterstrichen worden.

Nachdem ich circa fünf Sekunden gebraucht hatte, um mich einigermaßen von meiner Überraschung zu erholen, erteilte ich bereitwilligst Auskunft: »Ich bin Übersetzerin.«

»Hier?« Wieder die hochgezogene Augenbraue, diesmal allerdings nicht hochmütig, sondern ganz offensichtlich irritiert.

»Nein, nein«, verständnisinniges Lächeln meinerseits, »ich arbeite freiberuflich.«

»Ach so. Was übersetzt du denn?«

»Krimis. Aus dem Amerikanischen.«

»Krimis …?« Nur selten in meinem Leben war ich mit einem ähnlich angewiderten Blick wie jetzt dem von Ruth bedacht worden, der mir gleichzeitig zu verstehen gab, wie enttäuscht sie doch von mir war. Richtig, sie hatte nach dem Abitur genau wie ich angefangen, Germanistik zu studieren, und dieses Studium im Gegensatz zu mir wohl auch zu Ende gebracht.

Ich dachte, ihrer Voreingenommenheit etwas entgegenhalten zu müssen, und setzte zu einem kleinen Exkurs über das Genre, Darstellungsmöglichkeiten von Realität und schöngeistige Arroganz an, kam aber nicht weiter als »Du weißt doch, schon Brecht …«.

»Ach, Brecht«, fuhr sie verächtlich dazwischen. Das also hatte sich seit unseren Schulzeiten nicht geändert: Auch wenn es fast keine Linken mehr gab, linksverdächtige Literatur gehörte für Ruth immer noch in den Giftschrank. Wir hatten seinerzeit manch hitzige Debatte zum Thema geführt. Der nächste Gesprächsbeitrag bewahrte uns vor dem vorprogrammierten verbalen Schlagabtausch.

»Ich krich ölf Mark sippzich von dir, Rutt«, brachte sich Melanie in Erinnerung. Ruth zahlte, und ich nutzte anschließend die kurze Unterbrechung, um von meinem Broterwerb abzulenken und auf den ihren zu sprechen zu kommen, fragte also, wohin es sie verschlagen habe und was sie dort treibe.

»Ich bin bei einem Verlag in Nürnberg, als Lektorin für theologische Schriften.«

»Paula, machts dir was aus, wenn ich erst Frau Lambert bediene?« Melanies beflissenem Gesichtsausdruck zufolge rangierte die entschlossen wirkende Mittfünfzigerin im oberen Drittel der Stadthierarchie.

»Mach nur.«

Ruth setzte wieder ein: »Na ja, jedenfalls hab ich die Stelle vor zwei Jahren bekommen und bin zufrieden damit.«

Ich kalkulierte kurz die Dauer ihres universitären Treibens, kam auf acht satte Jahre und zu dem Schluß, mit meinen nicht ganz zehn Jahren durchaus neben ihr bestehen zu können. »Dann gehörst du ja auch nicht gerade zu den Leuten, die ihr Studium im Akkord durchgezogen haben.«

»Nein. Ich hab erst 89 Examen gemacht. Es kommt halt immer was dazwischen. Wann bist du denn fertig geworden?« Das sagte sie einfach so.

Ich bemühte mich, Haltung zu bewahren und möglichst unbeteiligt auszusehen. »Das ist noch gar nicht so lange her«, beantwortete ich Ruths Frage so genau, wie ich es für angemessen hielt; ich sah keinen Bedarf, ihr auf die vollkommene Nase zu binden, wie jung doch meine Karriere als Krimiübersetzerin noch war. »Ich hab auf Anglistik und Amerikanistik gewechselt und noch mal von vorne angefangen.« Das war zwar bereits nach dem zweiten Semester passiert, aber wen interessierte das schon?

»Und? Hat es sich gelohnt?«

»Was?«

»Zu wechseln.«

»Ich denke schon«, sagte ich mit einem kleinen Lächeln.

»Schön«, kommentierte Ruth. »Ich hab die Zeit zwar genossen, war aber auch froh, als es vorbei war.« Wem sagte sie das?

»Was hast du denn gemacht, bevor du deine Stelle hattest?« erkundigte ich mich.

»Ich war mehr oder weniger arbeitslos und hatte viel Zeit für anderes.« *Anderes* schien mit den angenehmsten Erinnerungen verbunden zu sein, denn Ruths graue Augen wirkten hinter den schwarzgeränderten Gläsern plötzlich gar nicht mehr so hart, und ein Anflug von Röte huschte über ihr blasses Gesicht. Auch ich war ja ein halbes Jahr lang arbeitslos gewesen, bis vor zweieinhalb Stunden genaugenommen, aber alles andere war mindestens ebenso unersprießlich gewesen. Es sollte mir auch verwehrt sein, im nachhinein an den Ereignissen, die Ruth diese Zeit versüßt hatten, teilzuhaben, denn Melanie schenkte mir erwartungsvoll ihr Was-kann-ich-für-Sie-tun-Lächeln. Frau Lambert hatte zuvor ihre Tüten an sich gerissen, erklärt, sie würde am nächsten Samstag zahlen, und war eiligst von dannen geeilt.

Entscheidungen waren gefordert. »Ich möchte fünf von den roten Äpfeln da drüben.« Die gewünschte Menge pflege ich immer so präzise wie möglich anzugeben, indem ich etwa die genaue Anzahl in Stück, Scheiben, Handvoll, Tüten etc. nenne oder mit Daumen und Zeigefinger meiner rechten Hand die exakte Höhe beziehungsweise Dicke anzeige. Angaben in Gramm, Pfund und Kilo sind mir unwägbar.

Melanie setzte ihren ganzen Ehrgeiz daran, mir die fünf formvollendetsten, dicksten und rotbackigsten Äpfel, die die Kiste noch zu bieten hatte, herauszusuchen. Ob wir am nächsten Samstag auch zu unserem Jahrgangstreffen kämen, erkundigte sie sich, und ich fragte mich, ob sie die Bezeichnung für die Festivität mit Bedacht gewählt hatte. In der Tat gehörten wir alle drei ein und demselben Jahrgang an, aber nur zwei von uns hatten gleichzeitig Abitur gemacht. Der Auslöser für Melanies etwas zeitverzögerten

Abschluß hockte nach wie vor unbeteiligt auf seinem Schemelchen und starrte Löcher in die Luft.

Ich nickte und überlegte, wie viele Regelstudienzeit-Absolventen ich wohl würde verkraften können; Ruth hingegen, die in dieser Hinsicht wenig zu befürchten hatte, konnte keine Zusage machen. »Ich bin dann zwar wahrscheinlich noch hier«, erklärte sie, »aber das Ganze hängt davon ab, wie es meinem Großvater geht. Er ist todkrank. Deshalb hab ich Urlaub genommen.«

»Von denen, die mit uns Abi gemacht ham, sin au schonn 'n baar dod.« Erschüttert ob der bemerkenswerten Feinfühligkeit Melanies nahm ich die Rettiche ins Visier. Rechts von mir sog Ruth deutlich vernehmbar Luft ein. Nichtsdestoweniger fühlte Melanie sich veranlaßt, ihre Neuigkeiten näher auszuführen: »Einer had sich umgebracht, so richtig egelich. Is von 'ner Eisenbahnprügge gesprungen.« Sie schüttelte sich. »Das is aber schonn 'n baar Jahre her. Michael hieß der, ihr wißt schonn.« Wir wußten jetzt, daß einer der mindestens vier Michaels, die mit uns die Schulbank gedrückt hatten, nicht mehr unter uns weilte. Die Rettiche, weiß, ziemlich lang und dick, schienen mir ganz so, wie Rettiche sein sollten, nur hatte ich bedauerlicherweise keine Ahnung, was ich mit ihnen anfangen sollte. Ein Blick nach rechts verriet mir, daß Ruths ohnehin nicht gerade voller Mund noch um einiges schmaler geworden war. Wir waren ein undankbares Publikum, aber Melanie, die sich richtig in Begeisterung geredet hatte, bedurfte keiner Ermunterung. Sie beugte sich vor, aus dramaturgischen Gründen, nahm ich an, und senkte ihre Stimme. »Der annere«, effektheischende Pause, »also, der annere soll Aids gehapt ham, hap ich vor 'n baar Wochen gehört. Son kroßer Plonder. Wie hieß der doch gleich ...«, angestrengtes Stirnrunzeln, »Michael Hartmann, genau.« Der Sensenmann dünnte offenbar die Michaels in unserem Jahrgang aus. Melanie richtete sich wieder auf und verschränkte die Arme vor der Brust, den Effekt ihrer Erzählung auf Ruth und mich prüfend. »Der had aber nit mehr hier gewohnt«, versicherte sie uns noch in der ihr üblicherweise eigenen, nicht gerade dezenten Lautstärke.

»So, das hast du also gehört«, kam es schmallippig von Ruth.

»Hmhm«, bestätigte Melanie, und ihr rundes Gesicht glühte vor Eifer.

»Sechs Bananen, aber nicht zu reif«, verlangte ich.

Ruth wandte sich an mich. »War schön, dich mal wieder zu sehen, Paula. Ich muß gehen, meine Mutter wartet.«

»Ja. Vielleicht sehen wir uns ja doch noch am Samstag.«

»Vielleicht ... Melanie.« Sie nickte zuerst Melanie, die sich an den Bananen zu schaffen machte, dann mir zu, wobei sie Melanie mit gleich zwei hochgezogenen Brauen und mich mit einem Lächeln bedachte, und suchte eiligst das Weite. Gern hätte ich es ihr gleichgetan, mußte aber wohl oder übel das einmal Begonnene zu Ende bringen.

Melanie reichte mir die Bananen und richtete ihre jetzt zusammengekniffenen Augen auf einen Punkt rechts von mir. Ich folgte ihrem Blick und sah Ruth, die sich am Eierstand schräg gegenüber angestellt hatte und uns den Rücken zuwandte. »So 'ne eingebildede Zieje. Hält sich wohl für was Beßres, so wie die aussieht«, brach es aus ihr heraus.

»Ich finde, sie sieht ziemlich gut aus.«

»Ach, die war doch schonn immer anners wie wir. Irgendwie komisch, un fand sich furchbar schlau dabei.« WIR???!!! Freilich, es stimmte schon, Ruth war definitiv *anners wie* Melanie und mit ebenso großer Sicherheit anders als ich, folglich war sie auch *anners wie wir*, aber Melanie und mich in einem Atemzug zu nennen wurde uns beiden nicht gerecht.

»Du hast dich überhaupt nicht verändert«, sagte ich freundlich.

»De Kinner halden einen jung«, erklärte sie strahlend und wandte sich an den Herrn Sohn, der immer noch nichts mit sich anzufangen wußte. »Sach ›Guden Tach‹, Marcel. Paula is die Dochder von Ongel un Dande Piebenprock.« Ich konnte mich glücklich schätzen, nicht selbst an Ort und Stelle zur Tante gemacht worden zu sein, und hätte diese Verwandtschaft suggerierende Anrede natürlich sofort abgelehnt. Vermutlich mutierten heutzutage selbst in der Nachbarschaft meiner Eltern wenigstens die jüngeren Erwachsenen nicht mehr automatisch zu Onkeln und Tanten, wie es in meiner Kindheit noch üblich gewesen war. Melanies Mutter zum Beispiel war für mich heute noch *Tante Hildegard*, wohl weil es sich nicht ziemte, sie einfach beim Vornamen zu nennen, *Onkel Karl-Heinz* hingegen war schon seit langem für mich *Herr Faupel.*

»Tach.« Der Knabe veränderte seine Haltung nicht um einen Millimeter.

»Ihm is langweilich«, erläuterte Melanie das Offensichtliche. »Marcel, wir gehen bald. Du kannst schonn ma leere Kissdn ins Audo baggn.«

»Ich finds total plöt, daß du dich immer nur mit annern unnerhälst«, maulte er seine Mutter an und scharrte mit dem Fuß auf den Pflastersteinen. Die kam auch prompt nicht mehr auf die Kisten zurück, sondern schlug ihm vor, doch schon mal zu Oma Hilde zu gehen, da sie dort ohnehin später essen würden.

»Dann muß ich ja laufen, un außerdem is Jessica da schonn«, nölte das Früchtchen, setzte sich dann aber doch demonstrativ widerstrebend in Bewegung, auf seinen hängenden Schultern die ganze Last des unzumutbaren Ansinnens seiner Mutter tragend. Die Schwester Jessica, so erinnerte ich mich, mußte vor ungefähr fünf Jahren in sein Dasein als Kronprinz getreten sein.

Stolz schaute Melanie hinter dem Sohn her. »Er is ja so eifersüchtich. Das hadder von seinem Vadder«, erklärte sie mir.

»Aha«, antwortete ich und ließ meine Augen noch einmal über das Gemüseangebot schweifen, das mich aber immer noch nicht inspirierte. Nun, irgend etwas Eßbares mußte ich Martin heute abend vorsetzen, und so entschied ich mich für die glänzenden dunkelroten Paprikaschoten, die ich recht ansprechend fand. »Gib mir doch eine rote Paprika. Und, wenn du hast, auch eine grüne.« Es würde sich schon etwas damit machen lassen.

»Die letzte!« Melanie schwenkte eine grüne Paprikaschote. »Da hasde aber Klück gehapt.« Sie sah an mir vorbei und ließ die Schote sinken. Ich drehte mich um und sah Ruth, die soeben ihren Eiereinkauf abwickelte. Eier! Das war's: Ich würde ein Soufflé zubereiten.

»Danke. Was macht das?« signalisierte ich, keine weiteren Wünsche mehr zu haben.

»Hasde au gehört ...?« Sie beugte sich wieder vor, und die Kiste mit den angefaulten Salatresten geriet gefährlich ins Kippeln.

»Melanie, wirklich, ich muß weiter.« Das rettete den Salat.

Ihr Schulterzucken bedeutete mir, daß ich etwas verpaßt hatte und dumm würde sterben müssen. »Du bist je am Donnerstag bei deiner Mudder«, sagte sie leichthin, und ich fragte mich, wie sie von diesem Besuch überhaupt schon wissen konnte. Das sollte mir aber jetzt egal sein. Schließlich hatte es auch sein Gutes, daß Melanie meine Mutter offenbar häufiger sprach als ich. In weniger als drei Stunden würde letztere wissen, daß ich mich in Erfüllung meiner hausfraulichen Pflichten über den Markt bewegt hatte.

Nachdem Melanie die wenigen Posten zusammengerechnet hatte, nannte sie mir den stolzen Preis von »neun Mark sechzich. Neun Mark fuffzich für dich.« Aus welcher Sentimentalität heraus sie sich zu diesem enormen Preisnachlaß hatte hinreißen lassen, in memoriam alter nachbarschaftlicher Gefühle oder in der Hoffnung, auf diese Weise eine neue Stammkundin ködern zu können, war mir schleierhaft. Ihre Großzügigkeit versetzte mich jedoch in die angenehme Lage zu zahlen, ohne auf Wechselgeld warten zu müssen.

Ich sagte artig »Vielen Dank«, wünschte ihr noch einen schönen Tag und ging meiner Wege, fünf Meter weiter zum Eierstand. Ein Rentner mit hausmännlichen Ambitionen konnte sich nicht entscheiden, ob er die weißen oder lieber die braunen Eier kaufen sollte. Ruth kämpfte sich bereits am anderen Ende des Platzes durch einen frisch eingefallenen Touristentrupp und wurde schließlich ganz von den Kameraträgern verdeckt. Mit ihr verschwand auch die Möglichkeit, unseren vor zehn Jahren auf Eis gelegten Disput über Effi Briest wiederaufzunehmen. Ob Ruth immer noch darauf bestehen würde, daß Effis Schuldgefühle dem Ausmaß ihrer Verfehlungen angemessen waren?

Während ich etwas ungeduldig darauf wartete, daß der Mann vor mir zu einer Entscheidung gelangte, beschlich mich das Gefühl, beobachtet zu werden. Ich meinte, die Ursache für dieses Gefühl lokalisieren zu können, drehte mich aber nicht um, um zu überprüfen, ob Melanie tatsächlich gerade mit dem Finger auf mich zeigte und einer neuen Kundin verächtlich kundtat: »Die war schon immer anners wie wir.« Endlich war die Reihe an mir, und ich erstand zehn Eier, Güteklasse A, betonend, daß mir ihre Farbgebung vollkommen gleichgültig sei. Dann verließ ich endlich den Marktplatz.

Zehn Minuten, bevor der nächstgelegene Supermarkt seine Pforten schließen würde, fingerte ich meinen Mölli in den für ein Markstück vorgesehenen Schlitz des Einkaufswagens, stellte den Korb hinein und rauschte samt Wagen durch die sich automatisch öffnende Eingangstür. Ich hatte beschlossen, daß ein Krabbencocktail als Vorspeise unser Menü aufs trefflichste ergänzen würde. Ich ergatterte den vorletzten Salatkopf, der zwar in keiner Weise mehr als appetitlich zu bezeichnen war, aber sicherlich noch vier Blätter hätte, die ihren rein dekorativen Zweck erfüllen würden. Ich schob den Wagen weiter, nahm eine Dose Krabben aus dem Konservenregal und wandelte dann, dies und das einpackend, etwas ziellos zwischen den Regalen, immer auf der Hut vor überquellenden Einkaufskarren mit gestreßten Hausfrauen am anderen Ende.

Die Truhen mit der Tiefkühlkost im hinteren Teil des Marktes weckten meinen Entdeckungsdrang, leisteten wir uns doch seit neuestem den Luxus eines kombinierten Kühl- / Gefrierschranks, der dringend gefüllt werden mußte. Die Kartoffelkiste *Feine Vielfalt* fand ich auf Anhieb so attraktiv, daß sie spontan in meinem Karren landete. Es folgten noch diverse Hähnchen- und Kaninchenschenkel sowie eine kleine Auswahl an gefrorenen Fischsorten, einschließlich einer Packung Fischstäbchen. Ich war richtig zufrieden mit mir und verbuchte mein unfreiwilliges Einkaufserlebnis insgeheim als Erfolg. Ich durchlief die leidige Prozedur an der Kasse und verzog nur einmal schmerzlich das Gesicht, als mir jemand seinen Wagen in die Hacken rammte. Mit einem randvollen Korb und zwei Plastiktüten trat ich durch den Türmechanismus, der mittlerweile von einem Angestellten bewacht wurde und nur noch einseitigen Kundenverkehr, nämlich den nach draußen, erlaubte.

wenig später

Ich war gerade dabei, hockenderweise Tiefkühlkost in den Fächern des Gefrierschranks zu arrangieren, als sich ein Schlüssel im Wohnungstürschloß drehte, die Tür klappte und ein fröhliches »Hallo« ertönte, noch bevor Martin in der Küche erschien. »Ich hab ein sagenhaftes neues Graphikprogramm ... Was machst *du* denn da?« fragte er im Türrahmen stehend.

»Das siehst du doch. Ich hab Vorräte eingekauft«, erklärte ich etwas gereizt ob soviel Verständnislosigkeit und räumte die Tintenfischringe ein.

»War das nötig?«

»Allerdings. Schließlich haben wir die Möglichkeit dazu.«

»Ich dachte nur, wir könnten den Platz für was anderes gebrauchen.«

»Zum Beispiel?« Rechnete er etwa damit, daß wir eines Tages eine Leiche würden verschwinden lassen müssen?

»Ich hab eben deine Mutter in der Stadt getroffen.« Ich horchte auf. »Sie meinte, ich sollte nächste Woche mal nach der Schule vorbeikommen und Zucchini mitnehmen.« So, so, da hatte meine Mutter mich also bislang mit ihren Zucchini verschont, weil sie annahm, Martin würde besser kooperieren.

»Du hast ihr hoffentlich gesagt, daß wir keine brauchen.« Langsam stand ich auf und drückte die Tür des Eisschranks zu.

»Wieso? Ich könnt mal wieder welche essen.« Er kooperierte wirklich ganz prächtig, der erhoffte Schwiegersohn in spe, nur leider nicht mit mir.

»Dann sieh auch zu, wie du das Zeug unterkriegst. Hier jedenfalls«, ich legte schützend die Hand auf den Türgriff, »kommt nicht eins von den Dingern rein.«

»Paula, wir kommen da sowieso nicht drumrum. Was hätte ich denn, bitte schön, machen sollen? Außerdem ist es *deine* Mutter!«

»Komm mir bloß nicht so. Ja, es ist *meine* Mutter. Aber ich«, ein selbstgerechter Zeigefinger landete auf meiner Brust, »ich lasse mir von ihr keine Zucchini mehr andrehen.«

»Reg dich doch nicht gleich so auf. Noch haben wir sie ja nicht«, meinte Martin in enervierend neutralem Tonfall.

»*Noch* rege ich mich auch nicht auf«, erwiderte ich drohend.

»Schön.« Damit schien die Sache für ihn erledigt, und er fuhr mit derselben Begeisterung, mit der er hereingekommen war, fort: »Also, ich hab gerade von einer unserer Referendarinnen ein neues Graphikprogramm gekriegt. Feine Sache.«

»Du könntest dich mit einer Ladung Zucchini bei ihr revanchieren«, schlug ich vor.

»Och, hör doch auf. Ich dachte, wir könnten sie mal zum Essen einladen. Sie würde dir gefallen. Ist ziemlich witzig und unkompliziert.« Es war mir nicht ganz klar, wie ich das *unkompliziert* zu verstehen hatte.

»Was gedenkst du denn dann zu kochen?«

»Weiß ich noch nicht. Ich installiere jetzt erst mal das Programm.« In seiner Euphorie war Martin schon halb zur Tür raus, als er noch hinzufügte: »Wird 'ne Menge Speicherkapazität kosten.« Dieser beiläufig fallengelassene Satz gefiel mir überhaupt nicht. Noch viel weniger aber gefiel mir die von einschlägigen Erfahrungen genährte Vorstellung, daß das neue Spielzeug nicht nur wertvollen Speicherplatz, sondern zusammen mit Martin den ganzen Computer blockieren würde, und zwar auf unbestimmte Zeit. Wie sich das auf meine Arbeit auswirken würde, war abzusehen. Ich hielt den Zeitpunkt für gekommen, einiges klarzustellen.

Mit verschränkten Armen an den Türrahmen von Martins Zimmer gelehnt, sah ich mich mit einem gebeugten Rücken konfrontiert. Martin, bereits blind und taub für seine Umgebung, blätterte in irgendeinem monströsen Handbuch und murmelte unverständliches Zeug vor sich hin. Ich räusperte mich vernehmlich – zweimal.

»Was gibt's?« erkundigte er sich, ohne es wirklich wissen zu wollen.

»Hast du vor, in nächster Zeit jede freie Minute am Computer zu verbringen und deine Schüler in Tortenstücke zu verwandeln?«

Martin gab einen Befehl ein und starrte auf den Bildschirm. »Was für Tortenstücke?«

»Du kannst nicht die ganze Zeit mit dem Ding rumspielen, weil ich es im Moment brauche.«

Er warf mir einen kurzen Blick über die Schulter zu und hämmerte dann erneut auf die Tastatur ein. »Das hat überhaupt nichts mit Spielen zu tun. Ich erklär dir das Programm irgendwann, aber bitte nicht jetzt«, bequemte er sich zu einer Antwort.

»Martin, ich muß am Computer *arbeiten*. Verstehst du?« Endlich sah er sich veranlaßt, sich zu mir umzudrehen. »Das Buch, das ich übersetzen soll, ist heute gekommen.«

Er schien recht erfreut. »Herzlichen Glückwunsch. Warum hast du das nicht gleich gesagt?«

»Sagen wir, ich hatte noch keine Gelegenheit dazu. Es ist wohl besser, wenn der Computer für 'ne Weile bei mir steht«, appellierte ich an seine Einsicht.

»Wieso? Du kannst doch den ganzen Vormittag ungestört hier arbeiten.«

»Martin, es geht nicht darum, eine Datei für Kochrezepte anzulegen. Du weißt genau, daß das nicht meine beste Arbeitszeit ist.«

»Allerdings«, grinste er unverschämt, »wir werden schon eine Lösung finden.« Er klopfte liebevoll auf den Rechner. »Dann können wir ihn ja endlich mal an seine Grenzen bringen.«

Was für Martin eine klare technische Herausforderung darstellte, versetzte mich in Alarmbereitschaft. »Keine Experimente, bitte, wenn ich einen Abgabetermin habe.«

Martin war bereits wieder unerreichbar für die Bedürfnisse seiner Mitmenschen und speiste mich mit einer abwiegelnden Handbewegung ab. Ich erkannte die Sinnlosigkeit weiteren Insistierens und erwähnte nur noch kurz, daß ich später kochen würde. Das drang durch.

»Fein. Und apropos, bevor ich es vergesse«, er wandte sich sogar um und richtete das Wort direkt an mich, »wir sind am Dienstag abend bei Fachinger zum Essen eingeladen.«

»Warum ausgerechnet wir?« war die einzige Reaktion, deren ich fähig war. Fachinger, der derzeitige Schuldirektor, hatte mich einst in Physik unterrichtet, und ich wußte sehr genau, warum es müßig war, auf einen prickelnden Abend zu hoffen.

»Weiß ich nicht. Es kommen auch noch andere«, erläuterte Martin knapp den Ablauf des Abends.

Da er beim letzten Satz nur noch Augen für den Bildschirm hatte, verschob ich es auf später, ihm die weiteren Einzelheiten zu entlocken. Vorerst zog ich mich auf mein Sofa zurück, um für ein paar Stunden unbehelligt von den Anforderungen des Alltags zu arbeiten.

She was attempting to sound flip, but her face crumpled like a punctured soufflé and she began to cry … erinnerte mich schon allzubald an die vor mir liegende Aufgabe. Da ich mich eher schläfrig als hungrig fühlte, würde der hart arbeitende Lehrer nebenan noch ein Weilchen auf sein Soufflé warten müssen.

Ich wachte mit knurrendem Magen wieder auf. Das Gegrummel aus meinem Körperinneren wurde allerdings von einem aggressiven Kreischen übertönt. Martin war wahrscheinlich inzwischen dazu übergegangen, seine Torten auszudrucken, und ich beschloß, nun auch meinerseits den elaborierten Eierkuchen in Angriff zu nehmen. Also rappelte ich mich vom Sofa hoch, schleppte mich mit noch etwas gebremstem Elan in die Küche und konsultierte zunächst mein allwissendes Kochbuch. Es konnte überhaupt nichts schiefgehen: Jeder Arbeitsschritt war minuziös aufgelistet, und mit ein bißchen Glück, das hieß, wenn unser Kühlschrank genug Käsereste hergeben würde, konnte sogar ein Käsesoufflé daraus werden. Die Sterne für die Käsevariante standen günstig. Ich reihte alle Zutaten auf der Arbeitsplatte auf und begann mit den Vorbereitungen. Als sich der Eischnee ordnungsgemäß mit dem Eigelb vermischt hatte, stellte ich eine leichte Abweichung von der Vorlage fest, denn die luftige Masse auf dem Foto war gelb, die von mir produzierte hingegen eindeutig lachsfarben, aber das lag sicher an den Hühnern und nicht an mir. Vielleicht hätte ich statt der weißen doch lieber die braunen Eier nehmen sollen. Schließlich schob ich die Form in den Ofen und machte mich über den Salatkopf her, von dem tatsächlich noch ein paar Blätter zu gebrauchen waren, die ich in zwei zweckentfremdete Sektschalen verteilte.

Nach fünf Minuten und dem fünften Mal Nachschauen machte das Soufflé immer noch keine Anstalten aufzugehen. Nach elf Minuten jedoch hatte es den Rand erreicht, ihn nach dreizehn bereits überschritten, und als es nach fünfzehn Minuten zwei Zentimeter über den Rand hinausragte, hatte es die erste goldene Färbung. Weitere fünf Minuten später verströmte mein Werk, noch etwas höher und goldener geworden, einen angenehmen Duft. Sicher hatte es sich noch nicht zu seiner vollen Schönheit entfaltet, aber ich konnte es jetzt wenigstens sich selbst überlassen und meine Aufmerksamkeit dem Krabbencocktail widmen.

Etwas später kam Martin schnüffelnd und mit unbebrillten, aber dennoch geränderten Augen in die Küche. Er rieb sich die Nasenwurzel mit Daumen und Zeigefinger. »Was gibt's denn Schönes?« erkundigte er sich interessiert. »Das riecht ja ganz köstlich.«

Dann riß er die Ofentür auf.

Ich wirbelte herum und schrie irgend etwas, an das ich mich nicht mehr so genau erinnern kann, das aber Martin dazu veranlaßte, verstört die Ofentür loszulassen, die mit einem lauten »Peng«, welches das Soufflé und mich in unseren Grundfesten erzittern ließ, zuknallte.

»Hast du vielleicht schon mal was davon gehört, daß Soufflés zusammenfallen, wenn man die Tür zu früh aufmacht? Was glaubst du eigentlich, wozu das Fenster da ist?« blaffte ich wütend und erkannte an seinem völlig verständnislosen Gesichtsausdruck, daß er noch nichts davon gehört hatte. »Trottel«, knirschte ich.

»Nee, äh, ach wirklich?« Er hockte sich vor den Ofen, um das Ausmaß seiner Zerstörung zu begutachten. »Es ist doch gar nichts passiert. Guck doch selbst.« Mit einem selbstgefälligen Lächeln, das eine Spur Erleichterung enthielt, richtete er sich wieder auf, um mir den Blick freizugeben. Ich war mir sicher, daß mein Soufflé vorhin mindestens einen Zentimeter höher gewesen war und daß es jetzt ganz bestimmt nicht mehr wachsen würde. Martin, für den die Welt wieder in Ordnung war, versuchte es auf die komische Tour: »Eier und Krabben? Sag mal, willst du mir 'nen Eiweißschock verpassen, oder hast du es einfach nur auf meinen Cholesterinspiegel abgesehen?«

Er grinste breit und versuchte allen Ernstes, mich zu umarmen. Ich stieß ihn weg. »Wenn dir nicht paßt, was ich koche, dann schaff dir doch 'ne Haushälterin an«, empfahl ich.

Martin schaute mich verdattert und ziemlich ratlos an. »Ich hab doch gar nichts gesagt. Paula, was ist eigentlich mit dir los? Seit Wochen kann man nicht mehr normal mit dir reden.«

»Ich mach mir hier Arbeit, damit du was zu essen kriegst. Das ist los. Dann kommst du, machst alles kaputt und obendrein noch blöde Bemerkungen. Und zum guten Schluß wunderst du dich auch noch, daß ich nicht funktioniere.«

»Was mich vor allem wundert«, Martin holte erst einmal tief Luft, denn er wurde langsam ärgerlich, »ist, was das ganze Getue überhaupt soll. Erst kaufst du für 'ne Großfamilie ein, dann stellst du dich am hellen Samstagabend hin und kochst. Angeblich wegen mir.« Er wurde auf einmal richtig laut. »Willst du mich etwa dafür verantwortlich machen, daß du plötzlich deine ... deine hauswirtschaftliche Ader entdeckt hast?«

»Was bleibt mir denn anderes übrig, wenn du keine konstruktiven Vorschläge machst?« fauchte ich empört und pflanzte mein Gesicht zwei Handbreit vor seines. »Alles, was du fertigbringst, ist doch, dir Zucchini von meiner Mutter aufschwatzen zu lassen.«

Er zuckte zurück und schien schwer getroffen. »Du bist ungerecht, Paula. Ich wäre heute abend gern mit dir essen gegangen«, erklärte er beleidigt und sichtlich überzeugt von dem, was er sagte.

Ich hielt es für eine glatte Lüge. Das erste, was ich in die Finger kriegte, war der Rest des ehemaligen Salatkopfes, der unweigerlich in Martins Gesicht gelandet wäre, hätte ich nicht zuerst noch einen Blick auf das Soufflé riskiert. Es hatte sich langsam verabschiedet und bot einen wahrhaft deprimierenden Anblick. Der Salat fiel zu Boden, und ich rang nach Luft. »Und das«, ich deutete mit dem Zeigefinger auf das Glas der Ofentür und das um die Hälfte geschrumpfte Ergebnis meiner Mühen, »das kannst du auch noch.«

Ich ließ ihn, eins achtzig und mit hängenden Armen, stehen und raste an ihm vorbei in mein Zimmer, um zwanzig Sekunden später mit Tabak, Geld und meinem Schlüssel versehen wieder herauszukommen und die Wohnungstür aufzureißen. »Und stell gefälligst demnächst das Telefon zurück, wenn du es benutzt hast«, gab ich ihm noch was zum Nachdenken, bevor die Tür hinter mir ins Schloß krachte. Sollten die Nachbarn doch gleich den richtigen Eindruck bekommen.

Montag, 13. September, morgens

Weshalb diese Mediziner selbst an ihren freien Tagen zu unzumutbaren Zeiten frühstücken müssen, würde mir immer schleierhaft bleiben. Die Mattigkeit wich nur langsam von mir, als ich im unangenehm hellen Licht des – zugegeben – bereits fortgeschrittenen Vormittags aus der Stadt zurückkam, wo ich Frühstücksbrötchen beschafft hatte. Trotzdem kam mir die Bewegung an der Luft, die wärmer und vor allem trockener war als an den letzten Tagen, ganz entgegen.

Am Vorabend hatten Martin und ich uns wieder vertragen. Vielleicht hatte unsere Versöhnung mich in die Lage versetzt, schon gegen neun das Bett zu verlassen. Vielleicht war sie aber im Gegenteil der Grund dafür, daß ich mich jetzt noch nicht ganz mächtig fühlte, der Welt gegenüberzutreten.

Martin hatte aus dem Großteil meiner Samstagseinkäufe eine Paella fabriziert und dazu einen besseren Wein als Lidl-Chianti gereicht. Ich war durchaus friedensbereit gewesen. Während er kochte, hatte ich meine vorläufige Beziehung zu dem von mir zu übersetzenden Werk zu vertiefen versucht. Leicht war mir das nicht gefallen, denn sobald meine Kopfschmerzen etwas nachgelassen hatten, wurde meine Konzentration durch eine gar einfältige Melodie gestört, die ich sinnlos immer wieder vor mich hin gesummt hatte.

Kurz, es war in Sachen eheliche Spannungen nicht zur Verlängerung gekommen, dafür aber zu mehreren leeren Weinflaschen, die sich dem zum Großteil von mir während des Kistenauspackens bereits gesammelten Altglas harmonisch beigesellt hatten. In absehbarer Zeit war also mit neuem Konfliktstoff zu rechnen, bei der Frage nämlich, wer zum Container in unserer Straße gehen würde, der Hauptverursacher des Flaschenbergs oder der, der in dieser Kleinstadt keinen Ruf zu verlieren hatte.

Der Abend war schließlich mit einem quasiehelichen Geschlechtsverkehr beendet worden.

Nun, nichts gegen ehelichen Geschlechtsverkehr. Er soll ja befriedigender und durchschnittlich von mehr Orgasmen gekrönt sein als die Tätlichkeiten zwischen Menschen, die sich noch nicht so lange kennen. Ich aber vermisse von Zeit zu Zeit die etwas andere Chemie der beginnenden Liebe.

Weil langsam auch mein Stoffwechsel aus der dumpfen Weinbetäubung erwachte, fühlte ich mich etwas munterer und sah meiner Frühstücksverabredung mit wachsendem Vergnügen entgegen. Schließlich steht ja sogar geschrieben, daß wir unsere Anhänglichkeit an irgendeinen Mann durch keine Art von Trennung stören oder aufheben lassen. Ein Lied summend ging ich an dem Eckgrundstück, das links den Eckerichsweg abschloß, vorbei.

Heiner bewohnte einen leicht am Hang gelegenen Bungalow mit Walmdach. Der Garten war mit einer Hecke aus irgendeiner Sorte Immergrün eingefriedet. Die im Verhältnis zum Durchschnittszustand nachbarlicher Grasfelder etwas ungepflegte Rasenfläche vor der Terrassentür im Souterrain war von der Straße aus zu sehen. Die Tür war angelehnt. Ich bog noch einmal um die Ecke des Grundstücks und stand vor der Eingangstür.

Auf mein Klingeln hin rührte sich nichts. Ich drückte erneut auf den unteren Knopf. Vielleicht waren meine Vorstellungen von den früh aufstehenden Medizinern doch revisionsbedürftig. Ich starrte nunmehr etwas entschlußschwach auf Heiners Klingelschild, vielleicht, um mich zu vergewissern, daß ich das richtige Haus gewählt hatte, und klingelte dann noch einmal bei ihm Sturm.

Als sich weiterhin nichts tat, trat ich ein Stück aus dem Eingang zurück und stellte meine musikalische Betätigung ein. Ich summte sowieso nur wieder die minimalistische Melodie, die mich schon gestern heimgesucht hatte. Im ersten Stock waren sämtliche Rollos heruntergelassen, was um zehn Uhr vormittags nur bedeuten konnte, daß die Bewohner noch nicht aus ihrer Sommerfrische zurückgekehrt waren. Das erklärte auch den Zustand des Rasens und die beklagenswerte Verkrautung der Koniferen rechts und links des zur Haustür führenden Plattenwegs.

Rechter Hand führte ein anderer Weg durch Buschwerk zur Hausecke und wohl um sie herum. Da war ja noch die offene Terrassentür … Bevor ich mich zum Betreten fremder Gärten entschließen konnte, redete mich jemand an. Als ich herumfuhr, sah ich ein faltenreiches, bekopftuchtes Frauengesicht mit viel Liguster darunter.

»Zu wem wollen Se dann? Stöckers sin nit daheime.«

Ich trat ein Stückchen näher und antwortete: »Nee, ich wollte zum Herrn Feußner.«

»Zum Dogder? Is dann der nit im Grangenhuse?«

»Eigentlich«, versetzte ich, »sind wir heute morgen verabredet.«

»Sie hon ich aber hie noch nie gesähn.« Dabei musterte sie mich ungnädig. »Dann gehn Se doch hingen rim, wie die annern au.« Sprach's und verschwand hinter der Hecke.

Genau *wie die annern au* folgte ich dem Plattenweg ums Haus herum, nachdem mein Tun quasi offiziell abgesegnet worden war. Ich stieß die angelehnte Balkontür auf. Statt meiner bewegten sich vorläufig allerdings nur zwei Exemplare jenes geflügelten Geziefers in die Wohnung, welche jeden Sommer, insbesondere den ländlichen, zu einer Quälerei machen. Ich hatte ja schon, kaum hier eingezogen, mit der Anschaffung mehrerer Sonnentaue oder Venusfliegenfallen geliebäugelt, dann aber, in Anbetracht meiner pflanzenpflegerischen Kompetenz, die nur robustes Grün überlebt, davon Abstand genommen. Ich klopfte zunächst noch einmal an der Tür, bevor ich es endgültig den Fliegen gleichtat und einfach Heiners Wohnung betrat.

In vorerst ungebrochener Heiterkeit schwenkte ich meine Brötchentüte. »Heiner, Frühstück!« Da die Fensterfront mit der Terrasse davor nach Westen ging, war das Wohn- und Arbeitszimmer, in dem ich stand, noch morgenkühl. Vor dem langen Fenster neben der Glastür befand sich ein Schreibtisch, auf dem wahrhaftig neben einigen mir weniger bekannten Zeitschriften der Pschyrembel lag. Die linke Seite des Zimmers war mit Bücherregalen zugestellt. Ich ging hin und sah die Bücher durch. Es roch komisch. Der Geruch, den ich aus Heiners Räumen erinnerte, war anders gewesen. Ich sah mich weiter im Zimmer um. Rechts von der Balkontür stand ein moderner, sechseckiger Eßtisch aus Buchenholz mit schwarzem Mittelfuß und zwei dazu passenden sowie zwei Wohngemeinschaftsstühlen, Typ Sperrmüll überstrichen. Über dem Tisch hing keineswegs eines der üblichen Doisneau- oder Haring-Plakate, sondern geschmackvollerweise die Abbildung einer sehr bunt gezeichneten Wirbelsäule, versehen mit den Namen für jedes einzelne Knöchelchen und Knorpelstück nebst den Bezeichnungen für irgendwelche Mittelchen, die bei Beschwerden an dieser oder jener Stelle eingesetzt werden könnten.

Durch die geöffnete Zimmertür konnte ich in den Flur sehen. Auf dem fleckigen Teppich stand ein Telefontischchen. Es brannte Licht, nun, nichts Ungewöhnliches für Souterrain. Ich räusperte mich, um noch einmal zu rufen. Mein fragendes »Heiner?« blieb unbeantwortet.

Langsam trat ich in den Flur. Ich tippte die Tür rechter Hand an, und es summte. Neben dem Bett stieg ein Fliegenschwarm von etwas auf. Der blaue, dickflorige Teppich ringsum war dunkel verklebt. Das, was da lag, dieser braunverkrustete Kadaver hatte keine Ähnlichkeit mehr mit dem Heiner, den ich noch vor einer Woche gesehen hatte. Er lag auf dem Rücken. Die Hände waren krallenartig versteift. Durch einen kleinen Spalt zwischen den halbgeschlossenen Lidern war ein Stück des marmorartigen Augapfels zu sehen. Um den Kopf war ein ehemals grüner Winterschal gebunden. Die auf dem Scheitel geknoteten Enden waren durch das geronnene Blut so steif, daß sie wie Hasenohren abstanden. Der Rest des Körpers war eingefallen und erschien dadurch klein, wirkte aber gleichzeitig, bedingt durch seine Steifheit, massiv. Der Fliegenschwarm hatte sich beruhigt. Einige Viecher krabbelten auf dem Gesicht herum und versuchten unter die Augenlider und in den Mund zu gelangen. Der größte Teil des Schwarms klumpte in den klaffenden Löchern, die den Rumpf bedeckten.

Ein einfallender Sonnenstrahl beleuchtete das schaurige Ensemble in Heiners Schlafzimmer, so daß es einer Passionsmalerei aus der Renaissance glich. Ein hyperrealistisch in Öl festgehaltener, wachsfarbener Jesus mit vielen Wunden nicht nur an der Seite, wenn man sich das Kreuz wegdenkt, die umherstehenden Jünger und Römer und die stete Nacht auf diesen Bildern. Nur, daß der arme Heiner nicht einmal ein Tuch um die Hüften trug und ich den Lieblingsjünger Johannes wohl nur unzureichend abgegeben hätte. Statt einer Lanze lag auf dem Bett ein sauberes Brotmesser.

Ganz langsam, wie mir schien, machte ich einen Schritt auf die Leiche zu, hockte mich in sicherem Abstand hin, berührte mit dem Zeigefinger meiner freien, linken Hand einen der nach außen weggekippten Füße und erschrak. Er schien mir warm. Einen Rettungswagen, dachte ich alarmiert, der lebt ja noch. Aber als ich drei Finger der linken Hand noch einmal länger auf den Fuß legte, merkte ich eine Kälte, die bis hinauf in meinen Arm spürbar war, und langsam, ganz langsam zog ich die Hand wieder zurück, streckte die Knie, drehte mich um, ging aus dem Zimmer, wandte mich nach rechts, nahm den Hörer vom Telefon, klemmte ihn zwischen Schulter und Ohr und wählte nicht die 112, sondern die 110.

Während ich viele eigenartige Fragen beantwortete und dem Mann am anderen Ende auszureden versuchte, daß es sich um einen Witz handelte, scharrte ich auf den Flecken im Flurteppich herum. Tatsächlich lösten sie sich und klebten an meinen Schuhen fest. Vorsichtig stellte ich meinen Fuß auf und versuchte, die Reste von dem Fusselkram von den Schuhen zu entfernen, ohne sie anfassen zu müssen. Es gelang mir nicht richtig, und nach einigem langsamen Schütteln und Auftreten mit dem linken Fuß rieb ich die Reste einfach ans Bein des Telefontischchens. Das lenkte mich etwas ab, und erst als der Mann am anderen Ende fragte, ob ich noch dran sei, besann ich mich. Endlich war er bereit, jemanden vorbeizuschicken, und bat mich, dazubleiben. Ich nickte und legte auf.

Endlich klingelte es.

Als ich vor der Haustür stand und die Klinke runterdrückte, stellte ich fest, daß die Tür verschlossen war. Ich brüllte durch die Tür: »Sind Sie die Polizei?«

»Bollezei«, kam es echoartig zurück, nur tiefer. »Ham Sie uns gerufen?«

»Ich hab keinen Schlüssel«, tönte ich zurück, »kommen Sie durch den Garten. Es ist unten.«

Ich vernahm sich entfernendes Gemurmel und schickte noch ein »Rechts rum!« hinterher, was so überflüssig wie ungehört im Flur verhallte. Also eilte ich die Kellertreppe wieder runter, um die Beamten an der Balkontür zu empfangen.

Über die Terrasse kamen ein älterer und ein junger Uniformierter. Der Ältere war um die Fünfzig, glattrasiert und füllig; der andere war jünger als ich, hatte einen faupelfarbenen Schnauzer auf der Oberlippe und eine konkave Taille. Der Jüngere erkundigte sich unfreundlich: »Wieso haben Sie keinen Schlüssel?«

»Ich wohne nicht hier. Ich war nur zum Frühstück eingeladen«, erklärte ich.

»Wie kommen Sie dann rein?« kesselte mir der Schnauzbart entgegen.

»Hintenrum. Genau wie Sie.«

»Wachte mo, Micha«, mischte sich der ältere Kollege ein. »Zeijen Sie ins erschtemo, wos Sie gefungen hon.« Er strahlte etwas beruhigend Väterliches aus.

Ich führte sie zu meinem Fund. Ich guckte nicht noch einmal hin, sondern blieb an der Tür zwischen Wohnzimmer und Flur stehen. Nach einem kurzen Blick ins Schlafzimmer ging der ältere Beamte zum Telefon.

Ich setzte mich an den Eßtisch. Micha folgte mir. »Sie haben doch wohl nichts angefaßt?« Er schien mir doch etwas blaß um seinen herbmännlichen Bart herum. Ich dachte an das klebrige Zeug am Bein des Telefontischchens und antwortete nicht.

»Sie sind doch wohl nicht überall rumgelaufen, Frau ...«, fragte er.

Meine Hoffnung, daß das alles bald vorbei sein könnte, stieg, als der Kollege sein Telefonat beendet hatte und sich zu mir setzte. Ich antwortete ihm und nicht Micha, daß ich nirgends groß herumgelaufen sei, außer in diesem Raum, und daß ich nur das Telefon angefaßt habe, so wie er.

Daraufhin sagte er nur: »Gudd.«

Micha stand zwischen Tisch und Wand neben dem Wirbelsäulenplakat, auf dem eine blauschimmernde Fliege herumkrabbelte. Mit beiden Händen stützte er sich auf die Lehne eines der Exwohngemeinschaftsstühle und starrte mir ins Gesicht. Die Fliege näherte sich dem Nackenwirbel.

»Sie sin also«, der Ältere schaute in sein Büchlein, »Piebenprog Paula. Sie ham bei uns angerufen.«

Ich nickte.

»Un nebenan?«

Ich sah ihn an.

»Ich meine, wer der Dode is?«

Ich sagte es ihm.

»Ich ben Bollezeihaubtwachtmeisder Specht.« Nun waren alle mehr oder minder einander vorgestellt. »Wieso sin Sie dann einfach hier ringegin?« wollte er dann wissen.

»Vorn hat ja niemand aufgemacht.« Mein Mund war plötzlich sehr trocken, und die Artikulation bereitete mir Mühe. Außerdem war mir kalt.

»Frau Piebnprog.« Das *Frau* kam Specht etwas gedehnt über die Lippen. »Sie saachen, Sie waren ingeladen. Un Sie kennen den Dokter Feußner so gudd ...«

»Kannte«, unterbrach ich ihn. Ich bin da sehr für Genauigkeit.

Specht kuckte Micha an und dann wieder zu mir. »Also, hon Se den Dokter so gudd gekannt, dasse einfach in sinne Wohnung eindringen?«

»Erstens«, setzte ich mühsam zu einer Erklärung an, »waren wir heute morgen zum Frühstück verabredet, und zweitens hat mir 'ne Nachbarin gesagt, daß hier immer alle hinten reingehen.

Herrn Feußner kenne ich von früher und hab ihn hier wiedergetroffen.«

Micha ergriff die Initiative: »Was jetzt? Wie gut kannten Sie das Opfer?«

Nach einer kurzen Stille sagte Specht: »Un nu, Frau Piebnprog, erzähln se mo dm Bollezeimeisder Fink un mir ...« Es klingelte.

Micha schoß durch die Balkontür davon.

Ich fragte seinen Kollegen: »Heißen Sie wirklich Fink und Specht?« und wollte mich ausschütten vor Lachen.

Specht warf mir einen Wir-sprechen-uns-noch-Blick zu.

»Herr Wachtmeisder, was is dann hie lose?« An der Schwelle der Terrassentür stand die Nachbarin, die Heckenschere noch in der Hand. Sie trat unaufgefordert ein.

»Sie kun hie aber nit ...«, Specht versagte die Stimme.

Nur Augenblicke später kam Fink mit einer ganzen Mannschaft aus zivil, weiß und uniform gekleideten Menschen den Gartenweg hinunter. Auch sie gesellten sich zu uns.

Ich kicherte weiter blödsinnig in mich hinein, während Specht mit der Alten diskutierte und Fink mit seiner Bande nach kurzer Beratung ins Schlafzimmer weiterzog. Nach und nach beruhigte ich mich und verfolgte, mit dem Oberkörper wippend, den Zweikampf zwischen dem Specht Willi (von mir aus auch Henner oder Karle) und der Gärtnerliesel. Er versuchte gerade, unter Einsatz körperlicher Mittel die Nachbarin aus dem Haus zu schaffen, indem er ihren rechten Ellenbogen, in dessen Verlängerung sich die Heckenschere befand, faßte und sie in Richtung Tür schob. »Kommen Sie, Frau ..., das hier is nix fer Sie.«

»Do muß doch wos bassiert sin, wenn hie sovähle Bollezei rimrennt. Ich hon schon immer gesprochen, doß dos nit gudgin kunnde, so vähle Wieber, wie hie rin un rus sin.« Ich fing einen Ausdruck beginnender Resignation in den Augen des Beamten auf. »Am Sunnobed ging's hie zu wie im Daubenschlaach. Erscht dos Dungle, dos Määjen vom ahlen von Bohr, Sie wissen schonn. Un dann kom dos Plonde. Ich hon dos nit alles so middegekricht, weil mä dann ze Obed gegessen hon. Es wor je dann au dungel, un ich hon mä de Sendung mit dem Karl Moik im Irschden angegoggen. Un jetz es hie.« Sie richtete die Schere auf mich. »Also, ich däde je schon gerne mo guggen. Dr Dogter wor je immer sehr frindlich und hod de Daacheszit gesprochen, aber disse Wieber«, ein böser Blick zu mir, »frieher hod me sich je au entschieden, 'ne Familie ze grinden. Isses nit so, Herr Wachtmeisder?«

Specht nahm ihr Kommunikationsangebot bezüglich des Verfalls der Sexualmoral nicht an, nutzte aber die Pause in ihrem Redestrom, um selbst etwas zu sagen: »Ja, Frau ..., das is je alles schön un gud, und wir kommen bestimmt auf Sie zurück, aber jetzt hon minne Kollejen un ich hie wos ze dunne. Geben Se mir doch einfach Ihre Adresse ... Sie sähen je so manches, un vielleicht sin Sie ja sogar Zeugin, aber jetzt wollen wir den Erkennungsdienst doch erst einmal sinne Arbeid dun lassen.«

Ich war schwer beeindruckt. *Jetzt wollen wir ...*, das klang sehr schön krankenschwesterlich, und dabei schob er die Nachbarin fast unmerklich weiter in Richtung Terrassentür.

»Dann bassen Se mo uff. Also, Vaupel heiß ich«, stellte sie sich vor. Ein anderer Name kam auch kaum in Frage. »Vaupel mit Vau, gleich hie nebenan. Un Se missen oben klingeln, ungen wohnen de Kinner, also inse Junge un de Familje. Un ich darf wirklich nit emo guggen?«

Specht ging zum Tisch, wo sein Notizbuch noch lag, und notierte. Zwischendurch antwortete er: »Dos geht leider nit. Wir hon hie ze arbeiden un wissen nit, wie vähle Spuren die Dame hie«, dabei wies er auf mich, »schonn zerstört hod.«

Er hatte wirklich ein glückliches Händchen im Umgang mit neugierigen Nachbarinnen, lud einfach mir die Verantwortung dafür auf, daß sie hier nicht herumwandern konnte.

Es funktionierte. »Dos seh ich inn«, sagte sie. »Jo dann ...«, und sie näherte sich wirklich, wiewohl zögerlich, dem Ausgang.

Es klingelte erneut. Damit scheiterte Spechts Deeskalationsstrategie. Frau V. schoß herum, wieder voller Energie, und legte erneut los: »Do kimmed bestimmt widder eins. Sie sollden ...«

Specht wurde autoritär. »Sie sin jetz bidde ma stille un gehn am besten.« Dann brüllte er in den Flur: »Hod schon einer den Schlissel gefungen?«

Es klingelte wieder, diesmal Sturm. Frau Vaupel dachte mit: »Also min Karle hod sinnen Schlissel immer in der Jaggenkibbe.«

»Micha«, nahm der Hauptwachtmeister ihre Anregung auf, »guck doch mo, ob da drussen 'ne Jacke hinget un ob do 'n Schlissel drinne is. Ich geh nochemo ims Haus rim.« Sprach's und war aus der Balkontür.

Die Nachbarin und ich blieben allein zurück. Sie trat näher und fragte mich: »Was is dann nu mit dem Dogder?«

Ich lächelte sie freundlich an und fuhr mir mit dem Zeigefinger über den Hals, was meines Erachtens den Zustand Heiners besser beschrieb als das simple Wörtchen *tot.*

Sie beäugte mich. »Wos es Ihnen dann?«

Durch Michas Eintreten wurde ich der Antwort enthoben. Er warf ein Schlüsselbund auf den Tisch und sagte zu niemandem im besonderen: »Bingo.«

Frau V. ignorierte den neuen *Wachtmeisder.* Sie legte die Gartenschere auf den Schreibtisch, wanderte im Zimmer herum und brabbelte vor sich hin. »So vähle Bicher. Do muß me ja verreckt wärn, wenn me die alle liest.«

Fink war schon wieder weg, dafür kam Specht durch den Garten zurück. Er wurde begleitet von einem etwa vierzigjährigen, enorm großen Mann in heller Windjacke und weißen Baumwollhosen. Sowohl im Kopfhaar als auch im Schnurrbart hatten die weißen Haare die Vorherrschaft über die dunkelbraunen bereits gewonnen. Der Mann schaute sich kurz im Zimmer um, bemerkte Frau V., schätzte mich mit einem Blick ab und runzelte die weißlichen Brauen über den braunen Augen. Daraufhin raunte er Specht etwas von schräg oben ins Ohr und dirigierte den Kollegen in den Flur, wobei er die Wohnzimmertür hinter sich schloß.

Ich sagte zu Frau Vaupel: »Vielleicht können wir ja gehen.«

Sie blitzte mich an. »Hiegeblebben, oder ich hol den Wachtmeisder. Un ich wer sowieso noch gebraucht. Ich ben eine wichtige Zeugin.«

Resignation überkam mich.

»Der Kommissar will mich bestimmt noch befragen«, endete Frau V. würdevoll.

In unser Schweigen hinein klingelte es wieder mal. Micha stürzte kurz rein und nahm den Schlüssel vom Tisch. Er schloß die Wohnzimmertür wieder hinter sich, und Frau Vaupel erging sich in einem halblauten Monolog.

Ich spielte mit dem Gedanken, mir ein Buch zu holen.

»Immer schlimmer geworn isses. Un dann erscht 89, wie die alle uss Düringen gekommen sin. Mä hon ja au Verwande dribben gehapt. Es wor je schene, die mo widder ze sähn un daß die jetz frei sin. Aber damidde kun die je ga nit immegin.«

Hinter der Tür schien etwas vorzugehen. Das kaum hörbare Geräusch routinierter Arbeit wurde von lautem Getrampel und Gebrüll unterbrochen: »... Sie denn hier ...?« – »... Informationspflicht ...«

Die Tür ging auf. Specht brachte einen Mann mit Fotoapparat in meinem und einen anderen in seinem Alter herein, auf den er einredete: »Versteh mich nit falsch, Willi, wir hon hie noch 'ne Weile ze dun. Ruf mich dernobed an.«

»Is gut, Henner. Du weißt aber, daß wir das nicht erst übermorgen bringen können.« Ach du Scheiße, der Lokalteil der *Nordhessischen Post*. Dann sah Willi uns, begrüßte aber nur Frau Vaupel. »Und wer ist das?«

Der Specht Henner (was seinen Vornamen betraf, hatte ich mit meiner Vermutung nur knapp danebengelegen) drehte sich etwas nervös um und schloß die Tür hinter sich, bevor er seinem Kumpel leise und hastig antwortete. »Paula Piebnprog. Hod den Doden gefungen. Erzähl ich dir dann, mach dich jetze rus.«

Willi ließ sich nicht drängen, sondern machte eine Kopfbewegung zu seinem Begleiter, der zwar zögerte, aber auf die Aufforderung »Mach schon, Uwe!« doch den Fotoapparat zückte. Daß ich nicht auf ewig mit offenem Mund in den Archiven der *NHP* endgelagert wurde, verdankte ich zu einem Teil den Skrupeln des Fotografen, zum anderen dem langen Grauen, der in diesem Moment die Tür öffnete und wieder die Szene betrat.

»Sind die immer noch nicht draußen?« fragte er Specht. Den Reportern zugewandt fügte er hinzu: »Wir machen heute um 18.00 Uhr eine Pressekonferenz. Da können Sie dann Ihre Fragen stellen. Und jetzt seien Sie vernünftig und stören uns nicht weiter. Auf Wiedersehen.«

Willi sagte: »Komm, Uwe«, und wollte durch den Flur verschwinden. Der Graue hielt ihn noch einmal auf: »Ach, bitte, gehen Sie doch durch den Garten. Einfach rechts ums Haus.« Willi zuckte mit den Schultern und trollte sich, seinen Fotografen im Schlepptau, der sogar ein halblautes »Auf Wiedersehen!« von sich gab.

Der Lange schaute sich im stillgewordenen Zimmer um und sagte dann: »Ich bin Kriminalkommissar Klingelhöfer vom Kommissariat.« Anschließend wandte er sich an Frau Vaupel: »Was machen Sie hier, Frau ...«

»Vaupel«, sagte Frau Vaupel.

»Vaupel«, kam ihr Specht eilfertig fast zuvor.

»... Vaupel«, beschloß KKK seinen Satz.

Frau V. schnappte ihre Gartenschere und ging zügig in Richtung Terrassentür. »Ich wullde sowieso grade gin. Der Wachtmeisder weiß, wo ich wohne, wenn Se mich noch brauchen.«

Klingelhöfer sah Specht an. Der beeilte sich zu sagen: »Frau Vaupel is de Nachbarin. Sie hot wahrscheinlich wos gesähn. Wenn wir wissen, wann das Opfer ...«

Der Kommissar nickte. Über den Rasen näherten sich zwei Männer mit einem Plastiksarg und stapften ins Wohnzimmer. »Mahlzeit!« grüßten sie freundlich.

»Der arme Dogder!« jammerte Frau Vaupel noch, während sie durch die Terrassentür entschwand.

Mein Oberkörper begann wieder zu wippen. Kommissar Klingelhöfer sah mich an, dann die beiden Sargträger und sagte: »Bringen Sie den Toten bitte durchs Haus raus.«

Die beiden sahen einander an. »Is doch viel ze umständlich über de Trebbe. Da rammeln me bloß wo vor, un der Steuerzahler musses bezahlen«, argumentierte einer.

»Ist gut«, gab Klingelhöfer nach einer kleinen Pause sein Plazet, »aber warten Sie noch ein bißchen.«

Specht öffnete die Tür zum Flur, und die Sargträger schoben ab. Der Kommissar wandte sich jetzt mir zu. »Ja, Frau Piepenbrock«, er zögerte, »ich müßte Ihnen ein paar Fragen stellen. Sind Sie in der Lage …« Ich mußte auf einmal pinkeln.

Die Tür ging wieder auf, und ein Weißkittel schaute herein. »Ich wär dann soweit fertig. Hier kann ich nichts mehr tun. Ich würde die Leiche gern jetzt gleich zur Autopsie mitnehmen. Der Kollege liegt ja schon länger, und besser wird er nicht, wenn er nicht auf Eis kommt.«

»Und? Was steht dem entgegen?« fragte Klingelhöfer.

Der Arzt zog eine Augenbraue hoch. »Es soll da eine Anweisung ergangen sein, die Leiche nicht wegzuschaffen.«

»Wer sagt das?«

»Die Träger wollen die Leiche nicht wegschaffen und berufen sich auf Sie.«

Ich schaute von einem zum anderen. Der Kommissar atmete einmal tief. »Also schön, schaffen Sie ihn weg. Ach, Hauptwachtmeister, gehen Sie mal mit, und schaffen Sie diese Clowns raus.«

Specht ging mit dem Arzt. Wir waren allein. Kommissar Klingelhöfer seufzte noch einmal und sagte mit einem halben Lächeln: »Sie sehen, wir haben in solchen Dingen einfach keine Routine. Der letzte Mord hier ist schon Jahre her, und da ist der Täter selbst zu uns gekommen.« Er setzte sich zu mir an den Tisch.

Es rumpelte. Die Tür ging auf, Specht drückte sich im engen Flur an die Wand und ließ Sargträger samt Sarg passieren. Der Arzt folgte. Träger Nummer eins kommentierte: »Schwere Plessuren hat der Mann. Kerle, Kerle. So was hat me nit alle Daache.« Träger Nummer zwei verabschiedete sich mit einem munteren »Macht's gudd zesammen!« Der Arzt nickte nur allgemein in die Runde.

Mein Harndrang wurde stärker. Ich räusperte mich. »Entschuldigen Sie, bevor wir anfangen, konnte ich wohl mal aufs Klo?«

Der Kommissar kratzte sich am Kopf. »Ich fürchte, das wird nicht gehen, wegen der Spurensicherung.« Er stand wieder auf. »Was machen wir denn jetzt?«

Es klopfte, und eine Frau steckte den Kopf durch den Türspalt. »Wir müßten jetzt hier mal rein.«

»In Gottes Namen«, resignierte Klingelhöfer, und zu mir sagte er: »Das hat jetzt hier keinen Sinn mehr. Ich fahr Sie nach Hause, und dann reden wir da.« Er lächelte. »Das ist auch in der Toilettenfrage das beste. Ich sag nur noch meinem Kollegen Bescheid, daß der mitkommt.«

»Aber ich wohne doch bloß um die Ecke.« Ich stand auch auf, während er etwas in den Flur rief. »Und außerdem haben wir immer noch keinen Küchentisch.«

»Na, ein paar Stühle werden Sie doch haben«, sagte der Kommissar und stellte mir den rothaarigen, sommersprossigen und vollbärtigen Mann, der das Zimmer betrat, als seinen Kollegen Steinmetz vor. Der streckte mir die Hand entgegen und sagte: »Guten Tag.« Ein höflicher Mensch. Als ich ihm auch die Hand geben wollte, fiel mir auf, daß ich etwas in der Rechten hatte, und war gezwungen, ihm die Linke zu geben. Während wir durch die Balkontür vor den ins Wohnzimmer einfallenden Menschen Reißaus nahmen, sah ich nach, was ich da festhielt. Ich hatte immer noch die mittlerweile völlig zerknautschte Brötchentüte in der Hand.

gegen Mittag

Es war angenehm warm. Die Sonne stand recht hoch am jetzt wolkenlosen Himmel, und die Luft erschien mir nach dem Geruch in Heiners Wohnung geradezu frisch. Die kleineren Kinder waren schon aus der Schule zurück: Einige standen vor dem Haus, die Jungs mit giftbunten Helmen auf dem Kopf und Mountainbikes zwischen den Beinen, der weibliche Teil auf Inline-Skatern. Erstere starrten in den Streifenwagen, während ihre Schwestern eher uns drei beäugten. Sie verloren das Interesse an uns, als wir in einen zivilen Wagen einstiegen.

Ich war auf einmal sehr müde. Ohne noch einmal auf die Unsinnigkeit dieser Autofahrt hinzuweisen, rutschte ich auf den mir angebotenen Beifahrersitz. Der doch ziemlich große Steinmetz faltete sich in den Fond. Klingelhöfer startete und fragte: »Chattenweg?« Ich nickte. Das obere Drittel der Brötchentüte war ziemlich verkrumpelt.

Klingelhöfer seufzte und suchte im Rückspiegel die Augen seines Assistenten. »Sagen Sie mir doch einfach, wo wir halten sollen.«

Ich räusperte mich so, daß es mit etwas gutem Willen als Bejahung aufgefaßt werden konnte. Wir rollten am Haus meines ehemaligen Deutschlehrers vorbei. Ganz hinten im Stammhirn meldete sich die Gier nach einer Zigarette.

»Da drüben wohn ich«, krächzte ich.

Klingelhöfer stoppte, wendete und hielt vor unserem Haus, einem zweistöckigen Fünfziger-Jahre-Bau. Es wurde einzig von einer einfachen, weißgetünchten Platte über der Eingangstür geschmückt, an deren Unterseite verloren eine schmiedeeiserne Lampe baumelte. Beides war ebenso häßlich wie deplaziert und rührte mich irgendwie.

Wir stiegen aus und gingen ins Haus. Ich ließ die beiden sich in der Küche einen Platz suchen und wollte aufs Klo. Steinmetz rief mir nach: »Lassen Sie doch die Brötchen hier, Frau Piepenbrock.«

Ich machte kehrt und legte die Brötchen auf die Ablage in der Küche. Dann stürzte ich ins Bad. Beim Händewaschen betrachtete ich mich intensiv im Spiegel. Meine kurzen, in alle Richtungen abstehenden Locken hatten sich nicht plötzlich entkräuselt, und ich war auch nicht, wie es ja vorkommen soll, jäh ergraut. Dafür schienen die Ringe unter den Augen tiefer und blauer zu sein als noch heute morgen. Ich hatte auch keine Sommersprossen mehr. Natürlich waren sie noch da, aber sozusagen entpigmentiert.

Als ich zurückkam, holte ich erst mal den Tabak aus der Tasche, um mir eine Zigarette zu drehen. »Ich muß jetzt einfach rauchen«, intonierte ich eine obskure Entschuldigung, als ob es nicht meine Wohnung wäre, in der ich rauchen kann, soviel ich will. Es gab natürlich keinen dritten Stuhl, da Martin und ich aus den Konkursmassen unserer sich auflösenden WGs nur je einen mitgebracht hatten. Ich lehnte mich also mit meiner Zigarette an die Ablage.

Klingelhöfer und sein Assistent tauschten wieder Blicke. Der Kommissar fragte: »Sollen wir irgend jemand holen? Ihren Mann? Ihren Arzt? Verwandte?«

Ich schüttelte nur den Kopf. Es wurde still, während ich rauchte. Dann fingerte Steinmetz in seiner Hemdbrusttasche und zog eine Zigarette heraus. Mit einem begehrlichen Blick auf den von Martins Frühstück übriggebliebenen Kaffeerest in der Glaskanne äußerte er: »Könnte ich vielleicht einen Kaffee haben?«

Meine Hände zitterten, als ich den abgestandenen Kaffee in den Ausguß schüttete und frisches Wasser in den Tank der Kaffeemaschine gab. Dann holte ich Tassen aus dem Schrank, die aneinanderklirrten. Als ich den Kühlschrank öffnete, um die Milch herauszuholen, fiel mir ein, daß ich weder einen neuen Filter noch frisches Kaffeepulver in die Maschine gegeben hatte. Ich habe einfach keine Routine im Kaffeekochen, vielleicht, weil ich Teetrinkerin bin. Ich stellte die Milch also zurück und öffnete den Hängeschrank, in dem sich die Frühstücksausrüstung befand, um eine Filtertüte herauszuholen. Sie wurde mir aus der Hand genommen.

»Setzen Sie sich mal. Ich mach das schon.« Der Assi stand neben mir, steckte die Zigarette zurück in die Brusttasche und griff zielstrebig nach der Kaffeedose. Ich nahm den Aschenbecher mit meiner darin verglimmenden Zigarette, setzte mich auf den von ihm geräumten Stuhl und rauchte weiter.

Klingelhöfer verrückte seinen Stuhl so, daß er mir gegenübersaß. »Erzählen Sie einfach«, bat er mich.

Ich berichtete also, nur unterbrochen von Steinmetz, der später Kaffee austeilte. Sie spielten ein bißchen Frage und Antwort mit mir, was Heiner anging, wann ich ihn zum letzten Mal gesehen habe, in was für einer Beziehung ich zu ihm gestanden habe, ob ich wisse, wer zu benachrichtigen sei. Meine kargen Antworten schienen sie zufriedenzustellen.

»Und hier?« fragte der Kommissar. Als er meinen verständnislosen Blick auffing, präzisierte er: »Wissen Sie, mit wem Dr. Feußner hier näher bekannt war?«

»Ich denke, mit den Geschwistern von Bohr.«

Während die beiden Polizisten ihren Kaffee mit der Gier der Dauerkaffeetrinker herunterstürzten, verursachte mir jeder Schluck Magenschmerzen. Die Küche war vollgequalmt. Der Assistent und ich rauchten ja eine nach der anderen, ich, um meine fast zweistündige Abstinenz auszugleichen, er vermutlich nur aus Gesellschaft, wenn er sich nicht gerade Notizen machte. Er hatte sich nach dem Kaffeekochen an die Anrichte gelehnt und aschte mit mir in einen gemeinsamen Aschenbecher, was mir das Gefühl gab, nicht ganz allein zu sein. Vielleicht war es seine Aufgabe, den Einfühlsamen zu mimen, auch wenn mir sein älterer Kollege nicht gerade wie der Prototyp des bösen Bullen erschien.

Irgendwann stand Klingelhöfer auf. »Wir müssen jetzt gehen. Können Sie mir Ihre Telefonnummer geben?«

Ich lief zum Telefon und schrieb die Nummer auf einen Zettel.

Der Kommissar erkundigte sich noch einmal: »Wollen Sie wirklich allein hier bleiben?«

»Lassen Sie mal«, winkte ich ab. »Mein, äh, Freund muß eh jeden Moment hiersein.« Immer noch hatte ich Schwierigkeiten, Martin offiziell zu betiteln.

Endlich gingen sie. Ich schob die Tassen zusammen und öffnete das Küchenfenster. Dann setzte ich mich wieder, nestelte an der Brötchentüte herum und rauchte weiter, bis sich der Schlüssel in der Tür drehte. Ich stand auf, drückte die Zigarette aus, nahm die Brötchen mit und ging Martin auf dem Flur entgegen. Er stand noch an der Garderobe, als ich ihm die Tüte entgegenstreckte.

»Ah, Brötchen«, äußerte er verständnislos.

Als er mir die Tüte abnahm, brach ich in Tränen aus. Ich ließ ihn mit den verdammten Brötchen stehen, die nicht einmal seine waren, setzte mich an meinen Schreibtisch und schluchzte vor mich hin.

Meine Heulerei wurde zunächst begleitet von einem beruhigenden Gemurmel an meinem linken Ohr. Irgendwann hörte ich nichts mehr. Vor Überraschung schluchzte ich etwas leiser und sah mich um. Von der Tür her traf mich Martins Gebrüll: »Zum Teufel, Paula, sag mir jetzt endlich, was los ist!«

Das half. Schlagartig war ich so wütend, daß mein Zwerchfell sich merklich entspannte. »Heiner ist tot, das ist los!« blaffte ich zurück.

»Oh«, kam es deutlich gedämpfter von der Tür. »Das, äh, tut mir leid.«

»Ja.« Wer auch immer mir zu der Zeit mehr leid tat, Heiner oder ich. »Mir auch.«

So blieb ich sitzen, während draußen der Verkehr erst zu-, dann wieder abnahm. Eine Weile schlich die westliche Sonne durch mein Zimmer, aber mir blieb kalt. Martin hatte mich, noch bevor ich ihn etwas energischer darum hätte bitten müssen, allein gelassen und war in sein Zimmer verschwunden, von wo ich das beruhigende gleichmäßige Klacken der Computertastatur vernehmen konnte. Das erste klassische Hilfsmittel zur Normalisierung hysterischer Partnerinnen, ein Glas Cognac, stand immer noch unangerührt vor mir.

Als die Sonne weg war, öffnete sich meine Tür. Martin, im Jakkett, schaute herein. »Ich muß mal an die Luft. Willst du mit?«

Ich schüttelte den Kopf. Vermutlich ging er jetzt zu Hilfsmittel Nr. 2 über: Verstärkung holen. »Nur für den Fall, daß du unterwegs zufällig meine Mutter triffst: Mir geht es blendend«, suchte ich dem vorzubeugen.

Er verdrehte die Augen, schüttelte seinerseits den Kopf und ging. Während er weg war, klingelte es einmal, was ich ignorierte. Sofort klingelte es unten, bei Wackerbarths, und ich beglückwünschte mich, nicht geöffnet zu haben. Am Ende hätte ich mich noch mit den Tröstungsversuchen zweier Zeugen Jehovahs auseinandersetzen müssen.

Später kam Martin wieder, mit zwei Portionen chinesischen Essens in Alu-Schälchen, und nötigte mich zur Nahrungsaufnahme. Natürlich hilft chinesisches Essen (Hilfsmittel Nr. 3) ebenso wie Schnaps gegen Unlustgefühle fast aller Art, aber nie, niemals gegen tote Freunde. Wir aßen an meinem Schreibtisch und konversierten gequält. Ich versuchte, die Ereignisse des Vormittags in Worte zu fassen. Als ich verstummte, leitete er Strategie 4 ein: Ablenkung. Ich ließ seine Rede durch mich durchrauschen und hing meinen Gedanken nach. Es wurde still. »Hast du was gefragt?« erkundigte ich mich schließlich, als mir die Pause in der Geräuschkulisse zu lang wurde.

»Du hörst ja gar nicht zu«, stellte er fest. Er nahm meine Hand. »Du bist ja eiskalt. Soll ich dir ein Bad einlassen?«

»Martin, bitte. Das ist ja alles rührend, aber vielleicht verstehst du, daß ich mich gar nicht wohl fühlen *will*«, stellte ich klar.

Er hatte wohl nicht richtig zugehört. »Na gut. Es hat aber trotzdem keinen Sinn, sich so fertigzumachen. Ich mach dir jetzt eine Wärmflasche, und dann legst du dich ins Bett«, sagte er.

Vielleicht würde er mich in Ruhe lassen, wenn ich auf seinen Vorschlag einging. Als von mir kein Widerspruch laut wurde, verschwand Martin in der Küche zum Wasserkochen. Ich zog mich folgsam aus, legte mich hin, erhielt meine Wärmflasche und wurde allein gelassen.

Durchs offene Fenster drangen die Geräusche verspäteter Grillparties herein. Ich stand wieder auf und schaltete die Anlage ein. Anschließend spulte ich an einer Kassette herum, bis ich den Anfang des richtigen Liedes gefunden hatte, und brüllte lautstark mit:

Once upon a time I was falling in love, now I'm only falling apart.
There's nothing I can do, a total eclipse of the heart.
Once upon a time there was light in my life ...

Im Wintersemester 83/84 hatten Heiner und ich uns kennengelernt. Ich studierte mit besten Vorsätzen in meinem ersten (und vorletzten) Literaturwissenschafts-Proseminar, er parkte nach dem Zivildienst im Germanistischen Seminar, in der Erwartung eines Studienplatzes in Medizin, der ihm auch zum Sommersemester beschert wurde. Es ging um Thomas Manns Frühwerk, und das Niveau eines soliden Mittelstufen-Deutschunterrichts wurde nicht unterschritten. Erst trafen sich unsere genervten Blicke über die Raumdistanz. Irgendwann, ich glaube, es ging gerade um die Frage, ob Herr Mann sein Leben tatenlos vergeudet hätte, wenn er nicht Schriftsteller geworden wäre, drehte ich mir eine Zigarette. Als ich sie vor mir auf den Tisch legte, grinste Heiner mich von der anderen Längsseite der in Hufeisenform gestellten Tische an, zog seinerseits den Schwarzen Krausen aus der Tasche und drehte sich auch eine. Ich packte leise meine Sachen ein. Er steckte sich die Zigarette in den Mund, legte den Kopf schräg, kniff ein Auge zu, und wir rückten gleichzeitig unsere Stühle zurück und verließen möglichst leise den Raum. Noch als wir vor dem Kaffeeautomaten standen, konnten wir unser Gelächter kaum zügeln. Wir waren uns so ähnlich in unserer Arroganz und unseren hochgesteckten Erwartungen.

Im Bett hatte er sich nie mit dieser eigenartigen pflichtschuldigen Zärtlichkeit an ein Nachspiel gemacht, von der man den Eindruck haben konnte, die Herren hätten gelesen, daß Frauen sie brauchen. Nie hatte er mir das Gefühl gegeben, er sei mir dankbar, weil ich ihm etwa einen Gefallen getan hätte. Heiner pflegte mit einem Lachen in den dann grünlichen Augen »Hat Spaß gemacht« zu sagen, eine Äußerung, die ein Mittelding zwischen rhetorischer Frage und Feststellung war. Mitunter lachte er auch nur und sagte nichts, was mich noch verrückter auf ihn machte. Ich begehrte ihn und fühlte mich begehrt. Es waren die erfreulichsten Bettveranstaltungen meines Lebens; da war nichts von dieser ganzen romantischen Ernsthaftigkeit.

Im April 84 war er nach Würzburg gezogen, seinem Studienplatz hinterher. Dann endete es.

Über dem Gedanken, wie seine Augen wohl jetzt aussehen mochten, weinte ich das erste Mal an diesem Tag ganz ohne Selbstmitleid. Ich betrauerte das stumpfe, knochenfarbige Grau, das ich hinter den nicht ganz geschlossenen Lidern vermutete, ein Grau, das kalt war wie das Meer an einem Regentag.

Dienstag, 14. September, zu nachtschlafender Zeit

Ich wurde von einem Höllenlärm geweckt. Es dauerte geraume Zeit, bis ich realisierte, daß ich nicht gemeinsam mit einem äußerst lebendigen Heiner auf einer Heavy-metal-Party eine Fasanenpastete verspeiste. Leider war es die Müllabfuhr. Sofort war ich wach.

Unsere brechend volle Tonne hatte ich mit Sicherheit und Martin mit an Sicherheit grenzender Wahrscheinlichkeit gestern nicht auf die Straße gestellt. Ich verfluchte meine Gewohnheit, niemals vor dem Umziehen zu entmisten, sondern erst in der neuen Wohnung alles wegzuwerfen, was ich nicht mehr zu sehen wünsche. Eilends warf ich mich in ein Paar Leggins und raste ohne BH unter dem Nacht-T-Shirt die Treppe hinunter. Dieser Spurt verursachte ein schmerzhaftes Ziehen in meinen Brüsten. Mädels, die so Knöspchen besitzen und immer nach mehr jammern, sowie diejenigen Jungs, die auf ausgeprägte Vorbauten stehen, sollten mal versuchen, tagein, tagaus damit zu leben. In Martins Zimmer klingelte gerade der Wecker.

Hinter mir hörte ich die Wohnungstür ins Schloß krachen, vor mir das sich entfernende Geschepper. Ich sah die Bremsleuchten des Müllautos bereits weit rechts im Eckerichsweg, sicherheitshalber lüpfte ich aber noch den Deckel von Wackerbarths Tonne: leer. Auf dem Rückweg mußte ich mein Geschimpfe unterdrücken, kam mir doch unser Nachbar mit einer Aktentasche unter dem Arm entgegen. Ich grüßte.

Herr Wackerbarth grüßte freundlich zurück und trug seine Mülltonne wieder hinter die Garage, wo auch die unsrige mit klaffendem Deckel stand. Beim Zurückkommen grinste er. »Ham Ses nit geschafft? Kann ja ma vorkommen, daß me nit dran denkt.«

Ich brummelte etwas Bestätigendes.

»Dann machen Se doch disse Woche das Zeuch einfach in unsere Tonne. Wir kriegen die eh nie voll. Sprechen Se ma mit meiner Frau.«

Angenehm überrascht, bedankte ich mich.

Er öffnete das Garagentor. »Keine Ursache«, kam es zurück. »Sie ham ja jetz au annere Bropleme.«

Erst in diesem Moment fielen mir meine anderen Probleme wieder ein. Ich kämpfte einen Augenblick mit dem Wasser, das mir erneut in die Augen steigen wollte.

Herr Wackerbarth fuhr aus der Garage und stoppte noch einmal neben mir. »Bevor ichs vergesse, gestern warn die Zeidungsfritzen da. Wir ham gedacht, es wär besser, se wegzeschiggn. Ich sachs nur, weil die noch ma vorbeikommen wollden.«

Er war weg, bevor ich mich noch einmal bedanken konnte.

Ich fischte die *Nordhessische* aus dem für sie reservierten Plastikrohr am Gartentor. Langsam stieg ich die Treppe wieder hinauf. Ich ließ mir von Martin, der noch zerrauft und in der Unterhose herumlief, die Tür öffnen.

»Morgen«, krächzte er und räusperte sich. »Du bist früh auf.«

Die Brille hatte er auch noch nicht auf, sonst wäre ihm wohl aufgefallen, daß *Aufsein* nicht die meinem Outfit angemessene Bezeichnung war.

»Morgen.« Ich küßte ihn.

Er legte einen Arm um mich und sah mich mit seinen kurzsichtigen Augen genauer an. »Wie geht's dir?« fragte er.

Ich zuckte die Achseln. »Die Müllabfuhr is weg.«

»Sei's drum. Leg dich lieber noch mal hin. Du siehst gar nicht gut aus.«

Seine Besorgnis tat mir wohl. Ich fiel ihm in einem Anfall von Zärtlichkeit um den Hals. Martin sah mir kritisch ins Gesicht, und als er keine Tränenspuren entdeckte, die meinen Kopf an seinem Hals und mein Geschnaufe gerechtfertigt hätten, sagte er: »Och nöö, Paula, nicht jetzt. Ich muß in 'ner Stunde in der Schule sein.«

Nach einem abschließenden Kuß verschwand er im Bad. Ich seufzte noch einmal, nun, Begehren kommt, Begehren geht, und zog mich an, um dem Tag ins frustrierende Antlitz zu sehen.

Als Martin das Haus verlassen hatte, nicht ohne mich noch einmal daran erinnert zu haben, daß wir beide heute abend bei Fachinger erwartet würden, blieb ich an meinem zum Frühstückstisch umfunktionierten Schreibtisch sitzen und schlug die *NHP* auf. Ich war zugegebenermaßen neugierig, was der Willi wohl nach der Polizeipressekonferenz zusammengeschrieben hatte.

Rätselhafter Mord am Eckerich

Eine furchtbare Entdeckung machte die 29jährige Paula P., als sie gestern einen Bekannten besuchen wollte. Der 31jährige Dr. Heiner F. lag blutüberströmt in seinem Schlafzimmer am Fasanenweg. Obwohl die Terrassentür zu seiner Wohnung offenstand, wurden keine Einbruchsspuren gefunden. Die Polizei schließt daraus, daß der Arzt seinem Mörder selbst die Tür geöffnet hat. Die Leiche wies sechs Stichwunden auf, was möglicherweise auf eine Affekttat hindeutet.

Die Polizei konnte gestern noch keine Angaben zum Todeszeitpunkt oder Motiv der Tat machen, sie nimmt aber an, daß F. bereits mindestens 24 Stunden tot war, als er gefunden wurde. Internen Vermutungen zufolge geht man davon aus, daß es sich bei dem Täter um eine Frau handelt. Alle Bekannten des verstorbenen Arztes werden zur Zeit vernommen. Besonders die Besucherinnen der letzten Tage stehen unter Verdacht.

F. war am hiesigen Krankenhaus Assistenzarzt. Seine Kollegen sind erschüttert, Chefarzt Dr. S. spricht für alle, wenn er die Tat »unfaßbar« nennt. »Er war, obwohl er etwas zurückgezogen lebte, sehr beliebt bei uns wie bei seinen Patienten.«

Hatten die denn nicht hingesehen? Hatten die denn noch nie davon gehört, daß derartige Schlachtfeste üblicherweise von Männern veranstaltet werden? Ich erstellte ein Szenario, das meinen Vorstellungen von der Bluttat eher entgegenkam. Heiner vergnügt sich mit einer eigentlich beneidenswerten Frau, die aber zur Wahl mindestens eines ihrer übrigen männlichen Freunde nicht gerade zu beglückwünschen ist. Das Schäferstündchen ist vorbei, sie geht, und ihr Typ betritt mit einem Brotmesser die Szene. Schnitt.

Die einzige Frau, die ich in das Szenario plazieren konnte, war Anne. Was hatte Heiner doch gleich über ihren Ex erzählt? Er hatte ihn mit dem alten von Bohr verglichen. Dem wiederum traute ich jeden Mord zu. Ich holte das Telefonbuch, blätterte und fand Annes Adresse. Es war gerade mal halb neun. Bis zu einer für

Musikerinnen angemessenen Besuchszeit mußte ich wohl oder übel noch ein, besser zwei Stündchen herumbringen. Also klappte ich das Telefonbuch zu und sah mich, da es für geistige Arbeit auch mir noch deutlich zu nah an der Nacht war, nach anderen Beschäftigungsmöglichkeiten um.

Ich räumte in meinem Zimmer herum. Ich schüttelte mein Bettzeug und stopfte es in den zum Futongestell gehörigen Kasten. Ich klappte das Bett zum Sofa. Ich ging in die Küche, warf einen Blick auf die langsamer als sonst vorrückenden Zeiger der Küchenwanduhr und beschloß, nach der Post zu sehen.

Nachdem ich den Briefkasten geleert hatte – ein Pädagogenblättchen für Martin, die *taz* für mich –, setzte ich mich wieder an den Schreibtisch, las den Rest der *NHP*, trank noch etwas lauwarmen Tee und schaute alle zwei Minuten auf die Uhr. Dann entfaltete ich die nächste Zeitung, und eine Postkarte fiel mir in den Schoß. Das verblichene Foto zeigte Ostberliner Plattenbauten, auf der Rückseite gratulierte mir meine Schwester zum erfolgten Umzug. Im Text konnte ich keine Anzeichen von Ironie entdecken, betrachtete aber allein die Gratulation als überdeutliche Häme. Um zehn vor zehn beschloß ich, daß Anne jetzt lang genug geschlafen hatte, drückte die vierte Zigarette dieses Morgens aus und verließ das Haus.

Obwohl Anne fast drei Jahre jünger war als ich, waren wir früher annähernd befreundet gewesen. Bis zu meinem Abitur hatten wir gemeinsam in der Theater-AG unserer Schule gespielt. Später hatten wir einander aus den Augen verloren. Nichtsdestoweniger hatten wir uns einmal gut verstanden, und ich wußte nicht, was sich daran grundsätzlich geändert haben sollte.

Ich erreichte den Steinweg, eine Straße abseits der tagestouristischen Routen, die die Sanierungswut der 80er Jahre durchaus unbeschadet überstanden hatte. Die Straße war gesäumt von Häusern mit teils unrenoviertem, teils verschindeltem Fachwerk. Die Randstreifen waren ungepflastert und staubig. Es war eng und düster, und jedesmal, wenn ein Auto auf der uralten Kopfsteinfahrbahn vorbeifuhr, war ich gezwungen, mich an die Mauern der Häuser zurückzuziehen. Anne wohnte in einem Steinhaus, dessen beiger Anstrich blätterte. Es stand mit dem Giebel zur Straße, links lehnte sich ein kleineres Haus an, rechts angebaut war eine Natursteinmauer mit Durchfahrtstor. Direkt unter dem Giebel war ein Puttenkopf angebracht. Ich konnte von unten das fliehende Kinn, den offenen Mund und die dicken Pausbacken unter den steinernen Locken erkennen.

An der Klingel stand nur *Anne*. Das Ablegen ihres Nachnamens und damit der ganzen Familientradition hatte sie schon in der Schule praktiziert. Allerdings hatten wir damals alle nur Vornamen und möglicherweise noch den bestimmten Artikel davor besessen. Erst später hatte ich erfahren, daß Anne die Tochter des Alptraums meiner Kindheit war, sehr viel später dann, daß sie nicht einmal Anne hieß, sondern so einen grotesken altdeutschen Namen trug wie Armgard oder Ansgard, auf jeden Fall einen, der unter den Andreas, Sabines und Claudias unserer Jahrgänge noch deplazierter gewirkt hätte als mein eigener Vorname.

Ich klingelte, und als der Summer ertönte, kletterte ich bis unters Dach. Die Wohnungstür war angelehnt. Ich stieß sie auf, und es roch durchdringend süßlich. Schlagartig fühlte ich mich in ein Urwaldbuch aus meiner Kindheit versetzt. Ich hörte Papageien und Raubkatzen, Brüllaffen in der Dämmerung und wähnte mich zwischen üppigem Grün und schwirrenden Kolibris. Wahrscheinlich arbeitete Anne an einem Klanggemälde für den nächsten Auftritt der *Pink Lemons*. In dem Getöse hörte ich Annes gedrückte Stimme kaum: »Komm schon rein. Ich bin in der Küche.«

Ich verließ mich auf Nase und Ohren, wählte die erste Tür rechts und stand in einem blauverqualmten Zimmer. Die Küche wurde nur durch ein winziges zweiflügliges Fenster beleuchtet. Daneben, in der rechten Ecke der gegenüberliegenden Wand, stand eine Art Voliere mit Pflanzenwerk obendrauf. Die zerfledderten Grünlilien und blütenlosen Usambaraveilchen enttäuschten meine Dschungelvorstellungen. Ein schwarzer Schatten huschte durch das geraufte Grün.

Anne saß mit dem Rücken zu mir an einem Küchentisch in der Mitte des Raums, und soweit ich sehen konnte, lag vor ihr die aufgeschlagene *Nordhessische*. Der Küchentisch wie die Einbauzeile links der Tür waren in Schwarz, Silber und Pink gehalten, nur am barocken Schnitt der Einbauschränke konnte man das ursprüngliche Eiche-Rustikal-Design noch ablesen.

Ich machte mich bemerkbar: »Äh, Anne ...«

Anne drehte sich langsam um. Die pinkfarbene Strähne in ihrem Haar war durch eine wasserstoffblonde ersetzt worden. Sie trug ein schwarzes Sweatshirt; ihre Jeans war diesmal allerdings schlicht blau. Ihre Augen waren rot verquollen, und sie konnte sie nicht recht offenhalten: Die Lider hingen halb über die Augäpfel.

»Schau an«, sagte Anne zur Begrüßung. »Paula P., 29. Dich hatte ich nicht erwartet.« Vom Fenster her wurde ihre Begrüßung mit einem Pfiff quittiert. »Laß dich von Heino nicht stören«, fuhr sie mit einer Kopfbewegung in die Richtung fort. »Er kann noch nicht richtig sprechen. Bisher sagt er nur ›Hallo‹, ›Jaja‹ und mit viel Mühe mal ein ›Wichser‹. ›Fick dich ins Knie‹ üben wir noch. Wenn er das kann, kriegt ihn mein Vater zum Siebzigsten.« Sie kicherte ein bißchen in sich hinein. »Ach nein, das kann ich dem armen Tier nicht antun. Willst du 'n Tee?« fragte sie mich dann.

Ich trat näher und setzte mich an die Tischseite, von der aus ich den Beo im Auge behalten konnte. »Ja, danke«, erwiderte ich, da es zu spät für eine richtige Begrüßung war.

Auf dem Tisch stand eine zum Aschenbecher umfunktionierte Einbauseifenschale aus einer violetten Kachelserie. Die Farbe ließ vermuten, daß es sich um ein billiges Auslaufmodell handelte. Schon zu dieser frühen Stunde war sie halb voll. Unter den einsehbaren Kippen der oberen Schicht befanden sich mindestens zwei mit Pappfiltern. Neben dem Badezimmermöbel lagen ordentlich aufgereiht drei fertige Joints und ein Plastikbeutel mit Nachschub.

Anne brachte mir eine Tasse und schenkte ein. Eine Milchtüte und eine angebrochene Großpackung Teezucker fanden sich ebenfalls auf dem Tisch. Ich drehte eine Zigarette und nippte an meinem Tee.

Unvermittelt begann Anne zu erzählen: »Ich hab gestern lang gepennt, wir sind ja Sonntag erst spät aus Nienburg zurückgekommen. Ich mein die *Pink Lemons.*« Sie machte eine Pause.

»Nachmittags denk ich, ruf ich den Heiner mal an, sehen, ob er dich schon los ist.« Sie lachte kurz auf. »Jemand, der unsere Band nicht mag …«

»Das lag vielleicht mehr an meiner Tagesform als an euch«, fühlte ich mich gedrängt zu erwidern.

»Is ja auch egal«, fuhr sie fort. »Wo war ich? Ach ja. Da geht jedenfalls einer ans Telefon, ich frag, ›Heiner?‹, der sagt, ›Wer sind Sie denn?‹ Ich sag, ›Anne‹, da schnauzt der mich an, ›Und weiter?‹. Ich frag, ›Und wer sind Sie? Ich will Dr. Feußner sprechen.‹ Sagt der, ›Polizei‹. Ich frag ihn, was Heiner mit der Polizei zu tun hat, sagt der, ›Dr. Feußner ist tot‹. Na ja«, sie spielte mit ihrem Feuerzeug. »Dann hab ich mich sogar bei dem Arsch bedankt, so überrumpelt war ich.«

Es wurde still. Nur der Vogel ließ von Zeit zu Zeit ein mäßig lautes Kollern vernehmen. Anne nahm einen der Joints vom Tisch und ließ die Spitze abbrennen. Dann zog sie, hielt den Rauch in der Lunge, und als sie ausgeatmet hatte, fragte sie: »Willst du auch?«

Ich schüttelte in Anbetracht der Tageszeit den Kopf. Vorerst schien mir eine Art Trost angebracht. »Das am Telefon war bestimmt so ’n ehrgeiziger Dorfsheriff. Der hat mir auch schon zugesetzt.« Ich dachte an Finks unangebrachte Fragen.

Bedächtig speichelte Anne ihren Zeigefinger ein und befeuchtete ihren Joint an der Übergangsstelle zwischen Papier und Glut. Sie überging meinen Einwurf. »Ich hab dann aufgelegt, bin hier sitzen geblieben bis jetzt und hab mich gefragt, was passiert sein könnte. Der Typ hat ja nichts gesagt. Und Heiner war nicht krank oder so. Als ich heut morgen die Zeitung gelesen hab, konnt ich’s kaum glauben, aber, lach mich nicht aus, Paula, es ist nicht so schlimm, wie wenn er sich selbst umgebracht hätte. Und die ganze Nacht hab ich gedacht, mein Gott, ich hätt doch was merken müssen.« Wieder zog sie am Joint, und es dauerte eine Weile, ehe sie weitersprach. »Du weißt schon, mit allem: Wäre ich nicht mit den *Lemons* nach Nienburg gefahren und so. Jetzt ist es besser. Vielleicht einfach, weil ich jetzt weiß, daß er nicht sterben wollte.«

Ich machte eine unwillige Kopfbewegung, um die Tränen zurückzudrängen. »Was zum Teufel soll daran besser sein?« fragte ich, obwohl auch ich über genügend Egoismus verfügte, um zu wissen, was sie meinte.

»Wenigstens ist keiner von uns schuld dran«, sagte sie. Dann sah sie mich mißtrauisch an. »Oder hast du ...«

Ich verzog das Gesicht. »Meine Güte, ich hab Heiner auf eurem Konzert zum ersten Mal seit neun Jahren gesehen. Und beim zweiten Mal war er tot.«

»Ich glaub's ja auch nicht«, wiegelte sie ab. »Aber 'n Grund ist das nicht, was du da bringst. Neun Jahre. Gar nicht.« Sie lehnte sich zurück und versank in irgendwelchen Kifferträumereien. Der Vogel hatte sich auf einen Blumentopf gesetzt und riß an den verbliebenen Blättern der darin befindlichen Pflanze herum. »Weißt du noch, unsere Premiere damals? Das ist doch auch bald zehn Jahre her«, fuhr sie fort.

Ich drehte mir eine Zigarette. »Mehr. Zehneinhalb Jahre«, versetzte ich. Es war so lange her, und trotzdem kam es mir mitunter so vor, als habe nichts von dem, was ich seither getrieben hatte, mir wieder dieses Gefühl totaler Befriedigung nach einer vollbrachten Leistung gegeben wie unsere damalige Verstümmelung des *Besuchs der alten Dame*.

Anne setzte sich wieder gerade hin und hielt mir den Rest des Joints hin. »Willst du wirklich nicht?«

»Nein, Anne, wirklich nicht. Dann denke ich den ganzen Tag wieder über so Dinge nach wie, ob es bei allen Menschen so ist, daß sie sich lieber den Ober- als den Unterkiefer beim Zähneputzen putzen. Außerdem bin ich schon halb breit von der Luft hier. Kann ich mal das Fenster aufmachen?«

»Is wahrscheinlich ganz gut, mal lüften«, nuschelte sie und gähnte. »Vielleicht sollte ich doch mal schlafen. Ach ja, setz den Vogel rein, bevor du das Fenster aufmachst. Der ist zahm, aber ich möcht ihn trotzdem nicht in der ganzen Stadt suchen müssen.«

Tatsächlich hüpfte das krähenartige Tier auf den Finger, den ich halb unter seine Krallen schob, und ließ sich von mir in den Käfig verfrachten, ohne nach mir zu hacken. Ich öffnete beide Fensterflügel, stützte mich auf die Fensterbank und ließ mir ein wenig

Sonne auf die Augenlider scheinen. Von hinten hörte ich Annes träge und gedehnte Stimme: »Sag mal, was machst du eigentlich hier? Ich meine, womit beschäftigst du dich, wenn du dich gerade nicht auf Konzerten langweilst oder alte Bekannte aufsuchst?«

Ich öffnete die Augen und wollte gerade antworten, als ein Polizeiwagen langsam den Steinweg runtergefahren und vor dem Haus zum Halten kam. Fink und Specht stiegen aus und gingen zur Haustür. Dann hörte ich die Klingel. Anne stand auf und verließ die Küche. Aus dem Flur hörte ich sie noch sagen: »Das ist bestimmt Rüdiger. Der ist sicher auch total durch 'n Wind. Er müßte ja langsam Mittagspause haben.«

»Nee, Anne«, brüllte ich ihr nach, was überflüssig war, denn sie kam bereits wieder in die Küche, und so mäßigte ich meine Stimme. »Sind die Bullen.«

»O Scheiße«, bemerkte sie mit sehr gedämpfter Aufregung. »Ich mach mal rasch die Wohnungstür wieder zu.« Sie ging mit geradezu aufreizender Langsamkeit zurück in den Flur.

gegen Mittag

Ich leerte den Aschenbecher, nahm die Objekte sicheren Anstoßes, schaute mich suchend um und warf sie schließlich in eine Schublade. Es klingelte wieder, ich hörte Anne »Moment!« rufen, dann steckte sie den Kopf zur Tür rein. »Ist alles in Ordnung?« Ich nickte. Dann hörte ich Begrüßungsgemurmel auf dem Flur.

Als sie vor den beiden Polizisten durch die Tür kam, hatte ich meine fast leere Teetasse am Mund und trank kleinste Schlucke der bereits erkalteten Flüssigkeit. Über den Tassenrand sah ich, wie Anne mir zugrimassierte. Ich schaute neutral zurück.

»Ach, die Frau Piepenbrock«, begrüßte mich der aufmerksame Herr Fink. Dann verzog er die Nase und musterte erst mich, dann Annes Rücken.

»Dos is je pragdisch, daß Sie au hie sin. Wir brauchen noch en Broddekoll von Ihnen. Kommen Se doch ma im Schladenwech vorbei«, ergänzte sein Kollege.

»Wollte mich Ihr Kommissar nicht deswegen noch mal anrufen?«

Specht zuckte mit den Achseln. »Ich sprechs je nur.«

»Einen Tee, die Herren?« bot Anne an. Der Vogel, der still und wahrscheinlich bekifft in seiner Voliere gesessen hatte, tat jetzt einen Pfiff. Dann imitierte er täuschend echt das Ding-Dong der Türklingel, gefolgt von einigen Hallos. Anne brüllte rüber: »Klappe, Heino«, ohne ein nennenswertes Ergebnis zu erzielen. So wandte sie sich an die Uniformierten: »Er scheint Sie zu mögen. Normalerweise is er ordinärer, bei Leuten, die er nicht kennt. Tee?«

Fink nahm das Angebot an, während Specht den Kopf schüttelte. Anne holte eine Tasse aus dem Schrank und kramte länger in der Besteckschublade herum. Auf dem Weg zum Tisch grinste sie mich an.

Die Herren standen immer noch im Raum rum. Anne legte eine vorbildliche Freundlichkeit an den Tag. »Setzen Sie sich doch«, forderte sie die beiden auf. Nachdem diese die beiden noch freien Stühle eingenommen hatten, gaben wir eine perfekte Doppelkopfrunde ab.

»Jo, Frau von Bohr«, begann Specht von neuem, während Micha immer noch inquisitorisch von mir zu Anne und zurück schaute und zwischendurch den leeren Aschenbecher inspizierte. Er hatte Teetropfen in seinem Bart. »Es war je nit ganz klücklich, dasse de drauriche Nachricht am Dellefohn hören mußten, aber wir waren sehr beschäfticht.«

Fink lenkte ab: »Wir möchten Sie bitten, auf die Polizeistation zu kommen.« War die plötzliche Höflichkeit einer Intervention des Vorgesetzten, einer verschwommenen Vorstellung davon, wie sich die Geliebte eines Ermordeten fühlen mußte, oder nur dem Namen *von Bohr* zu verdanken?

»Wissen Sie denn schon was?« erkundigte sich Anne ganz freundlich. »Ich meine, mehr, als ich schon der Zeitung entnommen habe.« Ich grinste in meine Tasse. Bekifft oder nicht, Anne konnte in ihrer Wortwahl immer noch so ganz zwanglos von Punkheroine auf ostelbische Adelsfrau umschalten. Uns Kleinbürgerkindern würde so was nie gelingen, auch nach Jahrzehnten an der Universität nicht.

Die beiden Polizisten sahen einander an. »Eigentlich können wir sie auch gleich hier fragen«, äußerte Fink dann. Specht wirkte unentschlossen. Fink ließ sich nicht beirren: »Wo waren Sie am Sonnabend abend, so zwischen zweiundzwanzig Uhr und ein Uhr Sonntag früh?«

»Ist Heiner da gestorben?« fragte Anne zurück.

Specht nickte. Anne zeigte sich kooperativ. »Ich hatte Samstag und Sonntag zwei Konzerte mit den *Lemons*.« Sie lächelte liebenswürdig, und die Herren taten es ihr gleich. Micha kritzelte in sein Büchlein. »In Nienburg an der Weser. Ein Bekannter von mir wohnt da und organisiert das Ganze einmal im Jahr. Wir spielen in einem christlichen Jugendtreff.«

Fink hakte nach: »Wir haben aber eine Zeugenaussage, die besagt, daß Sie am Sonnabend noch bei Dr. Feußner waren.«

»War ich auch. Vormittags. Um zwei saßen die Band und ich schon im Bus.«

»Na, dann ist das ja klar«, Fink war hoch befriedigt, ich weniger. Umgehend paßte ich mein Szenario den veränderten Umständen an: Annes Ex hatte auf sich warten lassen. Heiner mußte, nachdem Anne gegangen war, einfach den ganzen Samstag im Bett verbracht haben. Der Arztberuf ist eben kräftezehrend. Fink fuhr fort: »Der Kommissar wird sich zwar bestimmt noch mal mit Ihnen in Verbindung setzen, wegen der Bandmitglieder und so, aber das sieht ja ganz gut aus.«

Mit deutlich schärferem Unterton wandte sich Micha anschließend an mich. »Und Sie, Frau Piepenbrock? Wo waren Sie denn am Samstag abend?«

Ich sollte mich mal beim Standesamt erkundigen, ob ich mich in Zukunft *von* Piepenbrock nennen darf. Aber auch als Paula von Piepenbrock hätte ich nicht gewußt, wo ich am Samstag abend gewesen war. »Ich weiß nicht«, antwortete ich wahrheitsgemäß. Das war natürlich das Dümmste, was ich hatte sagen können. Specht wandte sich mir zu, und ich meinte selbst in Annes halbgeschlossenen Augen einen winzigen Zweifel zu lesen. »Also, äh, ich hatte Krach mit meinem Freund, daran erinnere ich mich, aber weiter ...« Ich hatte nicht den Eindruck, daß mein Gerede mich entlastete, und flüchtete mich in einen Wutanfall: »Glauben Sie wirklich, ich ziehe hier mit meinem, äh, Lebenspartner an den Arsch der Welt und habe eine Woche nach unserem Einzug nichts Besseres zu tun, als mit einem Typen, den ich vor Jahren mal kannte, ins Bett zu hüpfen und ihn dann abzustechen? Ich weiß doch, wie hoch die Mordaufklärungsrate ist. Ich gebe ja zu, daß das Kaff hier mir nicht der Inbegriff an Freiheit ist, aber so schlimm ist es auch nicht, daß ich es gleich mit dem Knast vertauschen möchte.«

Leider waren das alles keine Fakten. Ich merkte selbst, wie dünn meine Argumentation war. Die Gedächtnislücke wollte nicht weichen. Schwach erinnerte ich mich an eine knallende Wohnungstür und den fettigen Geruch des China-Restaurants. Sollte ich vielleicht wirklich in der Hoffnung auf Tröstung Heiner aufgesucht und dort eine alte oder die ganz frische Wut in sechs Messerstiche umgemünzt haben? Zumindest wäre das eine Erklärung dafür, warum ich mich an den Samstagabend beim besten Willen nicht erinnern konnte.

Irgend jemand hatte etwas gesagt. Ich fragte: »Was?«

Specht wiederholte: »Woher wissen Se dann, daß das Opfer vor der Dad Geschlechtsverkehr hadde?«

»Ich hab's vermutet«, begann ich schwächlich. »Der Eindruck drängte sich auf, finden Sie nicht?« Martin müßte wissen, ob ich blutbespritzt nach Hause gekommen war. Der hätte doch was gesagt. »Fragen Sie doch meinen Freund«, ließ ich die anderen an meinen Überlegungen teilhaben.

»Wonach?« erkundigte sich Polizeiwachtmeister Fink.

»Ja, wann ich nach Hause gekommen bin. Ob ich Blut an den Klamotten hatte. Ich *weiß* es einfach nicht mehr. Vielleicht war ich beim Chinesen.«

Fink kritzelte. »Ich würde Sie ja am liebsten gleich mitnehmen.«

In seinen älteren Kollegen, der mich die ganze Zeit bei meinen verzweifelten Wahrheitsfindungsversuchen beobachtet hatte, kam Leben. »Micha«, mahnte er.

Der Angesprochene hörte auf zu schreiben und steckte sein Büchlein ein. »Aber das ist nicht unsere Aufgabe. Damit sollen sich die von der Kripo rumplagen.«

Ich verstand seinen Rückzieher nicht. Waren sie nicht verpflichtet, Leute mit einer so mageren Geschichte festzunehmen? Vor meinem inneren Auge sah ich bereits ein ödes Verhörzimmer auf der hiesigen Wache, eine Lampe, die mir ins Gesicht schien, während Fink und Specht mir immer dieselben Fragen stellten: *Wo waren Sie Samstag abend?* oder, auf die scheinheilige Verständnismasche, *Wos hadder Ihnen dann gedon, daß Ihnen nix Bessres einfiel, wie das Messer ze nehmen?* Allein Spechts Hessisch hätte mich zum Geständnis getrieben.

Fink erhob sich, während sein Kollege die Verabschiedung übernahm. »Wir gehn dann ma widder.« Micha setzte nach: »Und vielen Dank für den Tee.«

Niemand legte mir Handschellen an. Niemand nahm mich fest. Man ließ mich verwirrt zurück, und Anne geleitete mit einem weiteren zweifelnden Blick auf mich die beiden hinaus. Vielleicht fühlte sie sich nicht ganz wohl dabei, mich mit ihren Brotmessern allein zu lassen.

Ich dachte noch einmal krampfhaft nach, aber wie das so bei krampfhaftem Nachdenken ist, man meint, die Stellen im Kopf, die dafür zuständig sind, ziehen sich zusammen und lassen nur noch das durch, was man ohnehin schon weiß. *Starkes Bemühen um bestimmte Inhalte kann die Erinnerung blockieren.* Ich zum Beispiel war mir jetzt sicher, nach dem entgangenen Mahl zu Hause im Chinarestaurant in der Martinsgasse irgendwas gegessen zu haben, höchstwahrscheinlich Huhn Sezuan, weil ich das immer esse, wenn ich sauer bin. Alles, was zwischen der vagen Restaurantimpression und der *Sendung mit der Maus* am nächsten Morgen, die ich bei einem Frühstück aus Aspirin und O-Saft im Bett verfolgt hatte, passiert war, war aus meinem Gedächtnis verschwunden.

Anne kam wieder ins Zimmer und brachte ihren Bruder mit. Angenehm am Umgang mit Bekifften ist ja, daß sie schnell ablenkbar sind. Noch bevor Rüdiger und ich uns begrüßen konnten, plapperte sie los. »Das sind mir Bullen! Im Fernsehn warnen sie immer vor Einbrechern, und selber lassen sie die Haustür sperrangelweit offen. Na, wenigstens brauchtest du nicht zu klingeln«, wandte sie sich dann an ihn.

»Hallo, Paula«, begrüßte er mich traurig. Wieder einmal war er unpassend gekleidet. Er hatte offenbar nur den Zahnarztkittel und den Mundschutz abgelegt und war hergeeilt. In seinen weißen Birkenstock-Schuhen, der weißen Hose und dem weißen Hemd sah er entsetzlich ausgezehrt aus, seine Blässe und die Ringe unter den Augen wurden durch die Kleidung unterstrichen. Selbst seine dunkelbraunen Augen wirkten matt, und die schwarzen, dicken Haare – neben den Augen und den phantastischen langen Wimpern die einzigen Merkmale, in denen sich die Geschwister ähnelten – betonten noch den gespenstischen Eindruck. Insgesamt wirkte er wie der Wiedergänger eines schwindsüchtigen englischen Lords im ausgehenden 19. Jahrhundert.

»Hallo, Rüdiger«, sagte ich.

»Verdammte Scheiße«, sagte er. Ich dachte, mich verhört zu haben.

Anne, mittlerweile an der Besteckschublade tätig, war dergleichen von ihm auch nicht gewohnt. Sie drehte sich um. »Rüdiger! Wenn das der Vater hören würde.«

Er winkte ab. »Komm, Kleine, laß den Alten aus dem Spiel.«

Daraufhin setzte er sich zu mir an den Tisch und legte mir die Hand auf den Arm. Der Trauerfall brachte offenbar einen völlig neuen Rüdiger hervor. Ich hatte ihn niemals zuvor körperlichen Kontakt zu irgendeinem menschlichen Wesen aufnehmen sehen. »Tut mir leid, Paula, daß euer Frühstück so geendet hat. Heiner hatte sich so drauf gefreut.« Wenigstens der Kondolenzversuch war so verunglückt, wie ich es von ihm erwartete.

Anne lehnte jetzt an der Arbeitsplatte und hatte schon wieder einen Joint in der Hand. »Vertu dich mal nicht, Rüdi. Kann sein, daß Paula ihn selbst umgebracht hat.«

Rüdiger entzog mir seine Hand und drehte sich zu seiner Schwester um. »Wer sagt das?«

»Die Bullen.«

»Wieso?«

»Wissen sie nicht.«

»Und wie kommen sie dann drauf?«

Ich war unversehens in ein geschwisterliches Fragespiel geraten. Leider konnte ich nichts zur Aufklärung des in Frage stehenden Sachverhalts beitragen.

»Weil Paula nicht weiß, wo sie gewesen ist, als er umgebracht wurde«, triumphierte Anne.

Rüdiger legte die bekannte Reaktion älterer Geschwister an den Tag, auf die hin das ganze Spiel zugeschnitten war: Er war sprachlos. Dann fuhr er sie an: »Mußt du schon wieder kiffen? Wann soll das denn gewesen sein?«

»Immer nur eine Frage auf einmal«, legte Anne die Spielregeln fest.

Rüdiger seufzte. »Mensch, Anne, das ist doch kein Witz. Vielleicht wirst du mal wieder nüchtern.«

Sie funkelte ihn an. »Genau das möchte ich vermeiden. Wenn's dir reicht, ein paar blöde Schimpfwörter rauszuhauen, dann kann ich mich genausogut volldröhnen.« Besonders schlüssig fand ich das nicht, aber schließlich fragte mich niemand.

»Meine Liebe, es geht hier ausnahmsweise nicht darum, unseren Erzeuger zu ärgern oder einen Lebensstil durchzusetzen. Ich will jetzt nur wissen, wann Paula«, er drehte sich zu mir um, runzelte die Stirn und schnaubte unwillig, »wann irgendwer«, er unterbrach sich wieder, »wann Heiner getötet worden ist«, wendete er endlich seine Frage ins Passiv.

Anne antwortete erst gar nicht. Sie kam zu uns an den Tisch, streifte vorsichtig ein kleines Stück Asche vom Joint ab und zog noch einmal, bevor sie ihn mit einem »Mir ist sowieso schon schlecht« ausdrückte. Dabei sah sie Rüdiger herausfordernd an. Der sagte nichts. Als die Pause lang genug gedauert hatte, murmelte Anne rasch: »Samstag abend.«

Rüdigers Reaktion war bemerkenswert. In seinem geisterhaften

Gesicht erschien ein dünnes Lächeln. Dann lehnte er sich in seiner ganzen Schmalheit zurück und schaute abwechselnd Anne und mich an. »Paula war Samstag abend doch im *Rusti.*«

Ich hatte nicht die geringste Ahnung, wovon er sprach, ein Umstand, der den Geschwistern auf jeden Fall verborgen bleiben sollte. Spontan beschloß ich, mich wieder ins Gespräch einzuklinken, und heuchelte Erinnerung. »Natürlich!« Ich konnte mich gerade noch zurückhalten, die Schmiere auf die Spitze zu treiben, indem ich mir etwa mit der Hand an die Stirn geschlagen hätte. »Danke, Rüdiger, du schenkst mir ein Stück meines Lebens wieder.« Vielleicht trug ich zu dick auf, aber um nichts in der Welt hätte ich nachgefragt, was ich denn da getrieben hatte. Vermutlich hatte ich eh nur ein Bier nach dem anderen getrunken, mich bemitleidet und über mein verkorkstes Leben und den schwachsinnigen Gatten, der nicht einmal ein Soufflé zu behandeln wußte, räsoniert. Angenehmerweise kann ich mich in der Regel auch betrunken auf meine Zurückhaltung verlassen, also hatte ich wohl niemanden mit meinem Seelenmüll vollgequatscht, nicht den armen Axel, der solches als Wirt vermutlich oft genug erdulden mußte, und auch nicht Rüdiger.

Der sah mich immer noch mit einer hochgezogenen Augenbraue und einem schiefen Lächeln um den Mund an. »Aber bitte, keine Ursache.«

Anne gähnte erneut, diesmal für meinen Geschmack reichlich ostentativ. Ich beschloß, daß mein Besuch lange genug gedauert hatte, auch wenn mein eigentliches Anliegen gar nicht zur Sprache gekommen war. Nur eins wollte ich noch sichergestellt haben. Ich wandte mich wieder an Rüdiger. »Du würdest das doch auch den Bullen sagen?« Ich konnte nur hoffen, daß er mich selbst gesehen und von meiner Kneipentour nicht durch Dritte erfahren hatte. »Ich meine, falls die mir noch mal ernsthaft auf die Pelle rücken.«

Rüdigers Lächeln verschwand, er runzelte die Stirn. »Aber sicher.« Er schien verstimmt, daß ich überhaupt annehmen konnte, er würde gegebenenfalls seiner Zeugenpflicht nicht nachkommen. Er war eben doch ein grundsolider Mensch.

Ich machte mich auf den Weg. »Ich geh dann mal. Danke für den

Tee, Anne, vielleicht sehen wir uns ja mal wieder«, und an Rüdiger gewandt, sagte ich: »Ich stehe in deiner Schuld.« An der Tür drehte ich mich noch einmal um, um tschüs zu sagen, sah aber, daß Anne bereits an Rüdigers Schulter lag. Er hatte den Arm um sie gelegt und murmelte auf sie ein. Ihre Schultern zuckten, und ich verschwand grußlos und überließ die beiden ihrem Kummer.

am frühen Abend

Ich kam gerade von einem ausgedehnten Spaziergang zurück. Auf dem Weg in die Küche nahm ich Martin, der aus seinem Zimmer gestürzt kam, zunächst nur flüchtig wahr. Der oberflächliche Eindruck genügte aber, mich stutzen zu lassen. »Schick sind wir aber heute«, merkte ich nach einem flüchtigen »Hallo« an. Mein Gatte strahlte eine völlig unabendliche Frischrasiertheit aus. Zu einer mir gänzlich unbekannten naturfarbenen Jeans, die nach irgendeiner teuren Ökokollektion aussah, trug er ein grünes Leinenjakkett, das er vor nicht allzu langer Zeit zur Hochzeit eines seiner Exkommilitonen gekauft hatte. Das Hemd unter der Jacke war zwar nicht von einer Krawatte gekrönt, sah aber danach aus, als hätte er wenigstens einen Teil des Nachmittags am Bügelbrett verlebt. »Neue Hose?« Mein Erstaunen brachte mich nicht von meinem Vorhaben ab, den Gefrierschrank zu inspizieren.

»Was treibst du da?« erreichte mich Martins genervte Stimme. »Findest du nicht, daß du dich noch umziehen solltest? Wir sind eh schon spät dran.«

»Spät dran wofür?« fragte ich zurück. Da waren noch Fischstäbchen und dieser Kartoffelmix.

»Meine Liebe, wir sind heute abend bei Fachinger zum Essen eingeladen.«

Mit einem leichten Bedauern legte ich die Fischstäbchen zurück. »Mist. Hab ich vergessen. Wann denn?«

»Um sieben«, versetzte mein Gatte. Das war dann wohl in einer Viertelstunde, falls die Küchenuhr nicht vorging.

»Na toll.« Ich fühlte mich schlagartig krank. »Bist du sicher, daß ich mich für ein Besäufnis unter Lehrern rausputzen muß?« Martin zog gerade ein Paar Schuhe an und antwortete nicht. »Never wear brown after six«, warf ich ihm noch auf dem Weg zu meinem Kleiderschrank über die Schulter zu.

»Soll ich etwa schwarze Schuhe zur grünen Jacke anziehen?« konterte er. Wo er recht hatte, hatte er recht. Ich warf etwas über. Es ist ja nicht so, daß ich, wenn es drauf ankommt, Stunden vor Kleiderschränken und Spiegeln verbringen muß. Kehrseite dieser Momente schneller Entschlußfähigkeit ist allerdings oft, daß mir erst auf der Veranstaltung auffällt, wie wenig meine gewählte Bekleidung dem Anlaß entspricht. Im grünen Hosenanzug von heute paßte ich zumindest farblich zum Outfit meines Begleiters, was mich vorläufig beruhigte.

Martin stand ausgehfertig in der Zimmertür und klimperte mit Schlüsseln. »Erstens handelt es sich um ein Abendessen und nicht um ein Besäufnis, wie du zu meinen beliebst. Ich glaube, sogar ein warmes Abendessen, weshalb Pünktlichkeit angesagt wäre. Zweitens sind wir nicht bei Kollegen, sondern beim Direktor eingeladen. Und drittens müssen wir, dank deiner knappen Zeitplanung, mit dem Auto fahren, was heißt, daß es zumindest für dich garantiert kein Besäufnis gibt.« Er grinste, als er mir den Autoschlüssel überreichte.

Ich chauffierte also unwillig Martins windiges Gefährt, einen sieben Jahre alten, schmutzigweißen R5, aus unserem Wohngebiet heraus, wobei ich um ein Haar ein Stoppschild überfahren hätte, das sich meines Erachtens vor zehn Jahren noch nicht an dieser Stelle befunden hatte.

Martin hatte etwas gesagt. »Häh?« fragte ich, und er wiederholte langsam und geduldig, daß Kommissar Klingelhöfer angerufen und ich dringend auf der Wache zu erscheinen habe.

»Wann?«

»Morgen. Ich hab mal sicherheitshalber elf Uhr vormittags abgemacht.« Er lächelte. »Und deine Mutter ...«

»Da bin ich eh am Donnerstag.«

»Sie macht sich Sorgen, und wegen Donnerstag ...«

»Sorgen macht sie sich immer.« Ich hoffte, damit das Thema erledigt zu haben, und Martin sah das wohl ähnlich, jedenfalls versuchte er nicht mehr, mir die Kümmernisse meiner Mutter und die Planungen für Donnerstag im einzelnen darzulegen.

Plötzlich hing einer dieser Provinz-Ayrton-Sennas an meinem Kofferraum. Ich betrachtete den Typen im Rückspiegel. Er war älter als erwartet, ich schätzte ihn auf um die Vierzig. Sein Gesicht unter den gutfrisierten dunklen Haaren war eckig, glatt rasiert und hatte senkrecht laufende Falten auf den Wangen. Er besaß eine Sonnenbrille und eine magere, blonde Beifahrerin in meinem Alter. Sie war mit etwas ausgeschnittenem Blauseidenen angetan. Für seinen gelben Genscher-Pullover war es viel zu warm, besonders, weil er darüber noch ein fischgrätiges Markenjackett trug. Sein Auto war, seinem Alter und seiner Kleidung angemessen, einer dieser riesigen, dunklen, ununterscheidbaren Kombis neuerer Bauart mit Dachgepäckträger. Mein Verfolger hatte die schwärzlich-grüne Variante gewählt.

Der Kerl hielt seinen zwei Finger breiten Abstand, während ich die Ringstraße entlangfuhr, die durch das Neubaugebiet führte, in dem Fachinger wohnte.

»Das da vorn ist es, wo die Autos stehen«, meinte Martin. »Das mit den Palisaden.«

»Um Gottes willen«, entfuhr es mir. »Das Ding?«

»Hmhm«, machte Martin, was wohl bedeuten sollte, daß er, was diesen größenwahnsinnigen Traum eines Architekten anging, meiner Meinung war, aber das Thema nicht weiter vertiefen wollte. Was mich anging, war ich auf jeden Fall froh, daß meine Teilnahme am Straßenverkehr hiermit bis auf weiteres beendet war.

Ich stellte den Motor ab und guckte mir das Anwesen aus viel dunklem Holz und wenig Klinker noch ein bißchen an. Es sah aus, als hätte man einen Bungalow mit viel Dach am First durchgeschnitten und die beiden Hälften dann versetzt aneinandergeklebt. Die eine Schnittfläche stand der Straße zugewandt, etwas zurückgesetzt hinter der Hälfte, wo die Traufe und darunter eine Terrasse nach vorn wiesen. Palisadenwände gestalteten den Garten.

»Ich will da nicht rein«, sagte ich, sprach aber schon mit mir selbst, denn Martin stürzte zu dem Pharmavertreter-Kombi, der hinter uns einparkte. Ich zog langsam den Schlüssel aus dem Zündschloß, ließ sogar das Lenkrad einrasten, trödelte herum, suchte auf dem Rücksitz nach meinem Tabak und fand ihn nicht. Ich konnte mich auch nicht erinnern, ihn eingesteckt zu haben. Ob das ein hinreichender Grund war, wieder nach Hause zu fahren?

Martin rief: »Komm schon, Paula«, und ich stieg widerwillig aus, schloß ab und begab mich zu der kleinen Gruppe, die sich schon zum Palisaden-Stein-Tor begeben hatte, um Begrüßungsfloskeln auszutauschen.

»Das ist Paula«, stellte mich Martin vor. Wohlgemerkt, er wandte sich nur an den Kerl. »Und das ist Bernhard. Bernhard Fuhrmann.«

Bernhard nahm nicht einmal seine Sonnenbrille ab, als er mir seine Hand hinstreckte. Er war gerade mal so groß wie Martin, gab mir aber das Gefühl, von sehr weit oben auf mich herunterzuschauen. Dabei sagte er kühl: »Guten Tag.«

Die dünne blonde Frau wurde mir gar nicht erst vorgestellt. Wir gaben uns trotzdem die Hand. Am auffälligsten an ihr waren ihre tiefliegenden, hellblauen Augen, die rot umrandet waren. Nun, das lag vermutlich an ihrer sehr hellen Haut und nicht daran, daß sie ständig über ihren Gatten weinte. Sie lächelte mich beim Hallo-Sagen sehr freundlich an, und ich schloß daraus, daß sie das verbindliche Element in den Beziehungen des Paars zur Außenwelt war.

Auf dem Weg durch den Garten raunte ich Martin zu: »Halt mir bloß diesen Bernhard vom Leib.«

Der hatte bereits geklingelt.

»Scht«, zischelte Martin.

Der Gastgeber öffnete. Er hatte ein kleines Bäuchlein angesetzt, und seine Haare ergrauten, sein Gesicht war aber unverändert geblieben, und das vermutlich seit ungefähr dem zwölften Lebensjahr. *Jungenhaft* nennt man das wohl. Seine Arme und Beine waren immer noch lang und dünn, und seine Bewegungen schienen dem Gefühl Rechnung zu tragen, nie sicher zu sein, wohin er die Glieder verstauen sollte.

»Schön, daß ihr da seid. Dann können wir ja gleich anfangen.« Fachinger tänzelte vor uns her in ein ausgedehntes Wohnzimmer.

»Duzt ihr euch?« flüsterte ich Martin zu.

Er schüttelte den Kopf und tuschelte zurück: »Nur, wenn wir mehrere sind, ihrzt er uns.«

Ich hielt mich zunächst ein wenig hinter den anderen. Heiner hatte zwar recht gehabt, was die nicht stattgefundene Vergreisung unserer Schule anging, denn die blonde Frau wurde gerade lautstark von einer bestenfalls Fünfundzwanzigjährigen begrüßt. So erfuhr ich, daß sie Kathrin hieß. Nichtsdestoweniger erkannte ich spontan zwei Figuren aus meiner Schulzeit: Auf einem weißen Zweisitzer saß Edelgard Stolzenfels-Schwartenbeck, eine große Blondine, die nach wie vor intensiv veilchenblauen Lidschatten bevorzugte. Sie unterhielt sich angeregt mit Fred Fuchs, einem schlanken, mittelgroßen Mann in konservativem, blauem Anzug mit Krawatte, der die Fünfzig auch überschritten hatte. Er saß im Sessel nächst ihr. Herr Fuchs hatte es in der Oberstufe fertiggebracht, mir trotz der wenig überzeugenden Vorarbeit von Fachinger die Physik näherzubringen, was ich ihm noch heute hoch anrechne, obwohl ich meine fundierte Kenntnis der Naturgesetze in meinem aktuellen Leben allenfalls in Gesprächen mit Martins Bruder, dem Ingenieur, nutzen kann.

Die Herrschaften erhoben sich zum Händeschütteln aus ihren Sitzpolstern. Die kleine Fünfundzwanzigjährige mit den dunklen, langen Haaren stellte sich mir als »Heike« vor, was mich, die ich zunächst nur ein »Piepenbrock« zwischen den Zähnen hervorgequetscht hatte, zwang, das »Paula« nachzuschieben. Zwei andere Herren in meinem Alter nannten sich »Norbert« und »der Raimund«. *Der* Raimund war von großer, athletischer Gestalt mit hellbraunen Locken und ebensolchem Vollbart. Er trug abgewetzte, lindgrüne Jeans und ein rosa-weiß gestreiftes T-Shirt. Norbert, in Bluejeans, weißem Hemd und Jackett, war kleiner, mit kurzen, mittelblonden Haaren, die wie eine Bürste in die Luft standen.

Herr Fuchs stutzte einen Moment, als er mich sah, strahlte dann, so daß sein schadhaftes Gebiß voll sichtbar wurde, trat – wie schon früher – einen halben Schritt zu dicht an mich heran, schüttelte meine Hand, blickte mir tief in die Augen und sagte: »Paula. Wie schön, dich mal wiederzusehen. Wie geht es dir denn?«

Ich schauspielerte ein halbwegs überzeugendes »Ausgezeichnet, und Ihnen?«

Er ließ endlich meine Hand wieder los und stellte mir eine rothaarige Schönheit in naturfarbenem Strickensemble vor: »Kennst du meine Frau schon? – Monika, das ist Paula, eine alte Schülerin von mir.«

Ich schüttelte auch Frau Fuchs die Hand. Zwischen den Fingern hielt sie ein langes, schmales Zigarillo mit solcher Grazie, daß mir beinahe ein Seufzer entfahren wollte. Ich bewundere diese Art souveräner Frauen, die nie hastig rauchen, denen nie die Asche aufs Ensemble fällt und die jederzeit mit jedem konversieren können. »Sie hegen hoffentlich keinen Groll gegen meinen Mann«, sagte sie an dieser Stelle.

Die Gastgeberin näherte sich jetzt aus dem Eßzimmer, das dem Wohnbereich direkt angeschlossen war. Sie trug Jeans und Pullover, ihre langen, braunen Haare waren in der Mitte gescheitelt und hinten zu einem langen Zopf zusammengebunden. Das Make-up, von dem Frau Stolzenfels-Schwartenbeck zuviel auf dem Gesicht trug, hätte ihrer nicht einmal durch Sommersprossen oder Hautunreinheiten belebten Blässe gutgetan. Sie tuschelte mit ihrem Mann, worauf dieser in die Hände klatschte und »Zu Tisch, zu Tisch« rief.

Der Eßzimmertisch war oval und so groß, daß noch mehr als wir zwölf an ihm Platz gehabt hätten. Schwarz wie Ebenholz schimmerten die Beine, die unter dem weißen, sicherlich leinenen Tischtuch hervorlugten. Es war schon eine Freude, auf hochlehnigen Stühlen um einen mit Kristall und Porzellan gedeckten Eßtisch herum Platz zu nehmen, statt improvisierte Mahlzeiten von gemischtem Steingut am Schreibtisch zu verzehren. Leider mußte ich Fachinger, der aus einer gediegen aussehenden Weißweinflasche einschenkte, an meinem Glas vorbeiziehen lassen. Ich zischte Martin, der den Platz links neben mir gewählt hatte, zu: »Wir hätten gut noch mit den Fahrrädern fahren können.« Mein Freund ignorierte mich jedoch.

Als alle mit Getränken versorgt waren, blieb Fachinger stehen, schlug an sein Glas und hub an, eine Rede zu halten. Ich schaute in die Runde. Mir gegenüber saß Herr Fuchs, eingerahmt von Frau Stolzenfels-Schwartenbeck zur Linken und seiner Frau zur Rechten. Neben Frau Fuchs hatte sich Kathrin neben der Referendarin Heike plaziert – wie ich befriedigt feststellte, möglichst weit entfernt von ihrem Begleiter. Es folgte *der* Raimund, rechts neben mir saß Norbert, Martin machte den Prellbock zwischen mir und Bernhard. An der küchenzugewandten Schmalseite des Ovals präsidierten der Gastgeber und seine Frau.

»... und jetzt will ich euch nicht länger langweilen. Prosit.«

Herr Fuchs stieß, vielleicht in Erinnerung an selige Studentenverbindungszeiten in den glücklichen Sechzigern, ein »Hört, hört« aus und nickte mir beim Anstoßen zu.

Dann bedienten sich alle an den in der Mitte des Tischs stehenden Serviertellern mit schinkenumwickelter Melone. »Parmaschinken?« fragte Frau Stolzenfels-Schwartenbeck nach dem ersten Happen. Fachinger nickte mit vollem Mund. »Köstlich«, fuhr sie fort. Fachinger schluckte und erklärte: »Den haben wir aus unserem Urlaub mitgebracht. Cremona, Piacenza, Modena, traumhaft.« Während er sprach, riß sie in gleichmäßigen Intervallen ihre blauen Augen noch weiter auf, was wahrscheinlich einem bestätigenden und zu weiteren Erzählungen auffordernden »Hm, hm« entsprach. Ich wandte mich meinem Teller zu.

Meine Vorbehalte gegen Parmaschinken mit Melone sind nicht von meiner Schwester beeinflußt: Seit sie sich als Tierrechtlerin begreift und einer dieser obskuren Kreuzberger Aktionsgruppen beigetreten ist, dem Komittee gegen Tierzerstörung (KOTZ), empfindet sie bereits Käse als Tierfolter. Ich hingegen habe eher kulinarische Bedenken.

Nach Beendigung der Aufräumarbeiten auf meinem Teller aß ich zuerst das matschige, ursprünglich luftgetrocknete Fleisch und widmete mich dann der versalzenen Melone, als ich einen Rippenstoß von Martin erhielt. Ich schaute stirnrunzelnd auf und direkt in die aufgerissenen Blauaugen der Stolzenfels-Schwartenbeck. Herr Fuchs grinste. »Trennkost, Paula?«

Ich zuckte die Achseln. Die Stolzenfels-Schwartenbeck wieherte. Natürlich war ich die letzte, die noch an der Melone herumfuhrwerkte. Frau Fachinger nahm die Servierplatten vom Tisch, während ich noch am letzten Bissen kaute. Bernhard meinte der Stolzenfels-Schwartenbeck gegenüber erwähnen zu müssen, daß ja der ausgereifte Geschmackssinn eines gewissen Alters bedürfe, »und manche Leute, du siehst es ja immer wieder in den Imbißstuben und Schnellrestaurants, kriegen das ihr Lebtag nicht hin«.

Was fiel diesem BOSS-Typen überhaupt ein? Ich ignorierte Martins Hand auf meinem Bein. »Und manche Leute«, entfuhr es mir schneller, als ich nachdenken konnte, »brauchen Jahre ihres Lebens dazu, ihren Geschmackssinn dem anzupassen, was in den Kreisen, in denen sie sich bewegen, für chic gehalten wird.«

Bernhard wählte diesmal nicht den scheinheiligen Umweg über die Stolzenfels-Schwartenbeck, sondern wandte sich direkt an mich: »Bei meinen Schülern sehe ich ja über die zwanghaften Bemühungen hinweg, sich von dem, was sie ›die Masse‹ nennen, abzusetzen. Zwischen vierzehn und zwanzig ist das auch ein normaler Schritt in der Entwicklung. Ab einem bestimmten Alter aber wirkt dieses Bedürfnis nach Originalität eher wie eine neurotische Angst vor dem Erwachsenwerden.«

Überraschende Hilfe nahte vom rechten Ende des Tisches. Die helle, weiche Stimme ausgerechnet seines Blondchens warf ein: »Du brauchst Paula nicht gleich für neurotisch zu erklären, bloß weil sie ihre Sachen lieber getrennt ißt.«

»Aber ich muß mir auch nicht vorwerfen lassen«, gab er zurück, »daß ich ein angepaßtes Arschloch bin, bloß weil ich offensichtlich den Geschmack der Mehrheit an diesem Tisch teile. Man muß sich nicht ständig selbst ausschließen.«

»Aber bitte«, beschwichtigte Fachinger, einigermaßen hilflos mit den Armen wedelnd.

Ich überlegte, ob ich ihm mit einem Themenwechsel unter die Arme greifen sollte, vielleicht mit allgemeinen Erwägungen über Leute, die erst in einem gewissen Alter die Fähigkeit gewinnen, einen Sicherheitsabstand einzuhalten, und die anderen, die das, wie man immer wieder im Straßenverkehr sieht, ihr Lebtag nicht lernen. Ich hielt mich aber zurück.

Martin indessen lenkte seinen Nachbarn von mir ab. Er beklagte sich über seinen Lieblings-Problemschüler, ein ebenso lernbehindertes wie hyperaktives Bürschchen namens Marco aus der Lateinklasse, und ich wandte mich ab, nur, um mich ziemlich isoliert von den neu begonnenen Gesprächen wiederzufinden. Es gibt einfach nichts Schlimmeres, als in einem Wortgefecht zu unterliegen. Ich kam nicht umhin, Bernhards Weltanschauungen weiterhin lauschen zu müssen. »... aktuell ist in dieser Gesellschaft keine Sinnstiftung für Kinder und Jugendliche vorhanden.«

Ich hatte zwar bisher immer gedacht, daß die Klientel der hier anwesenden Herrschaften weniger unter einem wie auch immer gearteten Mangel als im Gegenteil an einem Zuviel an Hormonen leidet. Martin dagegen war, ebenso wie der intensiv nickende Fachinger oder die ihre Augenaufreißfrequenz noch erhöhende Stolzenfels-Schwartenbeck, anscheinend ganz angetan von Bernhards Erläuterungen.

Frau Fachingers Rückkehr aus der Küche zog unser aller Aufmerksamkeit von Bernhards Tiraden ab. »Pasta, oh, ich liebe Pasta«, quiekte Frau Stolzenfels-Schwartenbeck, und ich richtete leidend die Augen gen Himmel. Nicht, daß ich etwas gegen Nudeln hätte, aber mir steigt die Galle, wenn Leute so tun, als sei das, was der Erwachsene verzehrt, etwas vollständig anderes als die Nudeln mit der Ketchup-Mehlschwitzensoße unser aller Kindheit. Man darf es nicht einmal mehr *Nudeln* nennen, und ich vermute, daß das Spielerische, was den Verzehr der Spaghetti zu einem solchen Genuß macht, das Um-die-Gabel-Wickeln und Matschen, von den Leuten als so peinlich empfunden wird, daß sie den Gegenstand der Lust sprachlich zur *Pasta* überhöhen müssen.

Das Konzert der Eßwerkzeuge dämpfte die berufsbezogenen Gespräche. Der Raimund lobte Frau Fachingers Kochkünste über den Tisch hinweg, was sein übriges tat, die Herren und Damen Pädagogen von ihrem Lieblingsthema abzulenken. Auf des Raimunds Bitte »Können Sie mir das Rezept geben?« reagierte die Gastgeberin lediglich mit einem vagen Kopfneigen, während Bernhard wieder ansetzte: »Ich würde ja sagen, auch mein Lob der Köchin, da ist Lachs, ein im übrigen ausgezeichneter Fisch zur Pasta, Sahne, Pfeffer, Salz und ein Hauch von Basilikum. Habe ich recht, Frau Fachinger?«

Sie bestätigte wortlos, mit dieser ihr offenbar eigenen Geste des halb Nickens, halb Kopfneigens, und er fuhr, an den Raimund gewandt, also für den ganzen Tisch berechnet, fort: »Ich bin nämlich ein begeisterter Hobbykoch.«

Mir verging der Appetit. Ich rollte noch ein wenig willenlos an den restlichen Spaghetti herum und hoffte, daß nicht noch ein weiterer Gang folgen würde, der diesem Kotzbrocken Gelegenheit zur Selbstdarstellung geben würde. Ich nippte am Mineralwasser und sehnte mich nach einer Zigarette und einem Schluck aus der staubigen Flasche, die der Gastgeber gerade öffnete.

Links von mir sah ich nur die Schulterblätter meines Gatten. Also beschloß ich, Norbert näher kennenzulernen. Mehr oder minder zufällig hatte sich mein Nachbar auch gerade von seinem Tischherrn, dem Raimund, abgewandt, der seinerseits Kathrin, Heike und Frau Fuchs mit Rezepten beglückte, zwar leiser als Bernhard, aber, da mit hundeartigen Blicken von unten herauf unterlegt, mindestens ebenso penetrant.

»Kochen hat ja irgendwie für mich so was Sinnliches. Ein Umgehen mit den Essenzen, Düften, dem Inneren der Lebensmittel. Und wenn sie sich dann irgendwie in etwas ganz anderes verwandeln ...« Die jüngeren Frauen sahen nicht glücklich aus. Frau Fuchs hingegen war wahrscheinlich einfach ihrer Eleganz angemessen höflich.

Norbert erkundigte sich: »Weißt du, ob jetzt Schluß ist?« Er senkte die Stimme. »Sonst muß ich am Ende auch noch mit meinem unschlagbaren Rezept für Ravioli mit Tomatensoße kommen. Die von Aldi sind die besten.« Mir ging das Herz auf. Ich zuckte die Achseln, beschloß, der Sache aber jetzt auf den Grund zu gehen, und fragte bei Herrn Fuchs an.

»Wieso, schmeckt's dir nicht?« kam die prompte Gegenfrage, die aber angenehmerweise in den Monologen der Hobbyköche unterging. »Doch«, antwortete ich knapp. »Ich bin bloß satt und möchte rauchen.«

Fuchs lachte, einen Deut schadenfroh. »Du wirst dich noch etwas gedulden müssen, Paula. Die Abendessen bei Olaf sind berühmt.«

Frau Fachinger trug eine Kartoffelschüssel herein.

»Ah«, murmelte es lästerlich an meinem Ohr. »Die Kartoffel an Petersilie, der einfache, ursprüngliche Genuß.« Ich kicherte gedämpft.

Weitere Schüsseln und Platten folgten.

Das Interesse meines Nachbarn richtete sich auf die Platte mit Roastbeef, die vor ihm stand. »Welches Stück möchtest du?« fragte er. »Satt gilt nicht. Immer rein mit die guten Sachen. Sollen wir uns eins teilen?« Ich nickte.

Ich machte mich heroisch an den Verzehr eines weiteren Tellers voller Delikatessen. Norbert philosophierte derweil über die Unterschiede des Lebens in Dortmund-Aplerbeck, wo er aufgewachsen war, zu dem in Frankfurt, wo er irgendwas studiert hatte, »wobei mir heute nicht mehr klar ist, warum ich ausgerechnet Lehrer werden wollte«, und hier: »... schlimmer als im Sauerland, genauso katholisch, aber nicht mal Wintersport.« Da klang von irgendeiner Seite des Tisches das Wörtchen »Mord« an mein Ohr: »Was sagen Sie denn zu diesem entsetzlichen Mord bei Ihnen im Viertel?«

Ich horchte auf, um rauszukriegen, wer vorhatte, mir noch den Rest des Abends zu verderben. Ausgerechnet Martin war es, der dem aufmerksam schauenden Gastgeber erklärte, er solle sich lieber an mich wenden mit der Frage, schließlich habe ich den Toten gefunden.

»Ach!« Frau Stolzenfels-Schwartenbeck schaute *betroffen* drein, das heißt, sie glotzte mich mit aufgerissenen Augen an. Bevor sich jemand erdreisten konnte, mir eine Frage zu stellen, hatte ich mich sehr deutlich ab- und wieder Norbert zugewandt und tat, als folgte ich seinen Ausführungen. »Diese Nordhessen sind ja voll verstockt. Die kriegen die Zähne einfach nicht auseinander.«

Nach meiner nonverbalen Bekundung, daß ich an diesem Tisch keinesfalls Geschichten fürs wohlige Gruseln zum besten geben würde, fühlte sich Bernhard berufen, etwas zum Thema beizutragen. »Wir haben diesen Doktor auch mal kennengelernt. Auf 'ner Vernissage in der Galerie. Ich war ja nicht so begeistert, aber meine Frau … Stimmt's nicht, Kathrin? Dir hat er's doch ziemlich angetan.«

Die Angesprochene gab keine Antwort, verzog aber, wie ich befriedigt feststellte, mit einem Blick auf mich quasi entschuldigend das Gesicht. »Ich hatte den Eindruck, da war mehr Charme als Verstand«, provozierte Bernhard. Ich fühlte mich wie ein Fußballfan, dessen Mannschaft gerade von Anhängern der Gegner als Schülermannschaft verspottet worden ist: reif zum Zuschlagen. »Nun sag doch auch mal was, Kathrin. Du hast dich länger mit ihm unterhalten. Wie fandst denn du diesen Feußner?«

Seine Frau sah jetzt entschieden verärgert aus. »Ich erinnere mich nicht so genau, mit wem ich alles auf dieser Vernissage geredet hab.« Dann schob sie ihren Teller weg, stand auf, durchquerte das Wohnzimmer, kramte in ihrer auf der Sitzgruppe abgelegten Handtasche und nahm eine Schachtel Gauloises blondes und ein Feuerzeug heraus. »Entschuldigen Sie mich einen Moment«, warf sie Frau Fachinger noch zu, dann machte sie sich an der Terrassentür zu schaffen und entwich nach draußen, wo wir in der Dunkelheit das Zünden ihres Feuerzeugs und dann den Lichtpunkt einer Zigarette zu sehen bekamen.

Der Moment verblüffter Stille, in dem selbst Bernhard ausnahmsweise seinen Mund hielt, war viel zu kurz. »Sie müssen schon entschuldigen«, fing er dann wieder an, »aber meine Frau ist wohl etwas nervös.«

Man ging zur Tagesordnung über. Wenig später löste sich die Tischgesellschaft unter Geschirrgeklapper auf, und Norbert nahm seinen Bantam-Tabak aus der Jackentasche. Aldi schien die wichtigste Quelle für die Dinge seines täglichen Bedarfs zu sein.

»Kann ich auch?« Ich deutete auf das Tabakpäckchen. Er reichte es mir und begann den großen Klagegesang seines Berufsstands. »Neulich find ich einen auf meinem Pult, der von oben bis unten mit Klebeband umwickelt ist. Was machst 'n da? Den auswickeln und weiter über Absolutismus reden? Boh, nee.« In seiner Verneinung lag der ganze, von mir nur zu gut nachvollziehbare Abscheu vor einem Leben unter Halbwilden. Wir standen auf und gingen zur Sitzgruppe hinüber, wo ich vorhin die Aschenbecher erspäht hatte.

Das Ehepaar Fuchs stand bereits um ein Plexiglastischchen herum, unterhalten von dem Raimund, der auf seine Aromen und Essenzen zurückgekommen war. Frau Fuchs rauchte und lächelte. Herr Fuchs trat von einem Fuß auf den anderen.

Ich hörte auf, die Frau meines Exphysiklehrers anzustarren und mich zu fragen, was mir, meiner Kleidung, meinem Konversationstalent und meiner Art zu rauchen fehlte, als Norbert mich mit einem Seitenblick auf die Dreiergruppe am Ellenbogen nahm und etwas zur Seite führte. »Und vor allem: Wie soll ich eine ganze Klasse bändigen, wenn es mir nicht mal gelingt, die Aufmerksamkeit einer Gesprächspartnerin für ein paar Minuten zu fesseln?«

»Entschuldige bitte«, sagte ich und lachte ein bißchen verlegen. Er tat meine Entschuldigung mit einer Handbewegung ab und knüpfte da an, wo er vermutlich aufgehört hatte. »Ich hab ein kleines Stegreifreferat über den zivilisierenden Effekt des Gewaltmonopols des Staates gehalten und sie alle zu einem Besinnungsaufsatz vergattert. Thema: Wie können Menschen zusammenleben, ohne sich gegenseitig totzuschlagen.«

Martin und der Machtmensch saßen immer noch am Eßtisch und redeten angeregt. Ich fragte mich, was meinen Gatten zu so einer Figur hinzog.

»Voll daneben«, sagte Norbert.

»Wie bitte?« fragte ich irritiert zurück.

Frau Fachinger trug Kaffee und Dessert auf. Die Referendarin Heike, die ihr beim Abräumen geholfen hatte, war zu Kathrin auf die Terrasse entschwunden. Peu à peu versammelten wir uns wieder um den Eßtisch.

Als Martin und ich – er angeheitert, ich nüchtern – nach Hause fuhren, erkundigte ich mich nach meinem neuen Bekannten. Er zuckte die Achseln. »Ich hab Norbert selber erst heute kennengelernt. Du vergißt, daß ich erst sieben Tage im Lehrerzimmer verbracht hab. Ich kann noch nicht jeden kennen.«

»Ich dachte nur. Und«, wollte ich ansetzen, nach dieser Kathrin zu fragen, aber Martin kam mir zuvor.

»Ihr habt euch ganz gut verstanden, scheint mir.«

»Was blieb mir übrig? Du hattest ja nur Ohren für dieses Arschloch. Übrigens, falls der mal irgendein Computerprogramm bei uns abholen kommt, sag mir frühzeitig Bescheid, daß ich abhauen oder mich in meinem Zimmer einschließen kann.«

»Was du nur hast«, brummelte mein Gatte. »So schlimm is er doch gar nicht. Du mußtest ihn doch nicht so provozieren.«

»Ich hätte ...« Mir blieb die Empörung in der Stimmritze stekken. »Wie der Auto fährt. Und eifersüchtig isser auch.«

Martin gähnte. »Er wird schon seine Gründe haben.«

»Was heißt hier Gründe. Wahrscheinlich kann er's mit seiner Frau einfach machen. Ich möchte jetzt nicht darauf hinweisen, was ich tun würde, wenn du mir so blöd kämst.«

Martin nahm meine rechte Hand vom Steuerrad. »Und ich«, begann er, während er sie an die Lippen führte, um einen perfekten Kuß in die Luft über dem Handrücken zu hauchen, »werde deine diesbezügliche Prinzipienfestigkeit nicht auf die Probe stellen.«

Für solche Momente halbironischer, altmodischer Courtoisie liebe ich diesen Mann.

Leider kam er an dieser Stelle auf das Thema *Bernhard* zurück: »Vielleicht macht er sich auch einfach Sorgen. So wie ich mitunter auch. Beispielsweise Samstag nacht. Es war ja ein hartes Stück Arbeit, dich ins Bett zu schaffen.«

Ich hasse es ja, wenn sich Menschen Sorgen um mich machen. Es mag Paranoia sein, aber ich fühle mich überwacht, unfrei, zurückgeworfen in die Position eines Kindes, das Rechenschaft über seine Wege ablegen muß. Schließlich bin ich nicht mit 19 zu Hause ausgezogen, um mit 29 wieder gehütet zu werden. Aber es lag mir in diesem Moment fern, meinen hinlänglich bekannten Standpunkt hierzu aufs neue darzulegen. Mich interessierte etwas ganz anderes. »Wann bin ich eigentlich nach Hause gekommen?« fragte ich so beiläufig wie möglich.

»Ras nich so.« Ich nahm den Fuß vom Gas und schaltete zurück. Gern hätte ich einen Blick in Martins Gesicht geworfen, um festzustellen, ob er ahnte, wie wichtig die Antwort auf meine Frage war. Er schien aber nichts von meiner Anspannung zu merken. »Ich glaub, ihr seid so gegen eins gekommen.« Während Martin weiter sinnierte, wie erstaunlich die Öffnungszeiten in der Provinz seien und daß er bis dato geglaubt habe, spätestens um zwölf würden die Bürgersteige hochgeklappt, schrillten in mir die Alarmsysteme: Wer war *ihr*? Leider war Martin nicht beschwipst genug, um Erkundigungen nach meiner Begleitung nicht seinerseits mit höchst unangenehmen Gegenfragen zu beantworten. Ich würde Antwort auf die Frage, wer mich nach Haus gebracht hatte, woanders suchen müssen.

Mittwoch, 15. September, morgens

»Da is je die ... Frau Piebnprog«, bemerkte der diensthabende Beamte, als ich am nächsten Morgen überpünktlich auf der Polizeistation eintraf. Er wußte, auch ohne sich nach meinem Anliegen zu erkundigen, daß ich nicht gekommen war, um einen Fahrraddiebstahl anzuzeigen. Sein Name war Specht. Ich wünschte, ich hätte mich nie darüber mokiert.

»Ja«, stimmte ich kleinlaut zu.

»Gud«, konstatierte er einsilbig, und ich wagte nicht, ihm zu widersprechen. Schließlich hatte der Mann hier das Hausrecht und würde es kaum dazu nutzen, mich rauszuwerfen. Im Gegenteil, nach der Vorstellung, die ich tags zuvor in Annes Küche gegeben hatte, war er wahrscheinlich mehr als geneigt, mich auf unabsehbare Zeit dazubehalten.

»Jo dann …«, begann er erneut, verstummte abermals und sah mich betrübt an. »Dann will ich ma Bescheid geben, daß Sie hier sin«, besann sich Specht seines Vorhabens und langte nach einem Telefonhörer. Seine Miene verfinsterte sich aufs unerfreulichste. Das hatte aber anscheinend nichts mit mir zu tun, denn er knurrte ein deutlich vernehmbares »Herrgodd noch emo« in die Muschel, schob sich mit der freien Hand die Mütze in den Nacken und drosch dann unwirsch auf die Gabel ein, offenbar mit dem gewünschten Erfolg. »Dos well ich aber au meinen«, erklärte er dem Hörer, vergewisserte sich, daß ich noch da war, und wählte.

Ich sah mich dieweil in der Vorhöhle des Löwen um. Es hing tatsächlich einer jener antiquiert anmutenden Terroristensteckbriefe an der Wand, die in meiner frühen Jugend eine gewisse Faszination auf mich ausgeübt hatten. Zwar hatte sich die Anzahl der gesuchten Individuen deutlich reduziert, aber sie schauten immer noch so schwarzweiß böse drein wie damals. Wahrscheinlich waren die Fotos getreu den Vorgaben der Verbrechensphysiognomik retuschiert.

»Specht. Die Piebnprog is da«, drang es in mein Ohr. Auf zwei weiteren Plakaten machten unsere hessischen Freunde und Helfer ein bißchen Eigenwerbung.

»Wie bidde … wos? Ich versteh kin Wocht. Hidde is aber au dr Worm drenne. Zum verreckt wärn esses«, polterte Specht. *Ihre Hessische Polizei* zeichnete sich beispielsweise dadurch aus, daß sie *ein offenes Ohr für alle* hatte. Das war gut zu wissen, verfehlte aber seine beruhigende Wirkung auf mich.

»Jo, nein, 's Vernehmungszimmer steht im Momend nit zur Verfüjung. Do wird grade gebutzd. Muß je au mo sin.« Es bestand kein Zweifel: Specht hatte klar und deutlich *Vernehmungszimmer* gesagt. Und ich hatte gedacht, Klingelhöfer habe mich herbestellt, weil er ein Protokoll von mir wollte … Meine Knie gaben nach. Rangierte ich etwa ganz oben auf der Liste der Verdächtigen, die es laut der kurzen, eher belanglosen Notiz im Lokalteil, die ich heute morgen rasch überflogen hatte, noch gar nicht geben durfte? Einen Tag nach der Tat habe die Polizei noch keine konkreten Anhaltspunkte, hatte da gestanden, und: *Man hält weiterhin an den am Vortage geäußerten Vermutungen fest.* Bei dem guten Kontakt, den der Presse-Willi zum Specht Henner hatte, konnte ich mich wahrlich glücklich schätzen, daß meine den Tatzeitpunkt betreffende Amnesie noch nicht Stadtgespräch war. Ob man mir wenigstens Unzurechnungsfähigkeit zubilligen würde?

Specht jawollte seine Bereitschaft zu was auch immer. Es dauerte ein Weilchen, bis ich begriff, daß sein anschließendes Räuspern an mich gerichtet war und ich mich von der schriftlichen Versicherung, man sei in diesem Hause *zu jeder Jahreszeit für Sie da*, losreißen konnte. »Der Kommessar wachtet«, verkündete Specht, dessen dienstliche Kopfbedeckung inzwischen wieder korrekt saß. »Links den Gang nab. Dritte Däre lings.« Ich schluckte und dankte für die Auskunft.

Rechts gab eine Tür den Blick auf ein Stückchen feucht glänzenden Fußboden frei. Ich wandte mich nach links und fixierte die dritte Tür auf der linken Seite. Sie war geschlossen. Hinter welcher Tür sie wohl die Betrunkenen ausnüchterten, die sie am Wochenende von der Landstraße und aus Kneipen sammelten? Gab es vielleicht einen für alle Eventualitäten ausgestatteten Keller? Vergitterte Fenster hatte ich jedenfalls nicht gesehen. Auch das einzige auf dem Hof geparkte Fahrzeug, ein knallgelbes Käfer-Cabriolet, hatte mich trotz aller Ortskenntnis zweifeln lassen, ob ich richtig war. Da ich nicht bis in alle Ewigkeit vor Klingelhöfers Tür stehenbleiben konnte, klopfte ich und trat auf ein gedämpftes »Ja« hin ein.

KK Klingelhöfer und sein Assi saßen sich an zwei mit den Rückseiten zusammengeschobenen Schreibtischen gegenüber. Klingelhöfer erhob sich von einem Drehstuhl, dessen Höhe in einem eklatanten Mißverhältnis zur Körpergröße des Kommissars stand. Er kam ein paar Schritte auf mich zu und gab mir die Hand. »Schön, daß Sie es geschafft haben, Frau Piepenbrock«, begrüßte er mich. »Wir konnten Sie leider nur so kurzfristig benachrichtigen, weil gestern ständig die Leitung zusammengebrochen ist. Die Telefonanlage hier läßt etwas zu wünschen üb...«

»... ist hoffnungslos marode«, korrigierte Steinmetz, der sitzen geblieben war, seinen Vorgesetzten und erklärte damit Spechts sonderbares Gebaren am Telefon. »Aber wir können uns noch glücklich schätzen«, wandte er sich an mich. »Hier kommt man wenigstens trockenen Fußes zur Arbeit.« Klingelhöfers Harry schien heute gesprächiger zu sein als bei unserer ersten Begegnung, aber auch ungleich gereizter. Ich sah ihn fragend an.

»Letztens hatten wir ein Gastspiel in einer Polizeistation an der Fulda. Bei Hochwasser kommt man nur per Boot da hin«, erläuterte Klingelhöfer die kryptische Bemerkung seines Assis. »Der Kollege hier«, er griente in Steinmetzens Richtung, »wird das wohl nie verwinden.«

Besagter Kollege grunzte etwas in seinen Bart, das nach einer Bestätigung klang. Aufzustehen und nach seiner Kaffeetasse zu greifen war eine einzige Bewegung. »Ich brauch erst mal 'nen Kaffee«, eröffnete er uns und beugte sich vor, um sich auch die Tasse von Klingelhöfers Schreibtisch zu schnappen. »Möchten Sie auch einen?« fragte er mich. Ich nickte und nahm auf dem Holzstuhl Platz, den Klingelhöfer für mich an die Schreibtischkonstellation gestellt hatte.

KKK zählte ganz offensichtlich zu den Menschen, denen es unmöglich ist, ihren Arbeitsplatz nach einem erkennbaren Ordnungsprinzip zu gestalten. Seine Tischplatte war übersät mit Papier jeglicher DIN-Norm und Beschriftungsart, von handgeschriebenen Notizzetteln bis zum Lokalteil der *NHP*. Steinmetz hingegen war – ebenso wie Martin – ein Stapler. Ein Computerfreak war er allerdings nicht. Neben den diversen akkurat arrangierten, wenn auch nicht nach der Papiergröße zusammengestellten Stapeln auf seinem Tisch thronte eine mechanische Schreibmaschine. Der schmale Eintürer und der Aktenschrank zur Rechten, die Schreibtische und Stühle entsprachen ebenfalls nicht dem Standard modernen Bürodesigns. Sie waren ferner nicht dazu gemacht, zusammen in einem Büro zu stehen. Einzig der Sparkassen-Abreißkalender *Fachwerkhäuser in Hessen*, der links die Wand zierte, war auf der Höhe der Zeit.

Klingelhöfer, der sich wieder gesetzt hatte, richtete das Wort an mich: »Hier drin können sich zwar schon zwei Leute kaum umdrehen. Aber heute müssen wir damit vorliebnehmen. Für solche Gelegenheiten ist eigentlich ein anderer Raum vorgesehen.«

Ich nickte und überlegte, ob es nicht klüger gewesen wäre, mich zu dieser *Gelegenheit* von einem Anwalt meiner Wahl begleiten zu lassen. Es konnte Stunden dauern, bis sie einen für mich aufgetrieben hatten, der Kaffee literweise fließen ... Steinmetz erschien, um die erste Runde zu reichen. »Ich hab gleich alles mitgebracht, weil ich nicht mehr weiß, wie Sie ihn trinken.« Er plazierte ein Tablett mit drei gut gefüllten Tassen, zwei Löffeln, Würfelzucker in der Originalverpackung und Kaffeesahne im Plastikgießer auf seinem Schreibtisch, verteilte die Tassen und setzte sich. Klingelhöfer langte nach dem Zucker, ich bediente mich reichlich an der Sahne, Steinmetz ignorierte beides. Der Kaffee war ganz ausgezeichnet. Vielleicht war es nicht verkehrt, sich an das vor Ort bevorzugte Getränk zu halten, wie es sich auch auf Reisen immer bewährt.

»Wir werden Ihre Aussage aufzeichnen, Frau Piepenbrock. Ich muß Sie bitten, morgen oder übermorgen, wie Sie wollen, noch einmal vorbeizukommen, um die Abschrift zu unterschreiben.« Klingelhöfer förderte ein Aufnahmegerät zutage, indem er die darauf abgelegte *NHP* entfernte, und brachte es in Position. Steinmetz leitete unverzüglich die gleiche vertrauensbildende Maßnahme ein, die er schon zwei Tage zuvor angewandt hatte: Er zündete sich eine Zigarette an. Ein Blick in seinen Aschenbecher offenbarte jedoch, daß es dazu nicht der Anwesenheit verdächtiger Individuen bedurfte.

»Für die Aufnahme werden wir das Fenster schließen müssen«, fuhr KKK, der den Aschenbecher gleichfalls beäugte, verdrießlich fort. Das Fenster war nur vom Platz des Kommissars aus zugänglich, was ihm die uneingeschränkte Frischluftgewalt sicherte. Im Winter paßte sich der Umgangston der Herren untereinander vermutlich den Außentemperaturen an.

»Nur ein Exraucher entwickelt diesen Hang zur Intoleranz«, frohlockte Steinmetz. »Dabei sollte er eigentlich wissen, wie es um uns Suchtpersönlichkeiten bestellt ist.«

»Viel zu gut«, brummte Klingelhöfer und setzte sich bedächtig wieder hin. Er faltete die Hände vor sich auf dem Schreibtisch und sah mich ernst an. »Es tut mir leid, daß Sie da noch einmal durchmüssen. Aber Sie sind die erste, die Dr. Feußners Wohnung betreten hat, nachdem sein Mörder sie verließ. Oder zumindest ist das sehr wahrscheinlich. Versuchen Sie bitte, sich möglichst genau zu erinnern. Wir haben Zeit.« Sein Daumen und Mittelfinger schwebten über den Tasten *Play* und *Record*. Er sah mich fragend an.

Mich möglichst genau zu erinnern … Jedesmal, wenn sich die Bilder vom Montagmorgen in der Totale oder im Detail in mein Bewußtsein schoben, wenn sie sich aufdrängten wie unvermittelt eingeblendete Nahaufnahmen auf einer Kinoleinwand, dann versuchte ich verzweifelt, den lebendigen Heiner heraufzubeschwören. Ich wollte mich an die Geschichte, vorzugsweise an ihre schönen Kapitel, erinnern, nicht an den Epilog. Trotzdem nickte ich Klingelhöfer zu.

Das Band lief, und ich tastete mich noch einmal erzählend durch Heiners Balkontür, seine Wohnung und in sein Schlafzimmer. Sie unterbrachen mich nicht. Steinmetz half mir nur einmal mit einer Zigarette aus. »Dann habe ich Sie angerufen. Und bin in was reingetreten …« Mein Magen krampfte sich zusammen. Heiners Blut klebte womöglich immer noch an meinen Schuhen. Ich hatte sie einfach achtlos weggeräumt und seitdem nicht mehr angesehen.

Klingelhöfer räusperte sich. »Wir haben uns schon gedacht, daß Sie das waren, als Sie telefoniert haben. Es hat sowieso keinen brauchbaren Abdruck ergeben. Es gibt überhaupt wenig«, er drückte auf *Stop*, »womit wir arbeiten können.«

Steinmetz zog einen Notizblock zu sich heran, der einen Stapel für sich gebildet hatte. Klingelhöfer fragte: »Frau Piepenbrock, Sie haben Dr. Feußner, mit dem Sie vor Jahren eine intime Beziehung hatten, zufällig wiedergetroffen. Sie sagten, daß Sie sich bei dieser Gelegenheit mit ihm verabredet haben. Über eine Woche später in seiner Wohnung. Ist das richtig?«

»Ja.«

»Sie haben ihn im Verlauf dieser Woche nicht noch einmal gesehen?«

»Ja ..., äh, nein.«

»Wo haben Sie den Samstagabend verbracht?« Nichts in Klingelhöfers Gesicht verriet seinen Informationsstand, und auch sein Assi sah mich nur neutral erwartungsvoll an, den Bleistift gezückt.

Auch ohne Anwalt konnte ich es nur besser machen als am Vortag. »Ich war im China-Restaurant und danach im *Rusti*«, behauptete ich schlankweg. *Danach* stimmte auf jeden Fall, und *unmittelbar danach* hatte ich nicht gesagt. »In der Kneipe«, ergänzte ich für die nicht mit der lokalen gastronomischen Infrastruktur vertrauten Herren aus der Kreisstadt.

»Wie lange?«

Das wiederum wußte ich nicht. Dieses Manko galt es unbedingt zu vertuschen, daher war ich gezwungen, eine Antwort zu formulieren, die zwar keinen direkten Bezug zur Frage hatte, aber dennoch einen implizierte. »Ich war so gegen eins zu Hause. Mein Freund kann das bestätigen. Er war nämlich noch auf.«

»Dann sind Sie also allein unterwegs gewesen?«

Ich bejahte dies nicht einfach nur, sondern ließ darüber hinaus einfließen, daß beispielsweise Rüdiger von Bohr mich gesehen hatte. Ob ich Rüdiger ebenfalls gesehen hatte oder ob wir vielleicht gar miteinander gesprochen hatten, waren vernachlässigenswerte Details. Allmählich fühlte ich mich richtig beflügelt.

»Gab es dafür einen besonderen Grund?«

»Wofür?« fragte ich leicht irritiert zurück.

Steinmetz sah von seinem Block auf. »Für Ihre Solotour«, erläuterte er.

Jetzt mußte ich wohl jenes unselige Ereignis ansprechen, das einen Eckpfeiler in Martins und meiner Geschichte darstellte und das ich mich nicht entblödet hatte, Fink und Specht gegenüber zu erwähnen. »Mein Freund und ich hatten eine Auseinandersetzung. Nichts Ernstes«, sagte ich beiläufig. Unsere Versöhnung ging nun wirklich niemanden mehr etwas an.

»Ging es dabei um Ihre Verabredung mit Dr. Feußner?« ließ sich Klingelhöfer wieder vernehmen.

»Der Gegenstand unseres Streits war ein Soufflé.«

»Ein Soufflé ...« Waren die Krähenfüße um Klingelhöfers

Augenwinkel tatsächlich schärfer geworden? Er gab mir keine Gelegenheit zu einer genaueren Prüfung. Daß es sich bei unserem Soufflé um ein ruiniertes Modell gehandelt hatte, mußte ich seinem Rücken erklären, denn er war kurzentschlossen aufgestanden, um das Fenster zu kippen.

Harry übernahm, derweil Derrick mit dem Fenstergriff hantierte. »Hat Ihr Freund von Ihrer Verabredung mit Feußner gewußt?«

»Ja sicher.«

»Kannte er ihn?«

»Flüchtig. Er hat ihn vorletztes Wochenende bei dem Konzert kennengelernt.«

»Aber er hat von Ihrer früheren Verbindung gewußt?«

»Auch das«, antwortete ich knapp und allmählich etwas ungeduldig ob des Assis dilettantischer Fragerei. Sollte er mich nicht bezüglich meines Alibis auf Herz und Nieren prüfen, statt mit mir über Martin zu plaudern?

»Und er hat den ganzen Abend allein in Ihrer Wohnung verbracht?«

Erwartete dieser Provinzharry allen Ernstes ein ausgeprägtes Schuldbewußtsein meinerseits, weil ich Martin einen Abend lang sich selbst überlassen hatte? »Er hat sich bestimmt nicht allein gefühlt«, versetzte ich und dachte an meines Gatten derzeit liebstes Spielzeug.

»Gibt es jemanden, der das bestätigen könnte?«

»Fragen Sie seinen Computer. Die beiden haben einen netten Abend miteinander verbracht.«

Steinmetz sah mich ungläubig an. »Großer Gott«, sagte er nur. Und dann: »Nein, ich meine, daß er tatsächlich die ganze Zeit über in der Wohnung war.«

Eine solche Phantasieleistung hatte ich ihm nun wirklich nicht zugetraut. »Sie meinen, er hätte sich genausogut auch als Besucherin bei Heiner einschleusen können? Glauben Sie mir, der hätte das gemerkt. Spätestens im Bett.« Mein Beschützerinstinkt war aktiviert und ich mehr als nur gereizt.

»Im Bett?« fragte Steinmetz erstaunt, und mir schien, als hätte ich seine Phantasie doch überschätzt. Er blickte hilfesuchend in Klingelhöfers Richtung, der sich an die Fensterbank gelehnt und offensichtlich dort eingerichtet hatte.

Die Arme verschränkt, die Beine gekreuzt, veränderte KKK seine Pose auch jetzt nicht. »Wie kommen Sie darauf?« erkundigte er sich interessiert.

»Na ja, soweit ich weiß, hat Heiner wohl mit seiner Mörderin geschlafen.«

»Und woher haben Sie Ihr Wissen?« Klingelhöfer hatte nur ganz leicht eine seiner weißlichen, buschigen Augenbrauen hochgezogen, sich aber ansonsten nicht gerührt.

»Ihre Kollegen waren gestern so freundlich, uns darüber zu informieren.«

»Das darf doch nicht wahr sein«, stöhnte Klingelhöfer, in den nun doch Bewegung kam. »Ich faß es einfach nicht«, echote Steinmetz, während sein Boß kraftlos auf seinen Stuhl sank. »Die sollten doch bloß ... Die können doch nicht in der Gegend rumlaufen und ...« Er verstummte frustriert.

Ganz so war es zwar nicht gewesen, aber ich sah mich nicht zur Verteidigerin von Fink und Specht berufen. Steinmetz schien sich so weit wieder gefaßt zu haben, daß er sich meiner Anwesenheit erinnern konnte. »Daß Feußner vor seinem Tod Geschlechtsverkehr hatte, bedeutet nicht, daß die Frau ihn auch umgebracht hat«, erklärte er mir.

Das entsprach zwar auch meinen Überlegungen, aber schließlich hatte ich gelesen, daß sie von einer Täterin ausgingen, und das sagte ich ihm auch.

Klingelhöfer winkte mit einer brüsken Handbewegung ab, griff nach der *Nordhessischen* und ließ sie gleich wieder fallen. »Was die Presse zuweilen aus internen Quellen bezieht, deckt sich nicht zwangsläufig mit unseren Ermittlungen. Das ist auch ganz gut so. Nein, wir können einen Mann als Täter nicht ausschließen, Frau Piepenbrock. Der endgültige Bericht des Pathologen liegt zwar noch nicht vor, aber er ist sich ziemlich sicher, daß wir es auch mit einem nicht sehr großen und vermutlich auch nicht sonderlich kräftigen Mann zu tun haben könnten.« Er streckte die Beine weit von sich und nahm unter dem Tisch hörbaren Kontakt mit etwas anderem auf.

»Konrad«, knirschte Steinmetz, der sich gerade eine Notiz machte. Ich war froh, vor den Seitenabdeckungen der Schubladen zu sitzen und folglich nicht Gefahr zu laufen, in das Gefüßel einbezogen zu werden.

KKKK entschuldigte sich und versuchte, eine weniger raumgreifende und trotzdem bequeme Sitzhaltung einzunehmen. »Wir beiden hier müssen uns wohl eher nach einem kleinen Mann umsehen«, seufzte er. »Gemessen an unserer Perspektive.«

»Martin ist groß«, sagte ich präventiv. Mit ein bißchen Glück, so hoffte ich, könnte er in Klingelhöfers Augen gerade noch als mittelgroß durchgehen, und der nicht ganz so lange Steinmetz würde ihn vielleicht gar in den Reihen der Großen akzeptieren.

Beide Männer schwiegen gnädig. Es war Steinmetz, der sich schließlich zu dem von Klingelhöfer vor ihrer kleinen Kollision Geäußerten zurücktastete: »Und es macht ja auch Sinn. Hinter dem Ganzen einen Mann zu vermuten, meine ich. Feußner, soll nämlich ein ... wie soll ich sagen ... ein Mann vieler Verhältnisse sein, ein Damenmann. Gewesen sein, muß es wohl hier heißen.« Er räusperte sich. »Die eine oder andere der Damen mag im entscheidenden Zeitraum noch von einem anderen Herrn beansprucht worden sein. Der wiederum sah vielleicht seine Exklusivrechte verletzt.« Soweit deckten sich unsere Szenarien aufs vortrefflichste. Es wollte mir aber immer noch nicht gelingen, für Martin ein Motiv zu entdecken. Ich war schließlich nicht die Glückliche gewesen.

»Leider finden wir die Damen nicht«, ließ sich Klingelhöfer wieder vernehmen. »Wir wissen nur, daß der Mann anscheinend keine besondere Vorliebe für Krankenschwestern hatte. Und daß er diskret war, was sein Privatleben betraf. Wir bauen darauf, daß die Würzburger Kollegen in dieser Angelegenheit weiterkommen.«

»Würzburg? Das ist doch schon lange her«, gab ich zu bedenken.

»Sie meinen zu lange, um noch soo präsent zu sein?« Klingelhöfer lächelte mich nachsichtig an, als wollte er mir zu verstehen geben, daß es im Leben noch viel für mich zu lernen gab. Damit hatte er vermutlich recht. Ich nickte trotzdem.

»Eifersucht ist eine Sache, erlittener Gesichtsverlust eine andere«, stellte Steinmetz fest. »Letzterer nährt sich vor allem aus der Angst davor. Und das nagt. Da sieht manch einer selbst dann noch Handlungsbedarf, wenn sich sonst keiner mehr an einen eventuellen äußeren Anlaß erinnern kann. Denken Sie doch mal an Fontane, *Effi Briest*. Die ganze Geschichte war lange zu den Akten gelegt, und Innstetten ... Äh, wenn Sie verstehen, was ich meine.«

Ich verstand und war entzückt. Vielleicht hätte ich aus Solidarität mit Martin erwähnen sollen, daß sich unsere Wege erst Jahre nach der Heinerepisode gekreuzt hatten, aber das schien mir nicht opportun. Statt dessen liebäugelte ich noch einmal mit Steinmetzens Zigaretten, obwohl ich mir fünf Minuten zuvor fest vorgenommen hatte, genau das nicht zu tun. Er schob das Marlboro-Päckchen in meine Richtung und hielt sein Feuerzeug bereit. »Und weil sich die Innstettens des ausgehenden zwanzigsten Jahrhunderts nicht mehr duellieren dürfen, setzen sie ihren Handlungsbedarf anders um«, überlegte ich laut, die Marlboro im Mundwinkel und den Kopf zum Feuerzeug geneigt.

»Genau!« Steinmetz ließ das Feuerzeug aufflammen, und ich lehnte mich inhalierend zurück, gespannt auf seine weiteren Ausführungen. »Sie regeln das, sagen wir, individuell. Und entgehen einem Zweikampf, bei dem sie selbst ins Gras beißen könnten. Dadurch entgeht ihnen natürlich auch die Genugtuung einer öffentlichen Rehabilitierung, aber wahrscheinlich geht es darum gar nicht. Ich persönlich ...«

»Theorien«, beendete Klingelhöfer einen Dialog, der gerade erst so vielversprechend begonnen hatte. »Der junge Mann hier liest zuviel. Und da kann es schon mal vorkommen, daß er das, was er gelesen hat, mit dem wirklichen Leben verwechselt.«

Der junge Mann, den ich als Mittdreißiger einstufte, begehrte auf. »Willst du etwa bestreiten, daß uns viel Arbeit erspart würde, wenn es eine anerkannte Verhaltensnorm für den Fall gäbe, daß mal wieder einer seine Ehre bekleckert sieht? Irgendeine Konvention, von mir aus das Duell, für alles, was nicht vor Gericht ausgetragen werden kann?«

Klingelhöfer sprach ein Machtwort: »Vergiß nicht, du bist im Dienst. Zurück zu den Fakten. Laut Pathologe können wir vorläufig nur eine Frau an den Tatort plazieren. Und ob es an ihrer Ehre gekratzt hat, mit Feußner zu schlafen, möchte ich so nicht entscheiden. Mich interessiert erst mal nur, wer sie ist.«

Nachdem er uns so unsanft auf den Boden der Tatsachen zurückgeholt hatte, entrunzelte er die Stirn und ließ seine Augen suchend über das papierne Chaos vor ihm schweifen. Schon nach dem dritten Lüpfen eines Blätterhäufleins wurde er fündig. »Es gibt da noch etwas, das Sie sicher gern wissen möchten«, sagte er milde und las Ort, Datum und Uhrzeit von Heiners Begräbnis von dem ausgefransten Papierschnipsel in seiner Hand ab. Dann komplimentierte er mich hinaus. Ich hatte ohnehin nicht vorgehabt, die Marlboro bis zum Filter aufzurauchen.

Auf dem Bürgersteig des Schladenwegs vor der Polizeistation angekommen, atmete ich erst mal tief durch. Dann wechselte ich die Straßenseite, wie ich es früher an ebendieser Stelle häufig getan hatte. Im Gegensatz zu früher bog ich kurz darauf nicht links ab, um in mein Elternhaus zu gelangen, sondern steuerte stieren Blicks geradeaus. Ich kam zum Bäckerlädchen, wo ich mich dereinst mit zahllosen Zwischenmahlzeiten versorgt hatte. Die an der Fassade angebrachten Kaugummiautomaten waren bestimmt so alt wie ich. In einem Anflug von Nostalgie erwog ich, einen Groschen zu investieren und zu testen, ob der Mechanismus außer bunten Kugeln noch eine andere überflüssige Kleinigkeit ausspucken würde. Ich war sogar versucht, das Lädchen zu betreten und ein politisch nicht korrektes Mohrenkopfbrötchen zu erstehen, allein, um mir noch einmal vor Augen zu führen, was ein sehr junger Mensch imstande ist, genußvoll zu verzehren. Ein Blick auf die Rasenfläche schräg gegenüber vereitelte dies.

Eigenartige Dinge, die einer genaueren Inspektion bedurften, waren dort vor sich gegangen. Eigentlich sollte auf dem Berliner

Platz nur ein verwitterter Stein in Form und Größe eines Grabsteines stehen. Meine Schwester war als Kind ganz hingerissen gewesen von dem tapsigen Bären, der, die Schnauze in die Luft gereckt, in die Vorderseite eingemeißelt war. Dem possierlichen Tier war es wohl mit zu verdanken, daß sie heute in ihrer Berliner Vegetarier-WG saß, genau 419 Kilometer weit weg, wenn man der unterhalb des Bären in den Stein geritzten Entfernungsangabe Glauben schenken durfte. Zu dem vertrauten Gebilde hatte sich ein zweites, um einiges breiteres und fast dreimal so hohes gesellt.

Eine Ahnung beschlich mich, und mit ihr kam die Erinnerung an ein länger zurückliegendes Telefonat mit meiner Mutter, in welchem sie ihre Ansichten über bestimmte Bauwerke und Leute, »die einfältig genug sind, sich ein Stück davon hinzustellen«, unmißverständlich kundgetan hatte. Ich kreuzte den Schladenweg erneut. In der Tat wurde der Lieblingsbär meiner Schwester zur Rechten von einem Stück Stahlbeton flankiert, das an den Seiten, wo man es gewaltsam aus dem Plattenverbund gelöst hatte, bröckelte und rostiges Eisengestänge bloßlegte. Leider ergaben die spärlichen, fragmentarischen Kritzeleien auf der unteren Hälfte der Vorderseite ohne den ergänzenden Textteil auf der fehlenden rechten Nachbarplatte keinen Sinn. Sinnfrei erschien mir auch der Text des exakt in der Mitte angeschraubten Schildchens:

Ein Stück von der Mauer
die Deutsche von Deutschen trennte
1961–1989
Erinnerung und Verpflichtung

Verantwortlich für den Ankauf zeichnete der Kulturverein. Die in der Westansicht farbenfroheren Stücke hatten sich wohl andere unter den Nagel gerissen.

Die Frage, ob man überall aus allem ein Mahnmal machen konnte, beschäftigte mich auf den nächsten Metern, bis sie von der Melodie verdrängt wurde, die sich vor Tagen in meinem Hirn eingenistet hatte. Die nervtötende Tonfolge vermischte sich mit dem anschwellenden Knattern eines Motors. Sie brach jäh ab, als es hinter mir hupte, quäkend, laut und ziemlich unverschämt. Ich fuhr herum in der Hoffnung, endlich mal einen Mantafahrer beschimpfen zu können, sah mich aber mit dem gerundeten, gelbgespritzten Blech eines Käfers konfrontiert. Am Steuer des fröhlich vor sich hin tuckernden Cabriolets saß ein strahlender Steinmetz. Er verneinte meine Frage, ob ich mir unter dem Gefährt ein Dienstfahrzeug vorzustellen habe. Ich verneinte seine Frage, ob er mich auf dem Weg zu Heiners Wohnung zu Hause absetzen könne. So reizvoll die Vorstellung auch war, im offenen Wagen durchs Städtchen gefahren zu werden, ich mußte dringend einen Tabakladen aufsuchen, da mich daheim nur krümelige Restbestände erwarteten. Man muß Prioritäten setzen. Und, um ehrlich zu sein: Marlboros kratzen im Hals.

Steinmetz fuhr die zehn Meter bis zur Kreuzung, winkte kurz, setzte den Blinker nach rechts und knatterte von dannen, ohne daß ich seinen Vornamen erfahren hatte. Mit einem leisen Bedauern stieg ich die Stufen zur Unterführung Richtung Stadtmitte hinunter. Als ich in den schwimmbadgrün gekachelten unterirdischen Schlauch eintauchte, erreichte mich gedämpft der explosionsartige Knall einer Fehlzündung.

mittags

Ich war dabei, mein achtes und letztes Vorurteil gegen den vollbärtigen Mann – seine literarischen Kenntnisse beschränkten sich auf Erich Fromm – zu überdenken, als ich feststellte, daß ich den Marktplatz fast erreicht hatte und schnurstracks am ersten Tabakladen vorbeigelaufen war. Die Schaufensterauslage zu meiner Linken veranlaßte mich dennoch zum Verweilen. *Sorge dich nicht – lebe!* und *Der Erfolg ist in dir!* prangte es mir in jeweils dreifacher Ausführung entgegen. Es wollte mir partout nicht einfallen, warum ich das reichhaltige Angebot in Sachen Lebenshilfe bisher verschmäht hatte. Dann stellte ich mir Martins naserümpfende Entgeisterung vor, seinen unbarmherzigen Lachkrampf und die Tage, womöglich Wochen lästerlicher Bemerkungen, wenn er mich mit einem solchen Buch erwischte, und ich verwarf die Idee, in eine positive Lebenseinstellung zu investieren.

»Rotzbengel!« zeterte ein aufgebrachter Mann im Inneren des Ladens. Eine weißgewandete, rotschopfige Gestalt stürmte durch die offenstehende Ladentür und verfehlte mich um Haaresbreite. Sie bremste und musterte mich.

»Paula Piepenbrock, sieh mal einer an«, lachte Andi, mit der zusammen ich etliche Oberstufenkurse überstanden hatte. Sie kniff die Augen zusammen und legte den Kopf schief. »Aber nicht die Paula P. aus der Zeitung, oder?«

»Ich fürchte schon«, sagte ich gedrückt.

»Du meine Fresse.« Andi verzog kurz das Gesicht. Dann zeigte sie mit dem Daumen über ihre Schulter. »Aber da möchtest du bestimmt nicht auch noch reingeraten. Da drin tobt ein Generationskonflikt. Großvater gegen Enkel. Und der Enkel hat die besseren Nerven.« Sie rollte mit den Augen.

»Hab ich auch nicht vorgehabt«, erklärte ich.

Andi tippte sich mit dem Zeigefinger an die geschürzten Lippen, überlegte kurz und erkundigte sich dann, ob ich gerade was vorhätte. Ich verneinte. »Na, dann können wir ja 'n Kaffee trinken gehen«, meinte sie und deutete auf das am Marktplatz gelegene *Café Fuchs*, in welchem wir als Schülerinnen so manche Freistunde, die regulären wie die selbst dazu erkorenen, verbracht hatten. Obwohl ich fand, daß mein Kaffeebedarf für diesen Tag hinreichend gedeckt war, nickte ich mein Einverständnis.

Wir setzten uns in Bewegung, und Andi erzählte, daß sie als Krankengymnastin in eine Gemeinschaftspraxis ganz in der Nähe eingestiegen sei. »Die läuft auch ganz gut. Aber nicht mehr lange. Du weißt schon, die Gesundheitsreform! Ich wollte mir gerade den neuesten Blödsinn reintun.« Sie hob die linke Hand, in der sie die jüngste Ausgabe des *Spiegel* hielt, und bohrte den rechten Zeigefinger in die Stelle, an der die Konterfeis von Arafat und Rabin wie bei siamesischen Zwillingen zusammenmontiert waren. Dann ließ sie den Finger zur linken oberen Ecke des Titelblattes wandern, wo von einem *Ärzteschreck auf Sparkurs* zu lesen war. »Ich seh aber überhaupt nicht ein, warum ich mir die Mittagspause von Herrn Seehofer vermiesen lassen sollte. Mir ist jetzt nach 'nem Stück Torte. Damit ich später auch weiß, warum ich mein Gebiß selber zahlen muß.«

Wir hatten den Marktplatz erreicht und standen unter dem Emblem des Cafés, einem goldglänzenden Fuchs, der stolz erhobenen Hauptes mit einer blaugefleckten Kaffeekanne vor sich an einer schmiedeeisernen Aufhängung über unseren Köpfen baumelte. Er hatte die runden, mit bunt geblümten Wachstüchern bedeckten Tische und die weißen Plastikstühle, die auf den Pflastersteinen aufgestellt waren, genau im Auge. Leider war kein Tisch mehr frei. Wir betraten das Café.

Andi inspizierte eingehend die Kuchentheke und konnte sich nicht zwischen einem Stück Prinzregententorte und einem Windbeutel entscheiden. Kurz entschlossen orderte sie beides. »Der allmonatliche Anfall«, erklärte sie, mir zugewandt. Ich signalisierte dem Mann hinter der Theke, daß es mich nach nichts von dem gelüstete, was ich hätte haben können.

Wir wählten einen Tisch im hinteren Teil des Raumes und setzten uns einander gegenüber. Das biedere, ziemlich abgenutzte Holzinterieur war dasselbe geblieben. Es schien aber ganz so, als habe seit unseren Schulzeiten so etwas wie Kaffeehauskultur Einzug im Städtchen gehalten. An zweien der benachbarten Tische waren volle Einkaufstüten gegen Stuhlbeine gelehnt oder Körbe abgestellt. Auch wenn wir als Schülerinnen in erster Linie uns selbst wahrgenommen hatten, konnte ich mich doch an Kaffee schlürfende Touristen und Kuchen vertilgende Rentnerinnen erinnern, an Hausfrauen, die ihr Tagwerk im Café unterbrachen, dagegen nicht. Eine Lachsalve explodierte an dem weiter entfernten Einkäuferinnentisch, und die darin involvierte Bedienung konnte sich nur schwer losreißen, um unsere Bestellung aufzunehmen. Sie lachte immer noch, als sie unsere Wünsche notierte: einen Cappuccino für Andi, einen Tee für mich.

Meine Begleiterin spielte Daumenkino mit dem *Spiegel* und

legte ihn dann stirnrunzelnd auf den freien Stuhl neben sich. Links von mir wurde ein Kleinkind auf das lokale Idiom eingeschworen: »Nu sei ma lieb. Sach ma Babba.« Ein Mann mit unverkennbar süddeutschem Zungenschlag hinter mir bekundete sein Befremden ob der seines Erachtens zu klein geratenen Kuchenstücke und wurde beschieden, sich »vorne beim Chef« zu beschweren.

»Ahler Knädebiedel«, preßte die große, hagere Mittvierzigerin mit dem gestärkten Schürzchen zwischen den Zähnen hervor, als sie zu unserem Tisch herüberkam. Andi nahm der Bedienung sogleich ihren Teller ab. Nachdenklich betrachtete sie zuerst den gigantischen Windbeutel und dann mich. »Ich will dich wirklich nicht ausquetschen. Und was am Montag war, will ich auch gar nicht so genau wissen. Echt nicht. Aber ...« Sie zögerte. »Kanntest du den Mann gut?« fragte sie dann.

»Hmhm. Aber das ist lange her«, sagte ich und beschränkte die näheren Erläuterungen auf das Notwendigste. Dann fügte ich ebenso schnörkellos diejenigen Details aus meiner Biographie hinzu, die dazu geführt hatten, Heiner wiederzubegegnen.

Andi wirkte erleichtert. »Ich hatte schon befürchtet, es wär 'ne aktuelle Geschichte«, meinte sie, und ich mußte an Anne denken. Ob sie immer noch in ihrer Küche saß, grübelte und allein vor sich hin kiffte?

»Anne von Bohr war Heiners aktuelle Freundin«, erklärte ich.

»Rüdigers Schwester?« fragte Andi verblüfft.

Ich nickte und erhob mich, um hinsichtlich meines anhaltenden Nikotinnotstands endlich aktiv zu werden. »Bin gleich wieder da«, gab ich Andi zu verstehen. Ich fand den Zigarettenautomaten an ungefähr der Stelle im Treppenhaus vor, an der ich ihn vermutet hatte. Ich achtete darauf, keine Marlboros zu ziehen, und kehrte – selbst erstaunt über meine Wahl – mit einer Schachtel R1 zu meinem Platz zurück.

Andi hatte sich über ihren Windbeutel hergemacht. Sie schluckte einen Bissen herunter und richtete ihre Kuchengabel auf mich. »Weißt du, was sie Rüdiger angedichtet haben?«

Ich schüttelte abwesend den Kopf, abgelenkt von den Vorgängen in der Durchreiche, die in die hintere Wand eingelassen war. Es gab zwar nichts Aufregenderes zu sehen als zwei kräftige Unterarme und Hände, die eine Tasse und ein Glas mit dampfendem Inhalt abstellten, aber das genügte, um wie alle bewegten Bilder meine Aufmerksamkeit zu erregen.

»Daß er schwul ist, das nur selber noch nicht weiß.« Andi versenkte die Gabel in den Windbeutel.

»Aha.« Die Getränke drohten vor dem hellerleuchteten Rechteck auszukühlen. »Und wer sagt das?«

»Leute mit zwei Buchstaben vor ihrem Namen, die sich für besonders aufgeklärt halten.« Andi hielt inne, als die Getränke aus der Durchreiche zu uns gebracht wurden. Sie reicherte ihren Cappuccino mit zwei Stückchen Würfelzucker an, bevor sie grimmig weitersprach: »Rüdiger muß mal privat zusammen mit deiner Jugendliebe gesehen worden sein. Jedenfalls ging irgendwann rum, daß er da wohl keine Chancen hätte.«

»Die beiden waren befreundet.« Ungeschickt arbeitete ich mich durch Zellophan, Pappe und Papier und klaubte eine R1 aus dem Päckchen.

»Mag ja sein.« Andi rührte vehement in ihrem Cappuccino, und Rinnsale geschmolzener Sahne sammelten sich auf der Untertasse. »Aber, nur weil Rüdiger schüchtern ist, muß er doch noch lange nicht schwul sein. Dazu kenn ich ihn viel zu gut.«

»Soso«, dachte ich bei mir, hütete mich aber zu fragen, wie gut sie ihn kannte.

»Es würd mich echt nicht wundern«, fuhr sie mit zorngeröteten Wangen fort, »wenn irgendein Schwachkopf auf die Idee käme, ihm auch noch den Mord unterzujubeln.«

Umständlich fischte ich den Teebeutel aus dem Glas. »Dem kann keiner was. Er hat ein Alibi«, erklärte ich.

»Alibi?« Andi wurde blaß, und ihre graublauen Augen über den breiten Wangenknochen weiteten sich. »Ja, braucht er das denn?«

Offenbar hatte ich mir Vokabular und mentale Disposition einer Tatverdächtigen schon so weit zu eigen gemacht, daß mir angemessenere Worte fehlten. »Nicht, daß ich wüßte«, beruhigte ich meine Gesprächspartnerin. »Ich meinte ja nur, für den Fall, daß jemand auf dumme Gedanken kommt.«

Andi griff sich in den Nacken und löste das verrutschte Gummiband, welches ihre dicke, kupferfarbene Mähne bändigte. »Dann hast du Rüdiger also auch schon getroffen.« Sie strich mit beiden Händen die Haarpracht zurück, bündelte sie und zwang sie resolut wieder durch das Band, wie ich es sie früher unzählige Male hatte tun sehen.

»Ja. Im Vergleich zu früher ist er geradezu redselig«, erklärte ich, was von Andi, die sich gerade einen größeren Bissen in den Mund geschoben hatte, heftigst benickt wurde. Da ich weder willens noch imstande war, inhaltliche Auskünfte über meine jüngsten Begegnungen mit Rüdiger zu geben, brachte ich weitere Personen ins Spiel: »Mit Melanie hatte ich auch schon das Vergnügen. Die ist noch ganz die alte.« Andi gab einen erstickten Laut von sich. »Und Ruth bin ich auf dem Markt über den Weg gelaufen. Von der alten Ruth ist wenig übriggeblieben, rein äußerlich jedenfalls.«

»Was macht sie denn jetzt?« erkundigte sich Andi kauend.

»Sie arbeitet als Lektorin in irgendeinem Kirchenverlag.«

»Paßt doch«, meinte Andi achselzuckend.

»Das schon«, stimmte ich zu, »aber ich glaube kaum, daß Ruth in einem Ledermini in ihrem Verlag aufkreuzen kann.« Ich tat mein Bestes, um Andi einen über Material und Länge beziehungsweise Kürze des Rockes hinausgehenden Gesamteindruck von der neuen Ruth zu vermitteln.

Andi war beeindruckt. »Da scheint sich ja einiges getan zu haben, seit ich sie das letzte Mal gesehen hab. Das ist aber bestimmt schon fünf Jahre her.« Sie spülte den nächsten Bissen mit einem Schluck Cappuccino herunter. »In der Zeit muß sie wohl ziemlich abgedreht sein.«

»Ruth? Abgedreht?«

»Anders kann man's nicht nennen.« Andi zögerte. »Ich bin ziemlich vom Glauben abgefallen. Und ich weiß immer noch nicht, was ich von der Geschichte halten soll.«

Die Geschichte, die sie dann erzählte, grenzte an Rufmord. Ihr zufolge hatte Ruth sich in verschiedenen Hotels einem höchst sonderbaren Zeitvertreib hingegeben. An der Bar hatte sie sich die alternden Geschäftsreisenden ausgeguckt, die gesetzten Herren in ein Pläuschchen verwickelt und dazu ermutigt, sie zuerst zu einem Drink und schließlich aufs Zimmer einzuladen. Und wenn dann der Champagner bereitstand, hatte sie sich effektvoll der hochhackigen Pumps, des Glockenrockes und ihrer Bluse entledigt. Die Reizwäsche, die darunter zum Vorschein gekommen war, hatte sie anbehalten. »Und wenn die Typen dann richtig in Fahrt kamen, hat sie ihre Klamotten geschnappt und ist abgehauen«, schloß Andi.

»Das geht nicht«, versuchte ich, meine Zweifel in Worte zu fassen. »Das muß eine andere Ruth gewesen sein.«

»Glaub mir, ich hab genauso sparsam geguckt wie du jetzt, als ich es gehört habe. Aber meine Cousine schwört Stein und Bein, daß es unsere Ruth Riemenschneider war«, versicherte Andi und widmete sich ihrer Prinzregententorte.

»Woher hat die das denn?« erkundigte ich mich.

»Genau weiß ich das auch nicht. Sie kennt Ruth noch aus dem Studium.« Andi schluckte und kicherte in sich hinein. »Na ja, wenn man's recht bedenkt, wär es für Ruth nur konsequent, vor dem entscheidenden Moment zu gehen. So lautstark, wie sie früher verkündet hat, daß sie sich für die Ehe aufsparen will.«

Ich mußte lachen. »Ich glaube nicht, daß sie das noch so sieht.«

»Das hab ich nie geglaubt«, erklärte Andi. »Aber als gute Klosterschülerin gehörte sich das wohl so.«

»Hör mal, schließlich war ich auch auf'm Kloster«, protestierte ich. Ruth und ich hatten das katholische Gymnasium nach der zehnten Klasse verlassen, um unsere Hochschulreife an der staatlichen Bildungseinrichtung zu erlangen, an der Martin jetzt tätig war.

»Schon, aber du hast nie behauptet, daß *Der Butt* keine Literatur ist, weil zuviel Sex drin vorkommt.«

Wir prusteten los.

»Oh, wir hatten beide das Privileg, von 'ner Nonne aufgeklärt worden zu sein. Nur hat's bei mir nicht so angeschlagen«, erklärte ich kichernd.

Andi lästerte weiter: »Aber *Effi Briest* fand sie ganz toll. Klar, man muß ja auch ziemlich zwischen den Zeilen lesen. Allein schon wegen diesem Ekelpaket Crampas würd ich das Ding nicht mehr mit der Kneifzange anfassen.«

»Sag das mal nicht.«

»Das hatte ich fast vergessen. Du hast ja auch immer auf solche Schinken gestanden«, meinte Andi und sah auf ihre Armbanduhr. »Himmel, ich muß los. Wir sehen uns dann Samstag abend. Zahlst du für mich mit?« Sprach's und legte einen Zehnmarkschein auf den Tisch. Sie bedachte das nur halb verspeiste Stück Prinzregententorte mit einem bedauernden Blick und schob es mir hin. »Wär schade drum«, erklärte sie im Aufstehen und war schon davongestoben, ehe ich mich von ihr verabschieden konnte.

Ich aß gehorsam den Kuchen, trank in Ruhe meinen Tee aus und genoß noch ein Weilchen die Vorteile meines Daseins als freie Übersetzerin. Auf eine halbe Stunde früher oder später kam es nicht an.

nachmittags

Ich trug die schwarzen, nubukledernen Halbschuhe, die ich am Montag getragen hatte, in der Wohnung herum: von meinem Zimmer ins Bad, von dort in die Küche, zurück in mein Zimmer, wieder ins Bad und so fort, unentschieden, was mit ihnen zu tun sei. Die kleinen Krümel, Klümpchen und Fusseln, die ins Profil der Sohlen getreten waren, konnten alles sein, ordinärer Straßendreck oder Heiners geronnenes Blut. Ich konnte mich weder dazu entschließen, mit Lappen und Wasser zu Werke zu gehen, noch dazu, die Schuhe ganz aus meinem Blickfeld und dieser Wohnung zu verbannen. Das einzige, was ich wußte, war, daß ich sie nie wieder tragen würde.

Meine ziellose Wanderung endete, als meine Unentschlossenheit in Wut auf denjenigen umschlug, der dafür verantwortlich war, daß ich mir neue Schuhe kaufen mußte. Annes ominöser Ex fiel mir wieder ein, und ich beschloß, sie anzurufen und endlich Erkundigungen über ihn einzuziehen. Da das Telefonbuch natürlich nicht auf dem Tischchen neben dem ausnahmsweise dort abgestellten Telefon lag, begab ich mich in Martins Zimmer.

Es rumste und knallte je einmal aus der Richtung der Wohnungstür, und schon stand der Telefonbuchkleptomane hinter mir. Er schnaufte. »Diese Sache nimmt langsam Formen an, die mir nicht gefallen«, knurrte er statt einer Begrüßung.

»Irgendwas Neues von Marco?« erkundigte ich mich freundlich und sah mich erfolglos nach dem Telefonbuch um.

»Marco?« Martin starrte mich an.

»Na, der Kleine, der ständig deine pädagogischen Fähigkeiten beansprucht«, erklärte ich.

»Ach wo.« Er ging zum Schreibtisch und zündete sich eine Zigarette aus dem dort deponierten Päckchen an. Gewöhnlich griff Martin nach einem guten Essen oder auf Parties zur Zigarette. Nur wenn er unter höchster Anspannung stand, also fast ausschließlich am Computer, wurde er zum Kettenraucher. Ich war etwas beunruhigt.

»Die Bullen waren in der Schule.« Er stieß Rauch durch die Nase. »Einer. So'n arroganter Sack, Steinmetz heißt der. Hat sich direkt vorm Lehrerzimmer aufgebaut und mich abgepaßt. Vor dem Lehrerzimmer!« Martin inhalierte tief. »Wo ich denn in der Nacht gewesen wär, in der's deinen Heiner erwischt hat. Ich lots den erst mal von dieser verdammten Tür weg und frag ihn dann, wieso ich den Typen umbringen sollte. Guckt der mich nur an. Was hast du denen eigentlich heute morgen erzählt? Ich dachte, die wollten 'n Protokoll von dir.«

»Na, daß du zu Hause warst.«

»Das hab ich dann auch gesagt. Da glotzt der erst mal wieder nur. Dann fragt er, so als würd er mir kein Wort glauben, ob jemand bei mir gewesen wär. Nee, meine Freundin wär ausgewesen, sag ich. Und da fängt das Arschloch doch tatsächlich an zu grinsen.« Asche fiel, von Martin unbeachtet, zu Boden. »Dann fiel mir Gott sei Dank ein, daß mein Bruder angerufen hat. So um zehn rum. Wir müssen ’ne Stunde gequatscht haben. Er hat das Graphikprogramm nämlich auch und hatte ’n paar gute Tips.« Martin gestikulierte mit der halb aufgerauchten Zigarette. »Is ja jetzt auch egal. Auf jeden Fall hat das diesen Bullen überhaupt nicht interessiert. Dann wollte er wissen, was in den zwei Stunden war, bis du nach Hause gekommen bist. Ja bitte schön, hier saß ich, genau auf diesem Stuhl.« Er umklammerte mit der freien Hand die Lehne seines Schreibtischstuhls.

Allmählich begann ich, den Wert eines Alibis, um das andere wußten, zu erkennen. »Ich schätze, ihr mögt euch nicht besonders«, bemerkte ich, als Martins Redestrom verebbt war.

»Das kann man wohl so sehen«, erklärte er deutlich ruhiger, zog noch einmal Rauch ein und drehte sich um, um den glühenden Stummel auszudrücken. »Sag mal, suchst du eigentlich was?«

»Das Telefonbuch. Das Örtliche.«

»Hab ich nicht.«

»Am Samstag hab ich’s erst hier gesehen. Aufgeschlagen«, erwiderte ich und deutete auf seinen Schreibtisch. Ich stutzte. »Wen hast du da eigentlich angerufen?«

Martin zündete sich eine neue Zigarette an und konzentrierte sich auf ihre glimmende Spitze. »Heike, denke ich, um sie zu bitten, die Programmdisketten mit in die Schule zu bringen. Ansonsten wüßte ich nämlich nicht, wen ich im Örtlichen nachschlagen sollte. Übrigens stand sie nicht drin. Ich mußte dann doch meine Tasche auf den Kopf stellen, um den Zettel mit der Nummer zu finden, den sie mir gegeben hat. Warum fragst du?«

»So genau wollte ich das gar nicht wissen«, log ich und schämte mich gebührend. »Ich will einfach nur dieses Ding finden, um Anne anrufen zu können. Ihr Ex scheint mir nämlich durchaus in der Lage, gewalttätig zu werden. Vor allem in bezug auf seinen Nachfolger«, beeilte ich mich zu sagen.

»Ach, Paula«, seufzte Martin, und für einen Moment fürchtete ich, er würde nicht weitersprechen. Dann fuhr er aber doch fort: »Gib diesem Steinmetz doch die Chance, sein Geld wirklich zu verdienen. Laß den sich doch um die richtigen Leute den Kopf zerbrechen.«

Ich hingegen verspürte das Bedürfnis, Martin und mir einen überzeugenden Verdächtigen zu liefern, und dehnte meine Suche nach dem vermaledeiten Telefonbuch auf die übrige Wohnung aus. Es lag auf meinem Schreibtisch, genau da, wo ich es am Tag zuvor hatte liegenlassen, als ich Annes Adresse nachgeschlagen hatte. Ich schämte mich noch ein bißchen mehr.

Anne meldete sich mit müder, schleppender Stimme. Im Hintergrund lärmte der Beo. Meine Frage nach ihrem Befinden klang heuchlerisch in meinen Ohren. Sie war in einer eigenartigen Verfassung. Sie sei neidisch, geradezu eifersüchtig auf mich und das, was ich gesehen habe, erklärte sie. Ich wartete ab, unfähig, etwas zu sagen. »Du weißt wenigstens, daß es vorbei ist. Ich renn dreimal am Tag zum Telefon und will ihn anrufen. Erst wenn ich den Hörer in der Hand halte, fällt's mir wieder ein. Und dann stell ich mir die ganze Zeit vor, was er wohl empfunden hat, in dem Moment. Aber das geht nicht. Ich habe einfach keinen Schimmer von der Angst, die er gehabt haben muß.« Anne fing an zu weinen.

»Anne, glaub mir, all das kann ich mir auch nicht vorstellen«, versuchte ich, sie zu trösten. Ich war gezwungen, meine Stimme zu erheben, um gegen das anschwellende Gekreische des penetranten Vogels anzukommen.

»Selbst dieses Vieh kann einen mit nichts allein lassen«, fauchte es plötzlich unerwarteterweise vom anderen Ende. »Wart mal kurz, ich geh ins Schlafzimmer.« Es knisterte und rauschte, dann war Anne wieder da. »Dieser Geier ist schon auf den bloßen Telefonhörer eifersüchtig. Sein Herr hat wenigstens nach dem Telefonat noch gefragt, wer dran war, bevor es losging.«

»Sein Herr?« fragte ich verständnislos.

»Heino hat meinem Ex gehört«, erklärte Anne.

»Ach. Und wo ist der jetzt?« fragte ich, entzückt ob der idealen Wendung des Gesprächs.

»In Amerika. Studiert dort Business, zu deutsch BWL. Das fördert die Karriere, hat er gesagt. Die will er nämlich machen, wenn er zurückkommt.«

»Wann ist der denn rüber?«

»Vor 'nem halben Jahr. Und er hat sich wirklich eingebildet, daß ich hier sitze und sehnsüchtig auf ihn und seine Karriere warte.«

»War er vielleicht vor kurzem noch mal hier?« Es lief alles wie am Schnürchen.

»Nee. Aber heute hab ich 'n Kärtchen gekriegt. Er teilt mir mit, daß er in irgend 'nem Studentenwohnheim 'ne Koreanerin aufgetan hat. Mit der ist er jetzt liiert.« Annes Stimme wurde leiser. »Als ob mir das nicht scheißegal wär.« Sie schniefte vernehmlich. »Es trifft immer die Falschen«, schluchzte sie los.

Dann war es beunruhigend still am anderen Ende, und ich fragte, ob sie noch dran sei.

»Ja«, kam es matt zurück. »Aber ich möchte lieber aufhören. Nett, daß du angerufen hast.« Es klickte in mein Ohr.

Ich legte auf. Es ist schwer, sich von unhaltbaren Theorien zu verabschieden. Ich beispielsweise versuchte zunächst, meinem Verdacht gegen Annes namenlosen Ex argumentativ neue Nahrung zu geben: Dank des langen Überseepostweges konnte er in Amerika ein Kärtchen eingeworfen und zweimal den Atlantik überquert haben, bevor es seinen Bestimmungsort erreicht hatte. Dann sah ich ein, daß all das zu nichts führte, und zog mich mit Andis *Spiegel*, den mir die Bedienung beim Verlassen des Cafés hinterhergebracht hatte, zurück. Später am Abend trat Martin mit meinen schwarzen Schuhen in der Hand den Weg zu Wackerbarths Mülltonne an.

Donnerstag, 16. September, morgens

»Was ihr euch bloß auf diesen Heinrich einbildet ...«, hörte ich im Geiste meine Tante Waltraut schimpfen, als ich in den Lehrerparkplatz der *König-Heinrich-Schule* einbog. Ich war dort erstmals in meinem Leben offiziell parkberechtigt. »Paula, du mußt sofort kommen«, hatte mir eine Viertelstunde zuvor ein panischer Martin am Telefon erklärt, und ich hatte instinktiv an außer Kontrolle geratene Achtkläßler, Platzwunden und ähnlich häßliche Dinge gedacht. Bei dem vermeintlichen Notfall handelte es sich aber lediglich um »die Kopien, die ich gleich verteilen muß und die noch auf meinem Schreibtisch liegen. Der Stapel neben dem Stapel für mein Graphikprogramm.« Martin hatte sich auf keinen meiner kreativen Vorschläge für eine kopienfreie Unterrichtsgestaltung einlassen wollen, und so hatte ich mich schließlich auf den Weg gemacht, nicht zuletzt, weil ich glaubte, nach meinem unhaltbaren Verdacht gegen ihn etwas gutmachen zu müssen.

Ich stieß in die einzige noch freie Parklücke. Martin war nirgends zu sehen, aber dafür blickte ich direkt auf eine kurze Reihe von Spalierbäumen, die mich vor den Blicken neugieriger Schüler aus dem naturwissenschaftlichen Trakt unmittelbar dahinter schützte. Die verdreckten Waschbetonplatten und die ramponierten, orangefarbenen Kunststoffverkleidungen des langgestreckten, zweistöckigen Gebäudes konnten durch ein bißchen Blattwerk nur gewinnen. Könnte man sich dazu entschließen, die Schule ganz einzuspalieren, wäre das beispielhaft auf dem Gebiet der Bausündenvertuschung.

Daß ein Institut, welches den Namen Heinrichs I. führte, dem äußeren Verfall anheimgegeben war, hätte Tante Waltraut Genugtuung verschafft. Sie hatte für den Mann wenig übrig, wenngleich Heinrichs Verfehlungen auch ungefähr tausend Jahre zurücklagen. »Es gibt doch wirklich Leute, die behaupten, der hätte unser schönes Merseburg gegründet. Ha! Unsere Hatheburg hat er geheiratet, sich ihr Eigentum unter den Nagel gerissen und sie dann mit einem Kind sitzenlassen. Die nächste, die er geheiratet hat, war von außerhalb und noch reicher«, räsonierte Tante Waltraut, wann immer sich eine Gelegenheit bot. Sie pflegte ihre Geschichtslektionen mit Spitzen gegen die hiesige Heldenverehrung zu würzen: »Und daß der bei euch zum König gewählt wurde, war reine Taktik. Glaubt bloß nicht, der hätte das gemacht, weil ihr was Besseres wart.«

Von Martin war immer noch nichts zu sehen. Er wußte ganz genau, daß ich nicht gerade versessen darauf war, vor dem Lehrerzimmer aufzumarschieren. Mißmutig stieg ich aus, um meinem zerstreuten Wohngenossen bis zum Letzten bei seiner Karriere behilflich zu sein. Vom Parkplatz aus wandte ich mich nach rechts und überquerte einen Teil des geteerten Schulhofes an der Längsseite des Gebäudes, um zum Haupteingang zu gelangen, an dem, so hoffte ich, Martin stehen und auf mich oder vielmehr seinen Text warten würde. Rechts hatte jemand ein Stiefmütterchenbeet angelegt und ein dickes Metallrohr hineingesteckt. Das Rohr ragte in einem 45-Grad-Winkel aus dem Boden, und zwei aus Blech gestanzte Männchen stürmten darauf himmelwärts: das Projekt eines Kunstleistungskurses nach der letzten Documenta-Exkursion? Die Sache interessierte mich nun doch. Dem an dem Objekt angebrachten Schildchen zufolge hatte sich ein Abijahrgang mit dem Kunstwerk ein Denkmal gesetzt. Ich steuerte auf die wenigen Stufen zum oberen Teil des Schulhofes zu. Im Weitergehen entdeckte ich weitere Hinterlassenschaften, beispielsweise einen Betonobelisken nahe dem Eingang, dessen Inschrift allerdings nur etwas für Eingeweihte war. Ich jedenfalls verstand sie genausowenig wie das offenkundige Bedürfnis der nach uns Gekommenen, in Erinnerung zu bleiben.

Wir waren damals einfach nur froh gewesen, unserer Wege gehen zu können. Sicher, es hatte eine Festivität mit Rahmenprogramm gegeben. Irgend jemand war aus einer Torte gehüpft. Menschen in schwarzen und weißen Gymnastikanzügen hatten Choreographien mit Titeln wie *Rassenproblematik* und *Außenseiter* aufgeführt. Es waren die obligatorischen Reden gehalten worden. Die warmen Worte, mit denen man uns offiziell in die weite Welt hinausgeschickt hatte, waren mir nicht mehr so präsent. Um so gegenwärtiger war mir der Beitrag eines selbsternannten Schülersprechers. Er hatte sich ans Mikrophon gestellt und lauthals kulturkonservative Thesen zur Überlegenheit des bayrischen Abiturs verkündet.

Ich betrat den Originalschauplatz längst verhallter Peinlichkeiten. Es war bemerkenswert ruhig in der Halle. Kein Martin stand bereit. Vorsichtig lugte ich nach links in den Gang, der ins Lehrerzimmer mündete. Die bewußte Tür stand sperrangelweit offen, aber niemand war zu sehen. Das würde sich gleich ändern, denn mitten in die wunderbare Stille hinein ertönte ein melodischer Gong. Ein Blick auf die Uhr und ein bißchen Erinnerungsarbeit sagten mir, daß soeben die zweite große Pause nach der vierten Stunde eingeläutet worden war. Demnach würde der Lehrkörper in Kürze an mir vorbeiparadieren. Vorerst waren aber nur entferntes Türenklappen und gedämpftes Gemurmel zu hören, und ich überlegte, ob ich ins Sekretariat sprinten, Hektik mimen, die Kopiefrage delegieren und ungesehen verschwinden sollte. Ich war immer noch unschlüssig, als eine Gestalt in Jeans, grauem Sweatshirt und mit kurzen, abstehenden Haaren aus dem Lehrerzimmer auf mich zu hastete.

»Paula! Was zieht dich denn hierher?« erkundigte sich Norbert, als er mich erreicht hatte. »Suchst du Martin?« Ich hielt den Papierstapel hoch und bedeutete ihm mit unduldsamer Miene, daß es nicht Sehnsucht gewesen war, was mich hergezogen hatte. Er verstand. »Kann schon mal vorkommen«, meinte er gelassen.

»Ist er da hinten?« fragte ich und zeigte mit dem Daumen in die Richtung, aus der er gekommen war.

»Nee. Aber er müßte eigentlich jeden Augenblick hier vorbeikommen. Ich würd ja mit dir warten, aber mich hat's heute mit der Aufsicht erwischt. Oben.«

»Ich wußte gar nicht, daß Referendare mit derart wichtigen Aufgaben betraut werden.«

»Ja, unverantwortlich ist das«, grinste er. »Dabei würde ich viel lieber hier stehenbleiben und über die lieben Kollegen lästern … Und über die uns Anvertrauten«, fügte er mit einem betrübten Blick in die sich stetig füllende Halle hinzu.

»Es ist ja nicht für ewig«, erwiderte ich tröstend. »Du wirst eh nicht fest angestellt.«

»Vielen Dank«, entgegnete er. »Stell dich doch vors Lehrerzimmer, da triffst du Martin bestimmt.« Ich verzog das Gesicht in einem weiteren nonverbalen Gesprächsbeitrag, und Norbert fuhr fort: »Das kannst du unbesorgt tun. Dein Lieblingsfeind Bernhard hütet zu Hause das Bett.«

»Was fehlt ihm denn«, fragte ich weniger mitfühlend, als es klang. Die ersten Pädagogen zogen gen Lehrerzimmer.

»Ach, der ist schon Anfang der Woche rumgelaufen, als hätte er permanent Sodbrennen.« Den Enddreißiger, Typ Religionslehrer (evangelisch), mit schütterem Haar, kaum sichtbarem Flaum auf der Oberlippe und einem hellbraunen, abgewetzten Cordjackett über dem weißen Rolli, kannte ich nicht. »Am Dienstag scheint ihm dann endgültig was auf den Magen geschlagen zu sein. Jedenfalls ward er seit gestern morgen nicht mehr gesehen. Ich glaube nicht, daß es das Essen war.«

Die ältliche Dame, die gerade an uns vorbeiging, war früher meine Chemielehrerin gewesen. Sie favorisierte noch immer Jerseyhosen und hatte vermutlich inzwischen das Alter erreicht, auf das ich sie damals geschätzt hatte. Offenbar hatte ich in dem halben Jahr unserer Verbindung keinen bleibenden Eindruck hinterlassen, denn sie schaute durch mich hindurch, als habe sie mich nie zuvor gesehen. »Und ich dachte schon, es würde dich wirklich interessieren«, kommentierte Norbert meine schweifenden Blicke.

»Entschuldige. Das Ambiente macht mich etwas nervös«, rechtfertigte ich mein unhöfliches Verhalten.

»Verstehe. Das geht hier vielen so«, meinte er amüsiert. »Vielleicht treffen wir uns ja mal auf neutralem Terrain, so ganz ohne andere Lehrer.« Er zog den Tabak aus der Jeanstasche, riß den Deckel von den Blättchen und kritzelte eine Nummer darauf. »Ruf mich an. Ich verspreche auch, dich nicht mit Kollege Bernhards Krankengeschichte zu langweilen.« Mit einer kleinen Verbeugung überreichte er mir den Pappschnipsel.

»Erzähl mir, ob's ein Magengeschwür ist«, bewies ich, wenigstens einmal zugehört zu haben.

»Gern«, sagte er. »Aber jetzt ruft erst mal die Pflicht. Ich muß nach oben.«

Norbert kämpfte sich bereits rechter Hand die Treppe hinauf, als mir aufging, daß ich ja ihm die hochwichtigen Kopien hätte anvertrauen können. Ich ließ meinen Blick über die Minderjährigen schweifen. Die Artenvielfalt an den Lehranstalten hatte während der letzten zehn Jahre beträchtlich zugenommen. Die *Ökomäßig-Alternativen* und die *Normalen*, die bei uns schon fast die ganze

Bandbreite ausgemacht hatten, waren keineswegs ausgestorben, aber ich entdeckte auch unzählige Exemplare der Spezies *MTV-Clip* oder dessen, was eine zeitlebens unverkabelt Gebliebene dafür hielt. Bei den Schüsselkindern von heute setzten sich die Moden offenbar selbst in der hintersten Provinz in rasanterem Tempo durch. Wann bitte war bei uns beispielsweise der erste Punk aufgetaucht? Hatten wir überhaupt einen gehabt?

Da Martins beginnende Geheimratsecken nirgends zu sehen waren, ging ich erst mal aufs Klo. Vor den Spiegeln waren drei heftig pubertierende, bestenfalls fünfzehnjährige Grazien damit beschäftigt, sich akribisch die Nasen zu pudern und ihr Augen-Make-up aufzupolieren. Während ich in der Kabine am Reißverschluß meiner Jeans nestelte, übten sie sich in dem, was man landläufig unter einem Frauen-Pissoirgespräch versteht.

»Wer's 'n die gewesen?« fragte eine von ihnen.

»Das muß dem Krawczik seine Tussi sein. Die standen vorhin zusammen. Schade eigentlich«, offerierte eine andere.

»Oder irgend 'ne Mutter, die bald seine Tussi is. Der konnte sich ja kaum losreißen«, kicherte die dritte.

Daraufhin kicherten alle drei und zogen aus, ihre ihnen noch nicht gewachsenen Altersgenossen zu verunsichern. Ich konnte gerade noch hören, wie Nummer zwei verkündete, daß sie den Krawczik ja selber so süß fände, dann waren sie draußen. So entsteht Schultratsch der hartnäckigsten Sorte. Das einzige, was daran stimmte, war, daß ich in der Tat die Mutter eines Fünft-, Sechst-, ja sogar Siebtkläßlers hätte sein können.

Als ich wieder in die Halle trat, vernahm ich Kathrins Stimme, noch bevor ich sie selbst zwischen ihren sie teils um Haupteslänge überragenden Zöglingen ausmachen konnte. »Hast du noch nicht gemerkt, daß du inzwischen die Seiten gewechselt hast?« rief sie mir zu.

»Welche Seiten?« fragte ich, irritiert ob dieser sonderbaren Begrüßung.

»Nun, du kommst gerade aus dem Schülerklo«, lachte sie, aber das Lachen erreichte nicht ihre Augen, zu deren naturgemäß geröteten Rändern sich tiefe schwarze Ringe gesellt hatten, was angesichts eines magenkranken Gatten vom Kaliber Bernhards nicht weiter verwunderlich war.

»Gibt's noch ein anderes?«

»Freilich. Hinten beim Lehrerzimmer.« Sie faßte meinen Arm. »Komm mit auf einen schnellen Kaffee, und ich zeig's dir.« Ihr Versuch, mich mit sich zu ziehen, scheiterte daran, daß ich meine Hacken in die Steinfliesen stemmte.

»Nein, vielen Dank«, brachte ich heraus, und Kathrin ließ mich los.

Sie wirkte seltsam enttäuscht und zurückgestoßen, was ich nun wirklich nicht beabsichtigt hatte. »Was machst du eigentlich hier?« fragte sie dann mit demselben Lächeln wie eingangs, das irgendwo zwischen Mundwinkeln und Nasenflügeln steckenblieb.

»Martin!« antwortete ich lakonisch und schwenkte verständnisheischend die Kopien, die beim Händewaschen leicht feucht geworden waren. Das hätte ich nicht tun sollen. Mein Gewedel hatte die Aufmerksamkeit eines glattrasierten, freundlich lächelnden Endfünfzigers erregt, der ansonsten wahrscheinlich gleichgültig an einer Kollegin im Gespräch mit irgendeiner Mutter vorbeigegangen wäre.

Sebastian Sperber, seines Zeichens Deutschlehrer, reichte mir die Hand. »Ich möchte nicht stören«, ein entschuldigendes Nikken in Kathrins Richtung, »wollte aber keineswegs versäumen, Sie zu begrüßen. Ich habe schon gehört, daß wir Sie jetzt häufiger sehen dürfen.«

»Äh. Ja«, antwortete ich zweisilbig, und wieder einmal war bewiesen, daß ich mich bei Cocktailparties bestenfalls als Raumdekoration eignete.

»Und wie geht es Ihnen?«

»Danke gut«, sagte ich automatisch. Es gab keinen Grund, einen Menschen, der eine höfliche Frage gestellt hatte, mit meinen Befindlichkeiten zu behelligen. Ich lächelte. »Und Ihnen?« fragte ich, überzeugt davon, daß meine gesellschaftlichen Fähigkeiten jetzt in einem besseren Licht erschienen.

»Danke der Nachfrage«, meinte Sperber nur, als sei die Angelegenheit nicht der Rede wert. Die Floskel würde ich mir merken.

Dann wurde er ernst. »Es freut mich, daß es Ihnen gutgeht. Tragische Sache, die Sie da erleben mußten.«

Meine kommunikative Bereitschaft, die sich gerade noch im sinnvollen Aneinanderreihen zweier Wörter geäußert hatte, reduzierte sich drastisch, und ich brachte es nur zu einem kehligen »Hmhm«, für das keine Lippenbewegungen nötig waren.

Kathrin hatte ihre eigene Art, auf knifflige Gesprächssituationen zu reagieren: Sie entzog sich. Sie habe was vergessen und müsse ganz dringend ins Lehrerzimmer, zwitscherte sie, und ich möchte doch bitte auf sie warten. Bedingt durch die Geschwindigkeit, mit der sie davoneilte, zeichneten sich Kathrins Oberkörper und Arme deutlich unter ihrer langärmeligen, türkisfarbenen Seidenbluse ab. Sie sah aus wie ein aufgescheuchter Wellensittich.

Auch Sperber schien sich so seine Gedanken zu machen. »Eine interessante junge Kollegin«, sinnierte er. »Sie kennen sich bereits?«

»Flüchtig.« Wenigstens hatte uns Kathrins Abflug eine Gesprächsbasis beschert. Ich sah ihn erwartungsvoll an.

»Ach«, meinte er dann, »das ist ein *zu* weites Feld ...« Auf diese Weise würden wir nie eine lebendige Unterhaltung führen.

Mein Retter nahte aus der Richtung des Haupteingangs. Er sah ganz so aus, als suchte er etwas. Ich fuchtelte ein letztes Mal mit seinen Kopien, und er steuerte uns an.

»Danke. Du hast mich gerettet.« Martin nahm mir endlich seine Unterrichtsmaterialien ab. Er schien keinen Anstoß daran zu nehmen, daß das obere Blatt sanfte Wellen aufwies.

»Retterin und Cousine sind heutzutage fast identisch. Und ich wette, daß sie Paula heißt«, deklamierte Sperber. Offenbar hielt er es heute vorzugsweise mit Fontane.

»Cousine?« fragte Martin. »Sag mal, ich dachte, wir wollten uns auf dem Parkplatz treffen?«

»Dachte ich auch. Aber da warst du ja nicht«, versetzte ich vorwurfsvoll.

»Klar war ich da. Ich bin nach dem Klingeln gleich raus. Aber das geht halt nicht so schnell«, verteidigte Martin sich. »Erst mußte ich mir noch Marco vorknöpfen, und dann ...«

»Das ist nämlich sein Lieblings-Problemschüler«, informierte ich Sperber.

»Das Bürschchen ist uns wohl allen hinreichend bekannt«, lachte dieser.

Martin ließ sich nicht beirren. »Und dann mußt du erst mal die Treppe runterkommen.« Er stutzte und fing an, ein wenig unverschämt zu grinsen. »Da warst du ja mal richtig früh dran, heute.«

»So, so, Herr Hubschmidt, dann wollten Sie uns also Ihre Paula vorenthalten. Dabei kennen wir sie schon viel länger«, plauderte Sperber munter drauflos.

»Ich?« Sollte er im folgenden auch nur ansatzweise mit der Wahrheit liebäugeln, würde ihn das mindestens eine Kniescheibe kosten. Aber mein Gatte fiel mir nicht in den Rücken, sondern murmelte irgendwas von wegen »größerer Übersichtlichkeit« des Parkplatzes. Mit einem kurzen Blick auf die Uhr verabschiedete sich Martin ins Lehrerzimmer. »Bis nachher«, sagte er noch. Kathrin war wieder aufgetaucht und trat sich im Eingangsbereich die Füße platt, ihre Mappe fest unter den Arm geklemmt.

»Und nun erzählen Sie doch mal von sich. Womit verdienen Sie Ihre Brötchen?«

»Mit Übersetzungen.« Wann auch immer ich mir vom Erlös dieser Tätigkeit das erste Brötchen würde kaufen können.

Sperber erging sich in einem Monolog über »dieses brillante Werk«, das in der Übersetzung »aufs unerfreulichste gelitten« habe. Über seine dunkelblaue wildlederne Schulter hinweg konnte ich sehen, daß Kathrin immer wieder nervöse Blicke auf ihre Uhr warf und in unsere Richtung schielte. Dann faßte sie irgendeine Art von Entschluß, straffte die Schultern und kam mit unbewegter Miene auf uns zu. Sie erreichte uns gerade rechtzeitig, um Sperbers Ausführungen über die literarische Verpflichtung des Übersetzers mitanzuhören. »Aber ich gehe davon aus, daß Sie sich Ihrer Verantwortung bewußt sind«, endete er und trat einen Schritt zurück, um die *interessante junge Kollegin* zu integrieren. Ich begrüßte diese Geste, denn bislang hatte er mich noch nicht über das Genre befragt, in dem ich mich verantwortungsbewußt zu betätigen gedachte, und mir war daran gelegen, daß dem so bliebe.

Kathrin kam ohne Umschweife zur Sache: »Weißt du zufällig, wann die Beerdigung ist?«

Ich nickte nur, überrumpelt von Kathrin *und* der plötzlichen Angst vor etwas Endgültigem, einer wirklichen Angst, die nichts mehr mit meiner Nebenrolle bei der *tragischen Sache* am Montag zu tun hatte. Dann fiel mir auf, daß Kathrin sich vielleicht genauere Auskünfte erhofft haben könnte. »Morgen. Um halb zwei«, sagte ich mit einem Kloß im Hals.

»In Marburg?« fragte sie und drückte mit verschränkten Armen ihre Mappe an die Brust.

»Hmhm.« Heiner mußte auf dieser ominösen Vernissage ziemlich gesprächig gewesen sein.

»Fährst du da hin?«

»Ja.«

Kathrin konzentrierte sich jetzt ganz auf ihr Portefeuille. »Könnten wir vielleicht zusammen fahren? Ich hab morgen nach der vierten Stunde frei.«

»Sicher. Ich kann dich mitnehmen«, sagte ich befremdet.

»Nett von dir.« Kathrin entspannte sich zusehends. »Siehst du, da hast du schon deine Gelegenheit, dich zu revanchieren.« Sie zwinkerte mir verschwörerisch zu.

Leider hatte ich nicht die geringste Ahnung, wovon sie sprach, und glotzte sie entsprechend verständnislos an. Ob sie öfter unter diesen Stimmungsschwankungen litt?

»Na, wegen Samstag«, versuchte sie, meinem Gedächtnis auf die Sprünge zu helfen. »Du hast zumindest mehrfach betont, daß du dich revanchieren wolltest.«

»Das war am Dienstag«, korrigierte ich kühl, obwohl ich keine Ahnung hatte, wovon sie sprach.

»Sag mal, weißt du das etwa nicht mehr?« fragte Kathrin ungläubig.

Ich wußte nicht, aber dann fühlte ich, wie schlagartig alles Blut aus den Äderchen meiner Gesichtshaut wich. Glücklicherweise war wenigstens mein Hirn noch durchblutet: Ich erkannte, daß wir dieses Thema unter gar keinen Umständen vertiefen sollten, am allerwenigsten an Ort und Stelle. »Doch, doch«, brachte ich über die trockenen Lippen und wagte nicht, Sperber anzusehen. Dann gongte es zu meiner Erlösung.

Sperber verabschiedete sich und versicherte, wie vergnüglich so ein kleiner Schwatz doch sei, und daß er dem nächsten mit Freude entgegensehe.

Kathrin und ich besprachen die Details unserer traurigen Fahrt, nämlich, daß ich sie zu Hause abholen würde, da sie »nun doch nicht in Schwarz in der Schule aufkreuzen« wollte. »Tut mir leid. Ich wollte dich nicht vor Sperber kompromittieren«, meinte sie noch, bevor sie ging. Solange die Schüler von draußen hereinströmten, war nicht daran zu denken, durch die Glastüren hinaus ins Freie zu kommen. Ich drehte mir eine Zigarette.

Was bewog Kathrin, am Begräbnis eines Menschen teilzunehmen, den sie nur einmal gesehen hatte? Handelte es sich hierbei um ihre kleine Rache für Bernhards Auftritt am Dienstag? Wollte sie seinem ohnehin angegriffenen Magen einen Schwinger versetzen? Aber was kümmerte ich mich um die Eherituale anderer Leute, schließlich hatte ich genug am Hals.

Die Glastüren waren jetzt passierbar, und ich trollte mich. Draußen zündete ich die Zigarette an, inhalierte tief und erregte damit den Unmut eines Halbwüchsigen, dessen Suchtbefriedigung stärker reglementiert war: »Hat wohl noch nix von der Raucherecke gehört, die Alte.« Meine Liaison mit einem Lehrer verpflichtete mich keineswegs dazu, meinerseits pädagogisch vorbildlich zu handeln. Dennoch wandte ich mich rücksichtsvoll ab.

Ich sah auf die Uhr – längst nach halb zwölf. Ich würde zunächst zur Polizei fahren, das Protokoll erst lesen und dann unterschreiben. Anschließend würde ich im *Rusti* Kathrins alarmierenden Anspielungen auf den Grund gehen. Kannte sie mich womöglich besser, als ich zu ahnen vermochte, hatte sie Abgründe gesehen, denen sich mein Bewußtsein verschloß?

Ich hoffte auf die Loyalität meines Wirts und keine Ohrenzeugen.

Das *Rusti* hieß natürlich schon seit Jahren nicht mehr *Rusti.* Lange bevor ich es das erste Mal betreten hatte, war es ausgebrannt und renoviert worden und nannte sich seither anders. Das *Rusti* war eine altmodische, mit dunklem Holz getäfelte Kneipe. Die Theke verengte den ohnehin kaum drei Meter breiten Eingangsraum zu einem schmalen Gang. Rechts schloß sich ein etwas breiterer Raum mit einer Empore an, auf der üblicherweise ein Billardtisch stand, mitunter aber regionale Musikbands zweifelhafter Qualität auftraten. Davor standen Tische und Stühle.

Ich setzte mich an die Theke. Axel war mit dem Zusammenstellen eines Tabletts für die Gäste beschäftigt, die draußen in der Sonne saßen. Ich sah einige Gläser Altbierbowle und fragte mich, wann endlich dieses Doppelverbrechen am Bier und an der Erdbeere aus dem Getränkeprogramm genommen würde.

Axel rauschte mit einem »Hi, Paula«, an mir vorbei. Ich grüßte zurück. Die Zeit in der Kneipe hatte sich bei ihm doch ziemlich um die Taille herum abgelagert: Jahresringe eines Wirts. Seine Jeans hing demgemäß deutlich zu tief, und ein Streifen Unterhose zeigte sich in der Hüftgegend. Sein rotes T-Shirt war zu kurz. Das blonde Haar, das er immer noch, passend zum Stil seiner Kneipe, hinten lang trug, wies vorne beträchtliche kahle Stellen auf. Sein Gesicht war immer rosig gewesen, jetzt war es rot, was vielleicht an der Wärme liegen konnte. Dagegen sprach allerdings, daß die Haut großporig und aufgeschwemmt war. Wenn ich ihn mir so ansah, war ich froh, nie selbst in einer Kneipe gearbeitet zu haben.

Axel kam zurück. »Wie immer?« fragte er nebenbei und eilte hinter seine Theke.

»Was soll das heißen, ›wie immer‹? Meines Wissens war ich erst einmal hier, seit ich zurück bin.«

Axel lachte kurz auf. »Is egal. 'n guder Wird kennt de Wünsche seiner Gäsde.«

»Schön, daß wenigstens einer meine Wünsche kennt.« Ich lächelte etwas verkrampft. »Was ist denn ›wie immer‹?«

»Na, Bier und Tequila doch. Das solldesde eigentlich schonn noch wissn.« Axel war bester Laune.

Wenigstens hatte ich hier die Begründung für den fundamentalen Kater vom Sonntag. »Äh, nein«, sagte ich kleinlaut. »Also, weder das eine noch das andere. Heute nehm ich ein Wasser.«

Axel stellte das Gewünschte vor mich hin. Er wischte auf der sauberen Theke herum. Dann grinste er mich von unten herauf an. »War ne ganz schöne Schau, die de letztes Ma hier abgezochen hast. So kannt ich dich gar nit.«

Äußerst angespannt wartete ich, ob er mir auch konkretere Informationen bieten würde, ohne daß ich ihm jedes Detail einzeln aus der rotgeäderten Nase ziehen müßte. Die Tür ging auf, ein Schwall Licht fiel in die Kneipe, und Axel verließ mich, um den Typen am anderen Ende der Theke nach seinen Wünschen zu fragen. Beim Zurückkommen sagte er: »Ich muß was für draußen fertich machen.«

Der Gast verschwand wieder nach draußen. Axel goß Cola in Gläser, fügte Eiswürfel und Zitronenschnitze hinzu und ließ mich allein. Ich drehte eine Zigarette und überlegte, was genau ich eigentlich wissen wollte. Je länger Axel ausblieb, um so angespannter wurde ich. Ich steckte die Zigarette an, zog einen Aschenbecher näher heran und wartete.

Die Tür knallte auf, und mein Wirt kam zurück. Im Vorbeigehen meinte er: »Bei der Musik, auf die de stehst, wunderts mich nit mehr, daß de das Konzert Scheiße fandst.« Ich zuckte zusammen. »Die annern draußen wollen au noch was«, fuhr er fort. »Ich bin gleich widder für dich da.«

Gut, daß er kein siebenminütiges Pils zapfte. Ich wollte die Angelegenheit hinter mich bringen. Von draußen zurückgekehrt, schenkte sich Axel einen Kaffee ein und kam zu mir.

»Bitte«, beschwor ich ihn. »Ich muß wissen, was ich am Samstag abend gemacht habe. Also genau zwischen zehn und eins.«

Er stellte seine Kaffeetasse, die er gerade auf halbe Höhe zum Mund geführt hatte, wieder zurück aufs Tellerchen. »Das wollde heude schonn einer wissn.« Er sah mich erwartungsvoll an.

»So ein großer Rothaariger mit Vollbart, nehm ich an.« Ich

dachte an Steinmetzens hintergründiges Lächeln gerade eben, als ich das Protokoll unterschrieben hatte.

»Hmhm, unnen Ausweis hatte er au.« Axel griff wieder nach seiner Tasse. Ich hüllte mich in Schweigen. »Der Heiner«, sinnierte er, »das war son ziemlich unauffällijer, ne, Arzt, ne? Ich glaub, er war 'n paarma hier. Un? Wer wars?«

Ich zuckte die Achseln. »Keine Ahnung.«

»Un was hast du damit zu tun?«

Ich erläuterte das Notwendigste. »Deshalb muß ich es genau wissen«, schloß ich.

Er trank einen Schluck und beobachtete mich über den Rand seiner Tasse. Er setzte sie ab und fragte dann: »Hasde 'n *todalen* Blackout?«

Ich nickte in meinen Tabak hinein und drehte mit feuchten, zitternden Fingern eine krumme Zigarette. Sollte er sich doch an meiner Verlegenheit weiden.

»Willsde wirklich genau wissen, was de gemacht hast?« Axel begann, ein paar Gläser zu spülen.

Ich nickte und verbrannte mir beim Zigaretteanzünden den Daumen.

»Och, da kann ich dir helfen. Un dreißich annere au. Um neun, kann au 'n bißchen später gewesen sein, bisde hier aufgelaufen. Haddest schonn son klasigen Plick. Dann hasde 'n Tequila bestellt, unnen Bier. Erst wars noch ziemlich leer, da hasde mir was von irgendnem Schwachkobb unnem Kuchen erzählt. Ich krichs nit mehr ganz zusammen.«

Ich winkte ab. »Nicht nötig, ich weiß schon.«

»Dann wurds voller, un du hasd irgendwen anners vollgelabert. Un nachbestellt hasde au immer schön.«

Soviel also zu meiner Contenance. »Wer war'n das?« erkundigte ich mich genauer.

»'ne Frau. Kenn ich nur vom Sehen. Die is neu hier.«

»War das so 'ne kleine Blonde?« fragte ich.

»Genau«, sagte Axel. »Kennsde die?«

»Inzwischen schon«, bestätigte ich deprimiert. »Sie ist Lehrerin an der KHS.«

Axel genoß es sichtlich. »Also später wolldesde keinen – wachde ma – keinen ›alten, erdigen Rock 'n' Roll‹ mehr hörn. Hasde echt so gesacht. Und dann hap ich dir die Musikbox gezeicht. Leider. Da hinden. Geh ruhig hin, ich muß ma widder raus, guggn, op noch wer was will.«

Mit wackligen Beinen rutschte ich vom Hocker. Rechts neben der Treppe, die auf die Billardempore führte, stand tatsächlich so ein Kasten, der mir früher entweder nicht aufgefallen oder schlicht nicht vorhanden gewesen war. Ich sah ihn mir genauer an. Der erste Name, den ich las, war *Christian Anders*, der zweite *Marianne* …

Ich kehrte zur Theke zurück und rief dem unverschämt grinsenden Axel zu: »Gib mir 'n Tequila!« Dann besann ich mich. »Ach nee, 'n Kaffee.«

Er schenkte mir den Rest aus der Kanne ein. »Weiter?« fragte er dann sadistisch. Ich nickte schicksalsergeben. »Du hasd das Ding ruff un runnergenudelt, aber ein Lied hads dir besonders angetan. Da hasde sogar mitgesungen. Wachde ma.« Axel stellte das Radio leiser und ging zur Musikbox. Die ersten Töne der unglaublich einfältigen Melodie, die ich schon seit Tagen vor mich hin flötete, trafen mein Trommelfell. Eine dünne Frauenstimme sang:

Nur eine Station noch, dann seh ich das Ortsschild,
Der Zug rollt im Bahnhof gleich ein.
Der Schaffner, der reicht mir die Koffer hinaus,
Und ich weiß, ich bin wieder daheim.

Ich verbarg meine Augen in der Handfläche. Axel schien sich zu amüsieren. »Die besde Stelle kommt noch.« Ich ließ die Hand sinken und sah ihn an. Er schaute verzückt in die Luft, ostentativ weg von mir.

Am schönsten ist es zu Hause,
Du bist glücklich und das Heimweh hat Pause.
Weil die Menschen in den Häusern und Straßen,
Sich noch kennen und auch dich nicht vergaßen.

Axel sprach mit einem Glas, das er gegen eine der trüb-gelben Lampen über der Theke hielt. »Nach dem, wasde vorher erzählt hasd, hädd ich nie gedacht, daß es dir so gut hier gefällt.« Er polierte intensiv an dem bereits sauberen Glas herum. »Nach Middernacht hasde zu tanzen angefangen, un ich hap den Stecker rausgezogen. Dann hasde alleine weitergesungen. Das Lied da. Eigentlich wollt ich dich rausschmeißen.«

»Und?« fragte ich beklommen. »Hast du?«

»Nee«, er schüttelte den Kopf. »Du warst doch der Brüller des Abends. Un die Frau had gesacht, dasse dich dann nach Hause schafft. Die hat dann noch mit dem Zahnklempner geredet, dem Rüdiger. Den kennsde doch.« Er machte eine Pause und schnitt dem Glas eine Grimasse. »Der fand dich ganz toll. Vielleicht braucher noch Patienden. Mir jedenfalls hads fast de Plomben rausgehauen.« Das wollte ich mir gar nicht vorstellen.

Ich drehte eine neue Zigarette, während Axel endlich seine überflüssigen Versuche, dem Glas noch mehr Glanz zu verleihen, einstellte und es wegräumte. Erst als ich die Kippe im Mund und sie angesteckt hatte, sah ich die letzte noch im Aschenbecher glimmen. Ich verbrannte mir auch beim Ausdrücken die Finger. »Wann hat mich die Frau denn nach Hause gebracht?«

»Muß so kurz vor Schluß gewesen sein. So gegen eins. Da hamse dich vom Billardtisch geholt, weilde da pennen wolldest.«

Ich leistete mir einen matten Scherz: »Aber Hausverbot hab ich keins?«

Axel schnappte sein Tablett und warf mir im Weggehen noch zu: »Nöö, wieso. Das Billard is eh ald. Unn ich bin noch ganz annere Randale gewohnt.«

Mit diesem zweifelhaften Trost trank ich meinen Kaffee aus, legte fünf Mark auf die Theke und ging nach Hause.

Dafür, daß es erst Viertel vor zwei war, als ich wieder in der Wohnung eintraf, hatte ich doch einiges erledigt und so manches erfahren, über das nachzudenken sich als zu schmerzhaft erwies. »Verschieben wir's auf morgen«, sagte ich mir. Den heutigen Nachmittag jedenfalls würde ich in Sachen Brötchen nutzen. Eine wertvolle Viertelstunde verstrich mit der erfolglosen Suche nach dem zu übersetzenden Buch. Ich beschloß nunmehr, wenigstens den Eingang des inzwischen leider wieder abhanden gekommenen Originaltexts zu bestätigen. Die Voraussetzungen für mein Vorhaben waren günstig, denn Martin war noch nicht aus der Schule zurück, mit anderen Worten: Der Computer war nicht besetzt.

Martin war freiwillig in das als Kinderverschlag konzipierte Zimmer gezogen. Die edle Tat war seinem zielgerichteten Streben nach Zweckmäßigkeit zuzuschreiben, das ihm erlaubte, auf innenarchitektonische Schnörkel zu verzichten. Die zwölf Quadratmeter waren im wesentlichen mit überladenen Bücherregalen und dem XXL-Schreibtisch vollgestellt. Nur der schlichte, kieferfurnierte Sperrholzschrank und das dazugehörige, sage und schreibe neunzig Zentimeter breite Bett ließen darauf schließen, daß der Raum noch eine andere Funktion als die eines Büros erfüllte.

Ich begab mich also in das sträflich vernachlässigte Textverarbeitungsprogramm und formulierte das kurze Schreiben. Mechanisch griff ich nach der Maus, um die drei Zeilen dauerhaft auf die Festplatte zu bannen. »Klick« machte es genau in dem Moment, als ich den äußerst unangenehmen Fehler im Text entdeckte. Meine unverzüglichen Korrekturmaßnahmen zeitigten jedoch keinen Erfolg. *Mit freundlichen Krüßen* schien unwiderruflich auf den Bildschirm gebannt. Widerstrebend zog ich ein technisches Problem in Betracht.

Wahrscheinlich, so dachte ich, handelte es sich einfach nur um den ersten Absturz meines Lebens, in dem ein Computer eine Rolle spielte. Schlimmstenfalls würde ich den Brief noch einmal schreiben müssen. Ich drückte den Resetknopf. Es arbeitete. Dann wurde mir mitgeteilt, daß ein irreparabler Systemfehler vorliege, der näher erläutert wurde als 533,644 o.m. Aha: ohne Mühe, on Microsoft, oben mit, oder mehr, orthographische Missetat. Mehr fiel mir dazu nicht ein. Offenbar war auch der Rechner *an seine Grenzen* gelangt. Mein harmloses Briefchen, nicht mehr als eine Mitteilung, hatte das Kunststück wohl nicht fertiggebracht. Wütend drehte ich den Schlüssel um und stand auf. Sollte Martin doch zusehen, wie er das Ding wieder flottkriegte.

Die Tücken moderner Technologie sollten mich nicht handlungsunfähig machen. Mir stand noch ein anderes, wirklich zuverlässiges Schreibgerät zur Verfügung. Die Polizei arbeitete schließlich auch damit. In meinem Zimmer förderte ich die alte Reiseschreibmaschine, ein Relikt aus meiner Schulzeit, zutage. Leider stammte auch das Farbband aus dieser Zeit. Um wenigstens Spuren eines lesbaren Textes aufs Papier zu bringen, hämmerte ich kräftig auf die Tasten. Die Satzenden waren anhand klitzekleiner Löcher erkennbar. Ich hielt es für angebracht, den Verlag auf das Programm hinzuweisen, mit welchem ich das Manuskript zu schreiben gedachte.

»Halloho!« Ich fuhr herum. Mangels Korrekturtaste und Tipp-Ex hatte ich mich so darauf konzentriert, immer schön den richtigen Buchstaben zu erwischen, daß mir Martins Ankunft glatt entgangen war. Er stand in der Tür und hob abwehrend die Hände. »Tschuldige. Ich wollte dich nicht erschrecken. Was wird das, was du da machst?« fragte er interessiert und kam näher.

»Ein Brief«, informierte ich ihn.

»Und wieso traktierst du dazu dieses fossile … Ding? Das kannst du doch nun wirklich einfacher haben.«

»Kaum. Handschriftliche Briefe sind im Geschäftsverkehr nicht mehr üblich.«

»Aber maschinengeschriebene«, bemerkte er sarkastisch. »Paula, die Druckformatvorlage für Briefe ist …«

»… futsch«, beendete ich leichthin den Satz für ihn.

»Quatsch. Ich hab doch gestern erst zwei Briefe geschrieben.« Martin stutzte, trat einen Schritt zurück und sah mich forschend an. »Paula, was um Himmels willen hast du gemacht?«

»Gespeichert.«

»Gut. Und dann?«

Ich sah ihn nur an.

»Also schön. Komm mit, ich zeig's dir noch mal.«

»Was?« blaffte ich hinter ihm her, als er schon halbwegs zur Tür raus war. »Was willst du mir zeigen? Wie ich einen Brief zu schreiben habe? Dein neues Programm ...«

Martin erschien wieder im Türrahmen, einen alarmierten Ausdruck im Gesicht. »Du warst in meinem Graphikprogramm?« Mein Kopfschütteln entspannte ihn sichtlich, ganz so, als gäbe es jetzt nichts mehr zu befürchten.

»Dein Graphikprogramm ist auch weg«, sagte ich kalt. »Es ist überhaupt alles weg.«

»Das kann doch gar nicht sein. So was darf gar nicht passieren«, erklärte er und ging, um sich eines Besseren belehren zu lassen.

Ich hackte noch eine Weile vor mich hin. Aus Martins Zimmer war kein Laut zu hören, kein Entsetzensschrei, kein Klagelied und auch kein frustriertes Fluchen. Er hatte sich nur stumm die Haare gerauft, sah ich, als er wieder auftauchte. »Seltsam«, murmelte er und ging dazu über, hin und her zu wandern – in sich gekehrt, unerreichbar und ziemlich enervierend. Ich machte mich daran, das durchsiebte Blatt Papier in einen Umschlag zu stecken.

»Hör zu. Ich glaube, es ist folgendes passiert«, ließ sich Martin schließlich vernehmen. Er war stehengeblieben, hatte seine Brille abgesetzt und begann, seine Einsichten in das Computerinnenleben und die mutmaßlichen Ursachen des Kollapses mit mir zu teilen. Während er auf mich einredete, gestikulierte er mit der rechten Hand, die die Brille hielt, und richtete einen Bügel immer wieder auf mich, wenn er etwas betonen wollte, das mir nichts sagte. Nach dem dritten »Es könnte auch sein, daß ...« schaltete ich ab und ließ meine Gedanken kreisen. *Jeder quält seine Frau. Und Kunstenthusiasmus ist noch lange nicht das Schlimmste*, kam mir in den Sinn, und ich sah bestätigt, daß Fontanes Sätze nicht an Aktualität eingebüßt hatten.

Martin hatte seine rastlose Wanderung inzwischen wieder aufgenommen und klang immer euphorischer. Ich horchte auf, als er auf seine eigene Beteiligung an dem Desaster zu sprechen kam und freimütig bekannte, daß er besser daran getan hätte, »ihn erst einmal gründlich aufzuräumen«, bevor er das neue Spielzeug installierte. »Mensch, Paula, ich glaube, da sind, da waren noch uralte Sachen von uns drauf. Deine Magisterarbeit zum Beispiel.«

»Kann schon sein«, sagte ich, verkniff mir jegliche Bemerkung über das unselige Graphikprogramm und wechselte das Thema. »Sag mal, hast du kürzlich deine Vorliebe für Krimis entdeckt?«

»Häh?« Er sah mich an, als sei ich nicht ganz bei Trost, blieb aber wenigstens wieder stehen.

»Mein Arbeitsexemplar ist verschwunden. Ich dachte, daß du vielleicht …«

»Ich? No way. Meine Güte, wir sind doch gerade erst umgezogen. Da kann doch nicht schon wieder was verschwunden sein.« Daß nicht sein kann, was nicht sein darf.

»Ach nein?«

»Nein. Ich mach mich jetzt jedenfalls an die Arbeit«, verkündete Martin frohgemut und setzte sich die Brille wieder auf die Nase. Noch war er den Erfordernissen der realen Welt aber nicht ganz entrückt: »Bevor ich es vergesse … Kannst du mir hier 'n Zahnarzt empfehlen? Laut Bonusheft bin ich fällig.«

»Als Kind war ich bei Hermann von Bohr«, sagte ich. »Den würde ich dir vorschlagen. Alle anderen würden eher Rüdiger von Bohr empfehlen.«

»Danke«, war so ziemlich das letzte Wort, das mir Martin an diesem Tage gönnte.

abends

»Du?« Mein Vater war sichtlich überrascht, mich zu sehen. »'n Abend erst mal.«

»Hallo. Mama hat mich zum Essen eingeladen.«

»Hm.« Er kratzte sich am Kopf. »Zu essen gibt's wohl auch was, ja. Zumindest hat sie die letzten zwei Stunden in der Küche verbracht«, erklärte er und trat zu mir auf den Treppenabsatz vor der Haustür. Er zog die Schachtel HB aus der Brusttasche seines Hemdes und zündete sich eine Zigarette an. Die Anzahl der Zigaretten, die er unkommentiert in der Wohnung rauchen durfte, ging gegen Null. »Die Damen haben schon angefangen«, fuhr er fort. »Sie sind im Wohnzimmer.«

»Ißt du nicht mit?«

»Nee, nee. Ich geh rüber zum Karl-Heinz. Skat kloppen.« Hätten sich meine Eltern keinen anderen Tag zum Streiten aussuchen können?

»Aber ...«

»Nix aber. Dabei könnt ihr sowieso keine Männer gebrauchen.« Er kniff mich in die Backe: »Geht's dir gut?« Ich nickte irritiert. »Fein. Na, dann bis demnächst. Vielleicht bist du ja noch da, wenn ich zurückkomme.« Sprach's und lief die Treppe herunter. Über die Schulter rief er mir noch zu: »Laß dir bloß nix aufschwatzen. Ist sowieso alles Humbug.«

»Tschüs«, sagte ich ungehört und fragte mich, ob er morgen noch wissen würde, wo er heute abend gewesen war.

Auf Zehenspitzen betrat ich den kleinen Hausflur. Linker Hand wand sich die knarrende Holztreppe hinauf in den zweiten Stock, rechts stand der Schuhschrank, auf dem sich das unverwüstliche, wiewohl einmal jährlich erneuerte Trockengesteck und eine prall gefüllte *Ihr Platz*-Tüte befanden. Unter der Tüte lugte ein Umschlag hervor. Leise öffnete ich die Wohnungstür.

»... platzsparenden Gefrier-Spezialbehälter. Hier die flachen Miniboxen für Schnitzel, Steaks und Sahnetupfer«, vernahm ich eine akzentuierte Frauenstimme, die ich keiner mir bekannten Person zuordnen konnte. »... Tochter ... jetzt ... Gefrierschrank ...«, kam es etwas gedämpfter von meiner Mutter. »Da empfehle ich das große Gefrierset im Geschenkkarton.« Von der darauf folgenden Antwort meiner Mutter erreichten mich leider nur die gemurmelten Fragmente »... kommt selbst ...« und »... selten pünktlich ...«.

Ich klopfte kurz an die halb offenstehende Wohnzimmertür und trat ein. »Tut mir leid, daß ich …« Acht Augenpaare starrten mich an, »… gekommen bin«, vervollständigte ich den Satz unter Auslassung von »zu spät«.

Sieben Frauen saßen um den Couchtisch, der mit Gläsern, Flaschen, Platten mit symmetrisch arrangierten Schnittchen und diversen Schälchen mit Knabberzeug vollgestellt war. Jede von ihnen hatte ein blaues Klemmbrett auf dem Schoß. Nummer acht reichte mir die Hand: »Guten Abend, Witzel«, dann ein Klemmbrett und dirigierte mich zu dem einzigen noch freien Stuhl. »Ich habe Ihnen hier unsere Bestelliste gegeben. In der linken Spalte stehen unsere Produktbezeichnungen. Daneben tragen Sie die gewünschte Stückzahl ein. Dann kommt die Spalte mit den Preisen. Und dahinter rechnen Sie dann aus, was Sie bezahlen müssen. Also, wenn sie zum Beispiel zwei Stück wollen, müssen Sie den Betrag auch mal zwei nehmen. Verstanden?« Ich nickte ebenso verständnis- wie willenlos. »Gut! Ach, und bedienen Sie sich bitte selbst.« Sie deutete auf die Häppchen.

»Jetzt zeige ich Ihnen die kleinen und die großen Eidgenossen«, sagte sie, indem sie an den in der Mitte des Zimmers aufgestellten Eßtisch trat, auf dem sich bunte Plastikbehälter türmten. »Sie finden sie auf der Liste unter D 61 bis 65. Der größte Eidgenosse ist für große Trockenvorräte, zum Beispiel Spaghettis.« Sie hielt ein schmales, längliches Gefäß mit Deckel in die Höhe, aber das allgemeine Interesse an Eidgenossen war denkbar gering.

Die lokale Arbeitsgruppe sozialdemokratischer Frauen (AsF) auf dem Sofa gegenüber konnte ihre Augen nicht von mir lassen. Frau Draude betrachtete mich eher mitleidig, Frau Sauer mit schlecht verborgener und Tante Hildegard mit unverhohlener Neugierde. Frau Riemenschneiders Anwesenheit auf dem Zweisitzer neben meiner Mutter war wahrscheinlich auf den VHS-Kurs *Hessenstickerei* zurückzuführen, an dem beide teilgenommen hatten. Ruths Mutter blickte mißfällig, meine eigene eher forschend auf mich. Das Gesicht meiner Großmutter im Sessel rechts von mir konnte ich nicht sehen. Einzig Frau Zatopek auf dem Stuhl zu meiner Linken sprach dem Sherry zu.

Hatte meine saubere Frau Mama wirklich nichts Besseres zu tun, als mich diesen Hyänen zum Fraß vorzuwerfen? So etwas wie Loyalität entwickelte sie anscheinend nur für die Partei. Was hatte sie sich überhaupt dabei gedacht, mich unter Vorspiegelung falscher Tatsachen auf eine verdammte Tupperparty zu lotsen?

Ein mahnendes »Bitte, meine Damen, wir haben noch viel vor«, erinnerte uns an den geschäftlichen Zweck der Zusammenkunft. Wie Frau Witzel so dastand, in ihrem karierten Plisseerock, der blauen Bluse und mit der Perlenkette um den Hals, wirkte sie zuverlässig, vertrauenerweckend und außerordentlich kompetent. »Ich möchte an die Farben erinnern. Es kommen ja immer wieder neue. Sie können die Eidgenossen in Gelb, Brombeer, Kornblumenblau und Indigo bekommen.« Dann pries sie die Vorzüge einer speziellen Verschlußvorrichtung im Deckel, also eines Dekkels im Deckel, und wies darauf hin, daß die Eidgenossen in ihrer Gesamtheit ein Kompaktsystem darstellten.

»Quatsch«, drang es an mein linkes Ohr, aber ich hätte nicht schwören können, daß Frau Zatopek dergleichen tatsächlich vor sich hin gemurmelt hatte, bevor sie ihr Sherryglas auffüllte. Für alle Fälle nickte ich meine Zustimmung.

»Und hier haben wir mal was Praktisches«, versprach Frau Witzel, als die Versammelten geschlossen nach den Kanapees griffen. Allein ich hatte mich der kollektiven Auf- und Vorwärtsbewegung nicht angeschlossen, weil ich noch nicht entschieden hatte, ob ich Frischkäse mit einem Petersiliensträußchen, rohen Schinken mit Gurkenscheiben oder vielleicht doch lieber Roastbeef mit einem klitzekleinen Spritzer Sahnemeerrettich wählen sollte. Das *Praktische* sah aus wie eine Fliese mit benutzerunfreundlich designter Seifenschale, nur aus Plastik eben. »Wir kennen doch alle das Problem mit den Deckeln. Aber Tupper hat sich da jetzt was einfallen lassen. Den Deckelsammler unter D 44. Den kann man aufhängen. Die Schrauben liefern wir mit.« Ich konsultierte die Bestelliste und erfuhr, daß D 44 für ganze dreizehn Mark achtzig zu haben war. Die Sofafraktionen kauten und kritzelten eifrig.

»Die Maßgeblichen. Wo haben sich die Maßgeblichen verstekkelt?« Während sich Frau Witzel durch den Schüsselberg wühlte, griff ich nach einem Roastbeefschnittchen, dem letzten seiner Art. Dann lehnte ich mich zurück und ließ das Backhilfenrepertoire an mir vorbeirauschen.

»Aber mit diesen Dingen begeistert Tupper ja schon seit Jahren.« Sie hielt inne, um Raum für Bestätigungen zu lassen, die sie auch erhielt: Frau Sauer, Tante Hildegard und auch meine Mutter machten die richtigen Geräusche; Frau Riemenschneider quittierte das Gesagte mit einem knappen Kopfnicken.

Frau Draude erklärte leise: »Diese Backunterlage interessiert mich schon. Aber ich würde sie gern erst mal ausprobieren, bevor ...«

»Sie können meine haben.« Frau Zatopek schnaubte verächtlich. »Also, ich bin davon alles andere als begeistert. Als ich es einmal brauchte, hat sich das dämliche Ding ständig aufgerollt. Ich hab den Teig dann doch auf dem Tisch ausrollen müssen.«

»Gerne. Wenn Sie sie entbehren können, leihe ich sie mir mal aus.«

Dann legte Tante Hildegard los. »Frau Zaddobeg, Sie müssn die Unnerlaache mit Wasser aufm Disch festekleben, dann rollt die sich au nit. Dann rutscht se nitema. Ich nehme se nur noch un bin sehr zufrieden. Aber wenn me sowieso nie bagget ...« Es war allgemein bekannt, daß Frau Zatopek sich im wesentlichen von Tütensuppen daheim und von Kaffeekränzchen und sonstigen Einladungen bei anderen ernährte.

»Ich brauche Kuchenbacken nicht zur Selbstbestätigung, Frau Faupel«, konterte Frau Zatopek und wandte sich wieder an Frau Draude. »Deshalb kann ich das Ding gut entbehren. Aber leihen wollte ich es Ihnen eigentlich nicht. Was halten Sie davon, wenn ich es Ihnen fünf Mark billiger lasse? Es ist ja noch wie neu.«

Frau Draude war willens, das Angebot anzunehmen. Frau Witzel sah zwar aus, als schätzte sie die Verhandlungen über den Wiederverkaufswert ihrer Produkte nicht sonderlich, würdigte aber die unqualifizierte Konkurrentin keines Wortes. »Ich sehe, Sie sind bestens mit Tupper vertraut«, wandte sie sich statt dessen an Tante Hildegard, »und Sie wollen ihre Erfahrungen sicher weitergeben. An ihre Enkelkinder. Und natürlich ihre Kinder.«

Ich suchte mir ein Käsespießchen aus. »Vor allem die kleinen Mädchen wollen ja alles nachmachen, was Mutti oder Oma ihnen vormachen. Und dafür hat sich Tupper was ganz Besonderes ausgedacht. Unter F 20 und momentan im Angebot.« Strahlend präsentierte sie uns die Miniaturausgaben einiger Backutensilien einschließlich der entbehrlichen Backunterlage. Die Entzückensschreie wollten kein Ende nehmen.

»Als du und Petra klein wart, hatten wir aber auch sehr schöne Backförmchen«, raunte mir meine Oma ins rechte Ohr. Ich konnte mich zwar vage an etwas Derartiges erinnern, daran, daß wir die Dinger auch benutzt hatten, allerdings nicht. Meine Schwester und ich hatten lieber mit Barbie und Ken die Abenteuer der *Baader-Meinhof-Bande* nachgestellt. Dabei hatten Backförmchen keine Rolle gespielt.

»Dos is wos für unser Jessiga«, rief Tante Hildegard begeistert und übertrug ihre Euphorie in Ziffern auf die Bestelliste. »Ja, ja, Kinner sin deuer«, seufzte sie. Ich versuchte mir vorzustellen, welches Geschrei der reizende Marcel anstimmen würde, wenn er erfuhr, daß er leer ausgegangen war.

Unvermittelt wurde Frau Zatopek von einem Lachkrampf geschüttelt. Er steigerte sich binnen zehn Sekunden von einem leisen Kichern zu dröhnendem Gelächter. An den fragenden bis befremdeten Gesichtern der anderen konnte ich erkennen, daß ich nicht die einzige war, die unserer momentanen Lage keine Komik abgewinnen konnte.

Frau Witzel war sichtlich pikiert. »Erzählen Sie schon, Frau Zatopek. Wir würden gern mitlachen.«

Tränenblind fuchtelte Frau Zatopek mit der rechten Hand in Richtung Zweisitzer und mußte dreimal ansetzen, bis sie endlich herausbrachte: »Seht euch nur unsere Möchtegern-Omas an«, um aufs neue loszuprusten. »Nein wirklich, Frau Piepenbrock, Sie hätten sich sehen sollen«, gluckste sie.

»Was hab ich denn gemacht?« erkundigte sich meine Mutter konsterniert.

Frau Zatopek hatte sich wieder einigermaßen unter Kontrolle und war fähig, sich ein Glas Sherry einzuschenken, bevor sie bereitwillig Auskunft erteilte. »Sie beide saßen da wie … Ach, Sie haben mich an meine Tochter vor ihrer ersten Schwangerschaft erinnert. Genau so hat sie vor der Windelwerbung im Fernsehen gehockt.« Sie kicherte wieder. »Und dann hat sie mit diesen Fruchtbarkeitstropfen angefangen. Na ja, später hat sie dann gemerkt, daß es auch ohne geht.«

Die Sherryflasche, die Frau Zatopek noch unverkorkt in der Hand hielt, geriet unter einem neuerlichen Lachanfall gefährlich ins Wanken, aber es gelang ihr, sie mit einem aufmunternden Kopfnicken in meine Richtung zu balancieren. *Amontillado*, las ich, *Medium Dry*, und lehnte dankend ab. »Mir ist er ja eigentlich auch zu süß. Aber der Rotwein ist schlimmer«, meinte sie, auf die Hausmarke meiner Eltern deutend.

»Wenn Ihnen mein Sherry nicht paßt, dann probieren Sie's doch mal mit Wasser.« Meine beleidigte Mutter war vermutlich noch nie so einverstanden wie heute damit, daß bloße Sympathisanten ohne Parteibuch, und zu diesen war Frau Zatopek zu zählen, vom obligatorischen Du unter Genossen ausgeschlossen blieben.

»Ja, also, wir kommen jetzt zu den Schüsseln, mit denen Tupper die Welt erobert hat«, versuchte Frau Witzel, sich Gehör zu verschaffen, scheiterte aber daran, daß aller Ohren für den Beitrag von Frau Riemenschneider gespitzt waren, die ebenfalls, das Kinn leicht vorgereckt, zum Sprechen angesetzt hatte.

»Ich verstehe Ihre Belustigung nicht, Frau Zatopek. Jede normale Frau wünscht sich Kinder. Und wenn sie geheiratet hat, wie Ihre Tochter, sollte sie auch welche bekommen.« Mit ernster Miene neigte sie den Kopf mit dem kunstvoll hochgesteckten, angegrauten Haar. »Kinder sind ein Geschenk«, fügte sie bedeutungsvoll hinzu.

»Nichts für ungut, Frau Piepenbrock«, prostete Frau Zatopek meiner Mutter zu und wandte sich dann an Frau Riemenschneider. »Es gibt wohl kaum ein Geschenk, das mehr Arbeit macht und mehr Unruhe stiftet.« Um ihre Aussage zu unterstreichen, erhob sie noch einmal schwungvoll das Glas.

»Sie sind undankbar.«

»Das hat damit nichts zu tun. Wenn meine Tochter mit den

dreien kommt, erkenne ich hinterher das Haus nicht wieder. Ich bin immer froh, wenn sie vorm Fernseher sitzen, weil sie in der Zeit nichts durcheinanderbringen und still sind. Verstehen Sie mich nicht falsch, ich freue mich, wenn sie kommen. Aber ich bin jedesmal dankbar, wenn sie wieder fahren.«

»Dann müssen Se halt ema durchkreifen un sich Räschbegt verschaffen. Räschbegt, Frau Zaddobeg. Bei mir spuren se immer. Un se kommen drotzdem gerne nach der Omma«, erklärte Tante Hildegard herablassend. »Aber mich stören se je au nit. Kinner mergen so was.«

Meine Oma schaltete sich ein: »Ja, ja, so ist das. Ich hab immer zum Gisela gesagt, daß es strenger mit den zweien sein soll. Aber es wollte ja nie hören.«

»Mutter, bitte«, knurrte meine Mutter.

»Es ist bestimmt nicht immer einfach. Aber Sie sollten sich wirklich für Ihre Tochter freuen, daß sie ein so normales Leben führt. Ich wünschte ...«, konnte Frau Riemenschneider gerade noch sagen, bevor ihr Frau Zatopek über den Mund fuhr.

»Halten Sie es etwa für normal, wenn Sie mit Ihrer Tochter nur noch über Windeln reden können?« Ich beschloß, den Augenblick mit einem großen Stück Ahler Wurscht zu krönen, die meine Mutter bereits appetitlich aufgeschnitten und als perfekte Gastgeberin ihrer Pelle entledigt hatte. »Die Wurst habe ich ja noch gar nicht probiert«, fuhr Frau Zatopek fort, angelte sich ein großzügig bemessenes Stück und biß herzhaft hinein. »Köstlich«, kaute sie, »macht aber Durst.« Sie griff ausnahmsweise nach einer Mineralwasserflasche, von der auch ich mich anschließend bediente.

»Meine Damen, wenn Sie bitte einmal hierherschauen möchten.« Frau Witzel nutzte das allgemeine Schweigen, um erneut auf sich und einen Stapel Töpfchen aufmerksam zu machen, den sie vorsichtig vor sich her balancierte. »Hiermit hat alles angefangen. Mit unserem Kühlschranksystem, unter A. Sie können es für alles verwenden«, sie bekam erhebliche Probleme mit der Statik, »wozu Sie es gebrauchen können.« Es gelang Frau Witzel gerade noch rechtzeitig, das instabile Gebilde auf den Tisch zurückzustellen. Sie entschied sich, das folgende am einzelnen Objekt zu demonstrieren. »Mit System frisch halten ist unsere Devise. Das Geheimnis ist, die Sachen richtig einzutuppern. Ich weiß, hier sitzen viele Experten«, lächelte sie in die Runde. Dann redete sie nur noch mit mir. »Sie müssen die Schüssel zuerst sorgfältig verschließen.« Dabei drückte sie den Deckel vehement auf die Dose. »Und dann«, ihr linker Daumen bohrte sich in die markierte Mitte des Deckels, »dann müssen Sie die Luft genau so ausweisen.« Mit der rechten Hand ergriff sie eine kleine Lasche am Deckelrand und hob und senkte kurz hintereinander den Deckel. »Sie sehen, das Prinzip ist ganz einfach.«

Ich war fasziniert. *Ausweisen* war in meiner Vorstellung mit einer Menge Papierkram verbunden, aber Tupper handhabte das völlig unbürokratisch. Frau Witzel schien mein Interesse falsch zu interpretieren, denn sie schaute mich eine ganze Weile erwartungsvoll an. Dann erstarb das Lächeln auf ihren Lippen. »Du lieber Himmel«, entfuhr es ihr, »Sie haben ja gar keinen Stift. Warten Sie ...« Sie wühlte fieberhaft in einer Kiste unter dem Eßtisch.

Ich wollte sie gerade freundlich darauf hinweisen, daß sie sich wegen mir keine Umstände zu machen brauche, als mir Frau Zatopek zuvorkam. »Lassen Sie doch, Frau Witzel, sie kann doch meinen haben.« Damit drückte sie mir das Schreibgerät in die von der Wurst leicht angefetteten Finger und glaubte wohl, es ein für allemal los zu sein. »Also, es interessiert mich ja nun doch. Das mit dem normalen Leben. Wie ist das denn mit Ihnen, Paula?« wandte sie sich im Plauderton an mich. »Fühlen Sie sich irgendwie unbefriedigt oder nicht richtig ausgelastet? Vielleicht nicht ganz normal?«

»Ich?« fragte ich überflüssigerweise und schaute auf.

»Ja. Fehlt Ihnen irgendwas? So unverheiratet und ohne Mutterpflichten.«

»Nicht, daß ich wüßte.«

»Daran ist nur diese Schule schuld«, diagnostizierte Frau Riemenschneider. »Da werden den Mädchen solche Ideen in den Kopf gesetzt.« Da sie ihre Anschuldigung gegen keine der Anwesenden richten konnte, strafte sie die wenigen noch vorhandenen Käsespießchen mit einem vernichtenden Blick.

Tante Hildegard, ebenso irritiert wie alle anderen, machte sich zur Anwältin des Schulwesens. »De Schule hod noch keinem geschodet. Unse Mellanie is je au uff de höhere Schule geginn un hod drodzdem kinne Fleh im Kobbe. Min Mann un ich hon dos nie bereud. Es hod je dann au 'n Geschäftsmann gefrichet.«

»Ich spreche nicht von Bildung, Frau Faupel. Ich rede von der König-Heinrich-Schule«, Frau Riemenschneider spuckte den Namen des Lokalhelden regelrecht aus, »eine richtige Hochburg ist das.« Hatte sie vergessen, in welcher Gesellschaft sie sich befand, oder wollte sie sich einen Platz im amtlichen Märtyrerbuch der römisch-katholischen Kirche sichern? Auf jeden Fall ließ sie sich von den empörten Gesichtern ringsum nicht beirren. »Während der ganzen drei Jahre, in denen Ruth auf diese Schule mußte, war ich beunruhigt. Obwohl das Kind damals schon moralisch sehr gefestigt war. Aber gerade mit sechzehn, siebzehn Jahren kann soviel passieren.«

Anschließend betonte Frau Riemenschneider, wie gern sie es doch gesehen hätte, wenn Ruth auf der Klosterschule hätte Abitur machen können, und wie unverzeihlich es doch gewesen sei, daß sich die Schwestern »dem politischen Druck in Hessen gebeugt« und eine Gesamtschule eingerichtet hätten. An dieser Stelle sahen meine Mutter und die anderen Genossinnen rot. Sie brauchten geschlagene sieben Minuten, in denen Frau Witzel frustriert die Hände rang, um alle einschlägigen Fürs und Widers runterzubeten.

»Das Entscheidende ist doch, und da werden Sie mir sicher zustimmen, daß man sich im Kloster den ganzen Tag intensiv um die Kinder gekümmert hat«, lenkte schließlich Frau Riemenschneider ein. »Man hat ihnen wirkliche Werte mit auf den Weg gegeben.«

Meine Mutter politisierte ein bißchen über Ganztagsschulen und berufstätige Frauen. »Die Kinder hatten wenigstens mittags was Warmes.« Meine Schwester und ich hatten das Schulessen oft genug boykottiert. Petra war, meine ich, sogar so weit gegangen, meine Mutter zu bezichtigen, sie wolle sie mit dem Schlangenfraß vergiften.

»Apropos Werte«, ließ sich erfreulicherweise Frau Zatopek mal wieder vernehmen. »Es ist schon eine ganze Weile her. Aber ich habe mal gehört, daß sich eine Ehemalige vom Kloster später als Bombenlegerin betätigt haben soll. Bei der RAF oder so. Ist da was dran?« Diese Frage hatte auch mich zu meinen eigenen Klosterzeiten brennend interessiert, aber ich hatte sie nie zufriedenstellend klären können.

»Was Sie da behaupten, ist ungeheuerlich«, erboste sich Frau Riemenschneider, »einfach un-ge-heu-er-lich. Und entbehrt ab-so-lut jeder Grundlage.« Angespannt bohrte sie die Finger ihrer linken Hand in die Armlehne.

»Behauptet habe ich überhaupt nichts. Ich habe lediglich gefragt, ob es stimmt, was ich gehört habe«, entgegnete Frau Zatopek gelassen.

»Selbstverständlich nicht! Das ist völlig indiskutabel.« Wenigstens die in die Armlehne gekrallten Finger entkrampften sich etwas, was meine Eltern davor bewahrte, ihre Couchgarnitur ein weiteres Mal beziehen lassen zu müssen. Vielleicht hätten sie diesmal ja ein etwas freundlicheres Dunkelbraun gewählt (»Die hellen Bezüge sind so empfindlich, weißt du«).

»Nee«, stieß Frau Sauer hervor und schüttelte den Kopf. »Nee. Wir hätten damals ja gerne gehabt, daß unser Junge auch aufs Gymnasium geht. Aber nach allem, was man so hört, nee«, sagte sie noch einmal mit Nachdruck.

»De Schule, de Schule, wos ihr alle mit dr Schule hod«, echauffierte sich Tante Hildegard und starrte dabei mich an, obwohl gerade ich mich aus allem rausgehalten hatte. »Ob me sich fesde bindet oder nit, hod nix mit dr Schule ze dunne. Dos is Pledsinn. Dos licht plos do dranne, daß me sich nit fesdelejen well. Es kinde je noch wos Besseres kommen. Un wenn mich nit alles däuscht, dann issn Dogder wos Besseres wie 'n Schullehrer.« Ich tastete vergeblich nach einem Stück Polster, in das ich meine Hände hätte krallen können. »Bekander hod in dr Zierunge gestinn. Dos ich nit lache. Do weiß me doch, wos me devonne ze hahlen hod. Am hellen Vormiddache ...«

»Hildegard«, flehte meine Mutter, »Aber, Hildegard«, hauchte Frau Draude und »Sie haben eine etwas einseitige Phantasie oder gar keine«, stellte Frau Zatopek fest. »Was soll das nur noch werden?« seufzte meine Oma, Frau Sauer sagte nichts, kriegte den Mund aber trotzdem nicht zu, und Frau Riemenschneider sah mich an, als mache sie mich für die Vertreibung aus dem Paradies verantwortlich.

Tante Hildegard war noch nicht fertig mit mir. »Me wird je noch de Wahrheit sprechen derfen. Hod dann din Freund«, sie dehnte das letzte Wort genüßlich, »den Bekanden au gekannd?«

»Nicht so lange wie ich. Und ich war auch nie dabei. Wenn Sie verstehen, was ich meine … Frau Faupel«, ergänzte ich noch, entschlossen, mit der unangemessenen Anrede aus Kindertagen ein für allemal Schluß zu machen. Schon in der darauf folgenden Sekunde ärgerte ich mich, überhaupt den Mund aufgemacht zu haben. »Paula, ich bitte dich«, zischte meine Mutter. Nur Frau Zatopek war amüsiert, wenn ich das Glucksen links von mir richtig interpretierte. Ansonsten waren lediglich zwei kurz aufeinanderfolgende Räuspergeräusche zu hören, das erste dezent, das zweite ungeduldig.

»Wir müssen jetzt wirklich weitermachen, meine Damen, hier haben wir mal eine rechteckige Schüssel super für Pausenbrote Kuchen und Knäckebrot …«, ratterte Frau Witzel los, bestrebt, weitere nicht tupperbezogene Wortbeiträge im Keim zu ersticken. »Habe ich überhaupt schon erwähnt daß all unsere Produkte spülmaschinenfest sind schon seit 1981 Reinigung ist ja immer das A und O …«

Da ich schlecht aufstehen konnte, um mir ein Buch aus der Schrankwand hinter mir zu holen, betrachtete ich den Stich von sechzehnhundertschnee über der Kopfreihe Draude-Sauer-Faupel. Er zeigte die Südansicht unserer kleinen, damals noch sehr viel kleineren Stadt. Ich hatte mir die untere Hälfte des Werkes – die obere zeigte im wesentlichen Himmel – noch nie in allen Einzelheiten angesehen. Der Künstler war naturalistisch vorgegangen und hatte den alles dominierenden Dom ins Zentrum gerückt; die Franziskanerkirche, die die Brüder im Zuge der Reformation an die Ketzer hatten abtreten müssen, erspähte ich am rechten Bildrand. Beide Kultstätten sowie die sich zwischen ihnen und um sie herum drängenden Häuschen waren von einem Mauergürtel mit unzähligen Türmchen und Türmen umgeben. Das Städtchen lag auf einem langgestreckten Hügel, der steil zu einem sich im Vordergrund des Bildes schlängelnden und in hiesigen Gefilden als *Edder* bekannten Flüßchen abfiel. Hübsch mußte das alles im Original ausgesehen haben, mit den ganzen Türmen und dem Dom, der allein schon drei Spitzen aufzuweisen hatte. Auch heute noch entlockt die Skyline dem sich aus der südlichen Ebene nähernden Touristen mannigfache Ahs und Ohs, obwohl es im Laufe der Zeit zu einer erheblichen Turmeinbuße gekommen ist. »Sieht ja richtig nett aus«, hatte beispielsweise Martin, zum ersten Mal unterwegs zu meinen Eltern, erklärt und gleich darauf ein weniger begeistertes »Auch ganz reizend« nachgeschoben, als er den Bundeswehrflugplatz rechts der Straße erblickt hatte.

Frau Witzel hielt gerade eine durchlöcherte Schüssel mit ebenso durchlöchertem Deckel in der Hand. Ich fahndete in den Taschen meiner schwarzen Jeansjacke nach etwas Nikotinhaltigem. Alles, was sie hergaben, war die Schachtel R1 von gestern. Das traf sich eigentlich ganz gut, würde mir doch auf diese Weise ein Kommentar der Sorte »Himmel, Paula, du rauchst wieder Bahndamm-Schattenseite« erspart bleiben. Meine Mutter, die auf das Verbrennungsaroma des von mir so hochgeschätzten Schwarzen Krausen ungefähr so reagierte wie andere Leute auf das einer Abdeckerei, würde sich heute wahrscheinlich mit einem Hinweis auf ihre Gardinen begnügen. »Genau wie dein Vater. Ihr müßt sie ja nicht waschen«, hörte ich im Geiste und antwortete, ebenfalls im Geiste, daß ich mich heute abend bereits in mehr Rücksichtnahme geübt habe, als man von mir verlangen könne. Vielleicht sah sie das genauso, denn als das Feuerzeug aufflammte, stand sie auf, um mir mit leidender Miene, aber wortlos einen Aschenbecher zu reichen.

Wir erfuhren von Frau Witzel, daß es sich bei dem undichten Modell in ihrer Hand um ein »geniales Doppelsieb« handele. »Der Griff ist für Links- und Rechtshänder. Sie können mit der linken und mit der rechten Hand schütteln.«

»Ja, heutzutage wird das mit den Linkshändern ja nicht mehr so streng gesehen. Selbst der Clinton schreibt mit links, hab ich letztens beim Wickert gesehen«, erklärte Frau Sauer und machte einen Vermerk auf der Bestelliste.

»Es wird je au nit me sovähle geschrebben. Dos macht je alles dr Gombjuder. In unsem Ahler versteht me je nix devonne, aber wenn me den Kinnern zugigget ... Wie angeboren, sprech ich immer.«

»Und hier haben wir den Küchenchef, unser elegantes Servierprodukt mit Abtropfeinsatz. In der Spargelzeit gibt es keine Probleme mehr. Die Spätzle, die Klöße hier reingebracht ...«

»Ich lege immer eine Untertasse verkehrt rum in die Schüssel. Dann liegen die Klöße auch nicht in der Brühe.« Meine Großmutter war eine entschiedene Gegnerin von Innovationen im Haushalt.

»Jo, die ahlen Medoden sin au gudd, Frau Abl.« Meine Großmutter heißt Apel. »Aber klauben Se mä, mit dissem Kichenchef kann me au brima uffdauen. Also, ich hon je schonn den großen. Aber unse Mellanni well au einen. Den kleinen. Den krichz dann ze Weihnachden.« Ich konnte nur hoffen, daß nicht auch meine Mutter beschlossen hatte, sich in diesem Jahr früher, möglicherweise schon heute abend, um die Weihnachtsgeschenke zu kümmern.

»Fürs Auftauen ist unser Küchenchef besonders geeignet. Sie finden den kleinen unter C 18 für nur sechsundvierzig achtzig. Ihre Tochter – es ist doch Ihre Tochter? – kann sich wirklich freuen.« Frau Witzel strahlte, und Frau Faupel strahlte auch, während sie ihre Eintragung machte.

»Eijendlich wuldes je hidde selber kommen. So Sachen interessierens je. Aber es muß uff de Kinner uffbassn, weil sin Mann donnerschdogs immer keejelt. Die machen au Weddbewerbe, un da kann hä nit fählen.«

»Also, ich denke doch, daß er mal auf seinen Kegelabend verzichten könnte«, warf Frau Zatopek ein und löste damit ein allgemeines zustimmendes Gemurmel aus, dem ich mich nicht anschließen konnte, da mir die Vorstellung, Melanie könnte sich genau jetzt unter uns befinden, so überhaupt nicht behagen wollte.

Frau Faupel strahlte nicht mehr. »Ach«, seufzte sie, »es hod je au sonst immer sovähle ze dunne. Es hod no nit ema Zit, zum Friseer ze gin un sich 'ne frische Dauerwelle machen ze lassn. Ne richdiche Hulle hods uffm Kobbe.« Sie selbst hatte diesen Gang offenbar erst kürzlich hinter sich gebracht, denn ihr kurzgeschnittenes, angegrautes, aber noch größtenteils faupelfarbenes Haar kräuselte sich bereits am Ansatz vorbildlich. »Un schonn am hellen Vormiddache Besuche ze machen, dodrann kanns nit ema dengen.«

»Das tut mir wirklich leid für Melanie«, sagte ich und drückte die R1 mit Nachdruck aus.

Frau Zatopek riet Melanie via Frau Faupel zu einem weniger wartungsintensiven Kurzhaarschnitt. Sie selbst schwöre darauf; man müsse zwar regelmäßig zum Nachschneiden, aber dabei nicht den halben Tag beim Friseur verplempern. Meine Mutter, der Chemikalien im allgemeinen und haarstrukturverändernde im besonderen zutiefst suspekt waren, nickte Beifall. Alle anderen blickten eher skeptisch drein. Am allerwenigsten konnte Frau Faupel dem gutgemeinten Vorschlag abgewinnen: »Ach wos. Sone junge Frau well je nu au 'n bißchen hibsch ussähen.«

»Allzuviel tut auch nicht gut«, sagte Frau Riemenschneider entschieden. »Natürlich muß man sich pflegen. Und anständig aussehen, adrett eben. Ihre Tochter achtet doch sicher sonst auf sich?« erkundigte sie sich bei Frau Faupel.

»Also, ich muß doch sehr bidden«, plusterte sich diese auf.

»Mehr können Sie sich doch kaum wünschen. Und Sie können sicher sein, daß das Kind wegen seiner Pflichten nicht auf dumme Gedanken kommt.«

»Wos fer dumme Gedangen?«

»Ehrlich gesagt, kann ich Ihnen nicht ganz folgen«, sprach Frau Zatopek das aus, was vermutlich alle anderen dachten.

»Es gibt nichts Schlimmeres, als wenn gerade junge Frauen nichts mit sich anzufangen wissen. Unsere Ruth hatte nach dem Examen auch zuviel Zeit. Wir haben uns ernstliche Sorgen gemacht. Sie fing plötzlich an, sich die Lippen rot anzumalen und ihr ganzes Geld für ...«, Frau Riemenschneider suchte nach Worten, »... für wenig Stoff auszugeben. Natürlich haben wir ihr die Mittel gekürzt, aber es hat nichts geholfen. Auch nicht, daß sie dann eine

Aufgabe gefunden hat. Und immer dieses Schwarz. Regelrecht frivol sah sie aus«, bekannte sie mit immer leiser werdender Stimme. Das nur mehr gehauchte »fri-vol« war dennoch für alle verständlich, da sie beide Silben genüßlich dehnte. Sie habe sich ja so geschämt, fügte sie noch hinzu.

Die Genossinnen sahen sich ratlos an. Ich überlegte, ob die Veränderung in Ruths Kleidungsgewohnheiten eine Art Anpassung an ihre delikate Freizeitgestaltung darstellte. Andererseits paßte die Ruth, die ich am Samstag gesehen hatte, ebensowenig in Andis Hotelgeschichte wie zu Frau Riemenschneiders Beschreibung. Ich beschloß, Ruths Metamorphose aus meiner Sicht zu schildern, und erzählte kurz, wie beeindruckt ich am Samstag gewesen sei. Gut habe sie ausgesehen, ziemlich elegant und überhaupt sehr städtisch, ein bißchen zu schick für hiesige Verhältnisse vielleicht, aber *fri-vol* sei ganz bestimmt nicht der passende Ausdruck dafür. »Gepflegt«, streute ich noch ein. Dann gingen mir die Vokabeln aus.

»Über drei Jahre lang habe ich meine Tochter nicht wiedererkannt! Fast vier«, rief Frau Riemenschneider, meinen Gesprächsbeitrag ignorierend, dermaßen vehement, daß meine Mutter neben ihr zusammenzuckte. Dann fuhr sie gemessenenen Tones fort: »Aber jetzt, wo sie für längere Zeit zu Hause ist, macht sich der Einfluß des Elternhauses doch bemerkbar. Sie kleidet sich wieder gefälliger. Ich kann mich wirklich nicht beschweren. Und sie ist mir eine große Hilfe, kümmert sich einfach rührend um ihren Großvater.«

Nunmehr mußte ich mich fragen, mit welcher Ruth ich mich unterhalten hatte: mit dem Sorgenkind oder mit der gefälligen Ausgabe? Natürlich konnte ich mir nicht vorstellen, daß Frau Riemenschneider einen Minirock als *gefällig* bezeichnen würde, schon gar nicht einen ledernen, aber hatte sie nicht gefällig*er* gesagt? Folglich war ich bis auf weiteres geneigt anzunehmen, es mit der geläuterten Ruth zu tun gehabt zu haben.

»Also, wenn ich bedenke, was unsere Mädchen schon alles getragen haben, dann muß schwarz mal sehr modern gewesen sein«, wandte sich meine Mutter resolut an Frau Riemenschneider. »Wie kleidsam das ist, ist eine andere Frage.« Sie sah mich nachsichtig an. »Du liebe Zeit, wir haben uns doch auch gerne zurechtgemacht. Unseren Müttern konnten wir es dabei natürlich nie recht machen«, sagte sie und fixierte Oma kein bißchen nachsichtig.

Offenbar hatte keine der Anwesenden vergessen, welche Kämpfchen sie mit ihrer Mutter hatte ausfechten müssen. Sie redeten durcheinander und versuchten sich mit Anekdötchen zu übertrumpfen, die sich unter anderem darum drehten, wie man die verhaßten hüftlangen Zöpfe endlich doch losgeworden war. Frau Draude beispielsweise hatte das Problem gelöst, indem sie einen Zopf in einen Leimtopf gesteckt hatte. Das Drama »Bis ich meine langen Hosen auch draußen anziehen durfte« kannte ich nur zu gut, da es zum Repertoire der leidvolleren Jugenderinnerungen meiner Mutter gehörte. In »Wie der Karle es erschte Mo bi uns wor« spielte ein »Beddigod«, der eine tränenreiche Szene zwischen Mutter und Tochter herbeigeführt hatte, eine tragende Rolle. Frau Zatopek schließlich gab zum besten, welchen mütterlichen Rat sie mit ins eheliche Schlafzimmer bekommen hatte. »›Mach die Augen zu und denk an England‹, hat sie gesagt, allen Ernstes«, prustete Frau Zatopek. Alle kreischten los. Nur Frau Riemenschneider saß mit geschlossenen Augen auf dem Zweisitzer und lachte nicht.

»Darf ich die Damen noch einmal kurz unterbrechen«, meldete sich Frau Witzel wieder zu Wort. »Es ist jetzt allerhöchste Zeit, ans Rechnen zu denken.«

Auf unserer Seite des Couchtisches waren wir in Windeseile fertig und reichten die Ergebnisse an Frau Witzel weiter, die etwas säuerlich guckte. Wir knabberten ein paar Salzstangen, während auf der anderen Seite und vor Kopf angestrengt gerechnet wurde, begleitet von einem gelegentlichen Stöhnen darüber, wie schnell man doch ein-, zwei- oder auch dreihundert Mark los sein könne. Nachdem sich Frau Sauer bereit erklärt hatte, im nächsten Jahr die Gastgeberin zu spielen, wurde meiner Mutter ein *Alles-in-Einem* überreicht. Er war groß und dreieckig, und ich konnte kaum erwarten zu sehen, wie sie ihn in ihren Tupperschrank integrieren würde.

Nachdem nun alle offiziellen Angelegenheiten zufriedenstellend geregelt waren, verbreitete sich Aufbruchstimmung. Mir war das nur recht, denn ich hatte noch eine dringende persönliche Angelegenheit mit meiner Mutter zu klären. Wir verfrachteten Frau Witzel mitsamt ihren vielen Schüsseln in ihr Auto. Frau Faupel verabschiedete sich als letzte, nicht, ohne vorher noch dies und das über Frau Zatopek im allgemeinen und ihre Trinkgewohnheiten im besonderen losgeworden zu sein. »Wie die sifft, dos däde insen Mannsbildern dribben so gefallen. Da muß ich glichemo nom Rächten guggen«, was sie dann auch tat.

Endlich allein, stellte ich meine Mutter im Wohnzimmer zur Rede. Was sie sich dabei gedacht habe, mich ohne jede Vorwarnung in eine Tupperparty rennen zu lassen, fragte ich.

»Du bist wirklich sehr ungerecht, Paula«, erwiderte sie. »Ich hab ja noch angerufen, um dich vorzuwarnen, aber du hast nicht zurückgerufen. Hat Martin dir nichts ausgerichtet?«

»Doch«, antwortete ich betreten. Zumindest hatte er es versucht. Ich beschloß, daß es auch für mich höchste Zeit war zu gehen. Frustriert zog ich meine Jacke über und begab mich Richtung Haustür.

Zum Abschied wurde mir noch die Plastiktüte vom Schuhschrank in die Arme gedrückt, die ich nun beim besten Willen nicht mehr zurückweisen konnte. Meine Mutter steckte den Briefumschlag zwischen die kleinen, länglichen und ziemlich grünen Objekte, die sich in der Tüte befanden.

Ich deponierte die Tüte gut sichtbar auf dem Rücksitz, den Umschlag dann aber doch lieber im Handschuhfach, da ich fürchtete, ein Einschreiben vom Bundesverwaltungsamt könnte abschrekkend auf Zucchinidiebe wirken. Bevor ich den Motor startete, hörte ich noch, wie Tanja Faupel ihre jüngste Eroberung vor dem Nachbarhaus mit »Verzieh dich, du Arsch!« verabschiedete, und sah mit an, wie sie den damit überforderten Jüngling kurzerhand stehenließ und ins Haus stürmte.

Das nannte ich einen gelungenen Abgang.

Freitag, 17. September, mittags

Wir rollten in der Kolonne hinter einem holländischen Lastwagen her. Ein Hügelchen rauf, ein Hügelchen runter, vorbei an verschlafenen Dörfern, hin und wieder auch durch eins durch. Die über die ganze Strecke verteilten Überholverbotsschilder hielten nicht alle Verkehrsteilnehmer davon ab, ihr Leben auf der dichtbefahrenen Gegenspur zu riskieren, in meinem Teil der Kolonne ließ man sich jedoch nicht von dem trügerischen Versprechen auf freie Straße vor dem LKW täuschen. Wieder kam uns eine Fahrzeugschlange entgegen. Kathrin war nervös. »Schaffen wir das noch?«

Ich nickte. Kathrin zündete sich eine Zigarette an. Sie trug ein schwarzes, seidig glänzendes Kostüm und sah wie immer blaß aus. Ich öffnete mein Fenster ein paar Zentimeter, und der warme Wind zerwirbelte den blauen Rauch. Kathrin rutschte auf ihrem Sitz herum. »Kannst du nicht überholen?« fragte sie.

»Nein«, gab ich zurück. Der schwarze Golf hinter mir hielt einen soliden Sicherheitsabstand.

»Bernhard ...«, fing sie an.

Ich schnitt ihr das Wort ab. »Seine Kiste hat mindestens doppelt soviel PS.«

»Bernhard glaubt, daß ich bloß wegen dir mitfahr. Ich fänd es wünschenswert, wenn er das auch weiterhin glaubt.«

Ich schaltete auf halber Höhe einer Steigung zurück, weil der Lastwagen langsamer geworden war. Der Motor jaulte auf. »Klar«, versprach ich leichten Herzens.

Dann schwiegen wir und hingen unseren Gedanken nach. Die Sonne schien, als wollte sie uns in unseren schwarzen Klamotten verspotten. Ich fürchte mich vor Beerdigungen. Wie wir wohl alle habe ich eine Scheu vor dem Leid der Hinterbliebenen. Ich hasse die kalkulierte Tränentreiberei des gesamten Rituals. Am schlimmsten finde ich aber den Leichenschmaus, diesen obszönen Überrest aus einer Zeit, als der Tod noch selbstverständlicher war. Und natürlich möchte ich nicht an meine eigene Sterblichkeit erinnert werden.

Kathrin war gedanklich wohl ausschließlich bei der kirchlichen Veranstaltung. »... eher so 'ne Art Götzendienst«, ließ sie in meine Überlegungen hinein verlauten.

»Bitte?« fragte ich.

»Ach, Bernhards Eifersucht. Du hast doch diesen dämlichen Terror am Dienstag mitgekriegt. Okay, ich hab Heiner auf dieser Vernissage kennengelernt, und ich hab mich gut mit ihm verstanden, aber das würde Bernhard sowieso nicht kapieren.« Ich nickte, obwohl mir der Themenwechsel nicht behagte. »Nicht, daß ich ihm unterstellen würde, es würde ihn nicht persönlich treffen, wenn ich 'nen Liebhaber hätte, aber vor allem hätte er wohl Angst, das Gesicht zu verlieren.«

Am schlimmsten an Ehegeschichten ist ja, daß da kein Fortschritt sichtbar ist. Wie bei meiner Schwester Petra und dem unglaublichen Felix von den Radikalen Autonomen Fahrradfreaks (RAFF), über dessen Fehltritte ich quartalsweise am Telefon Geschichten zu hören bestimmt bin. »Paula, du weißt, ich bin ja gar nicht spießig«, wo ich mir dann immer das »So wie du« dazudenke. Sie leidet ein bißchen, und dann, ein-, zweimal nett gevögelt, und alle Wut und alle Trennungspläne sind vom Tisch.

»Er muß halt *Rücksicht* darauf nehmen, was *die Gesellschaft* von ihm denkt, selbst wenn das bloß 'n paar Lehrer sind. Ich bitte dich!« Kathrin redete sich langsam in Rage. Überraschend kraftvoll drückte sie ihren Zigarettenstummel in den Aschenbecher. »Und das äußert sich dann selbstverständlich bei jeder Gelegenheit, wo ich zu lange mit irgend 'nem Kerl spreche. Er macht mir 'ne Szene, weil er denkt, jeder müßte denken, warum unterhält die sich mit dem, wenn sie doch so 'nen tollen Hecht zu Hause hat. Da *muß* doch was sein. Und damit ist er natürlich auch d'accord mit diesem Scheißkaff, wo's ja auch die meisten komisch finden, wenn verheiratete Frauen allein weggehen oder andere männliche Freunde haben.« Sie schnappte sich wieder ihre Zigaretten. »Und deshalb begleite ich heute eine Freundin. Das glaubt er mir zwar sowieso nicht, aber so kann er wenigstens nichts dagegen sagen.«

Wir bogen auf die zweispurige Schnellstraße ein, die als Marburger Stadtautobahn fungierte. Die Kolonne löste sich von hinten her auf. Irgendwann war auch ich an der Reihe zu überholen. Ich sah im Rückspiegel, wie Kathrin in den Taschen ihrer auf der Bank abgelegten Kostümjacke kramte. »Zucchini?« fragte sie beiläufig, als wäre das nicht offensichtlich. Die Zucchinidiebe hatten in der vergangenen Nacht leider anderes zu tun gehabt.

»Willst du welche?« offerierte ich. »Du kannst sie alle haben.«

Kathrin kehrte weiter das Innere ihrer Jackentaschen nach außen. »Gern«, erbot sie sich, mir das leidige Gemüse vom Hals zu schaffen. »Sag mal, hast du vielleicht ein paar Tempos dabei? Ich hab meine vergessen.«

Ich bog von der Schnellstraße ab und stoppte vor der Ampel an der Ausfahrt, die wie immer rot war. »Kuck mal ins Handschuhfach, vielleicht sind da noch welche.« Die Ampel sprang um, und ich fädelte mich in den Marburger Stadtverkehr ein.

»Da liegt ein Brief an dich drin. Der ist noch zu.«

»Mach ihn mal auf und lies vor«, bat ich.

Kathrin riß das Einschreiben auf, entfaltete ein mehrseitiges Schriftstück und hüstelte. »Sehr geehrte Dame, sehr geehrter Herr, Bund und Länder haben Ihre Ausbildung mit Darlehen nach dem Bafög gefördert ... Das ist aber viel. Wie willst du das denn zurückzahlen?«

»Steck ihn weg«, seufzte ich. Der Brief landete wieder im Handschuhfach. »Hast du wenigstens Tempos gefunden?«

Kathrin winkte mit einem zerknautschten, wiewohl sauberen Päckchen Papiertaschentücher. Nachdem sie es in ihre Jackentasche verfrachtet hatte, bot sie mir eine Zigarette an, die ich gern nahm. »Ich hab übrigens Bernhard erzählt, daß wir uns letzte Woche in der Stadt kennengelernt haben und am Samstag abend in der Kneipe verabredet waren.«

»So«, merkte ich an.

»Und du kannst dich wirklich an nichts erinnern?« fragte sie nach.

»Doch. Ich kann mich wunderbar an eine blödsinnige Melodie erinnern«, erklärte ich. »Alles andere weiß ich von Axel.« Zögernd gab ich zu, daß ich im nachhinein fast froh über meinen öffentlichen Auftritt war. »Ich hätte bei den Bullen ganz schön alt ausgesehen, wenn mich Rüdiger nicht gesehen hätte. Von deiner Existenz wußte ich ja noch gar nichts, als die mich das erste Mal gefragt haben, wo ich Samstag abend war.«

»Rüdiger?« fragte sie. Ich schaffte die Ampel nicht mehr und blieb gereizt stehen.

»Ja, Rüdiger von Bohr, ein Exmitschüler von mir. Der Bruder von Heiners Freundin«, erläuterte ich.

Kathrin runzelte die Stirn. »Ich weiß schon. Aber der ist doch selber erst kurz vor Schluß in die Kneipe gekommen. Gegen Mitternacht, glaub ich.«

Ich trommelte auf dem Lenkrad herum. »Dann hat er ja noch das Wesentliche mitgekriegt. Und den Rest hat ihm vielleicht irgendwer erzählt.«

»Ich jedenfalls nicht«, sagte Kathrin. Endlich fuhren wir wieder.

»Woher kennst du Rüdiger eigentlich?« fragte ich neugierig. Vielleicht brachte der Umweg über Rüdiger etwas Licht in Kathrins Beziehung zu Heiner.

»Weisheitszahn«, sagte sie knapp. Dann schwiegen wir, bis wir auf dem Friedhofsparkplatz angelangt und zu Fuß zur Kapelle gegangen waren.

Die Kapelle war voll. Offenbar war sie für den Heimgang einsamer alter Menschen konstruiert worden, denn obwohl der Gottesdienst noch nicht angefangen hatte und immer noch Trauergäste eintrafen, fanden wir nur noch eineinhalb Plätze in der letzten Reihe links, zwischen Menschen, die ich nie zuvor gesehen hatte. Wir mußten uns an Knien vorbeidrücken, weil diejenigen, die direkt am Mittelgang saßen, keinesfalls bereit waren, ihre strategisch günstigen Sitze aufzugeben und zu rutschen. Dann saßen wir eingekeilt zwischen einem Mann in Heiners Alter und einer Gruppe professioneller Beerdigungsbesucher. Durch rundbögige Fenster mit blauen Mosaiken wurde das Sonnenlicht beim Hereinfallen abgekühlt. Auf einer Empore hinter uns improvisierte jemand auf der Orgel. Vorne brannten große Kerzen. Ein Stehpult mit Mikrofon war da und auch der Sarg, zentral auf einem durch Blumen unsichtbar gemachten Gestell. Die Sitzreihen vor uns waren gefüllt mit schwarzen und dunkelblauen Rücken, einige zusammengesunken, einige aufrecht, keiner drehte sich um.

Punkt halb zwei trat ein dunkelhaariger Jungpastor mit Hornbrille ans Pult. »Wir feiern diesen Gottesdienst im Namen Gottes, der Himmel und Erde gemacht hat«, verkündete er. Nun, Himmel und Erde und Tiere und Pflanzen und Kain und Abel.

»Herr, du bist unsere Zuflucht für und für.« Hinter uns klappte die Tür, aber niemand kam durch den Gang. »Du lässest sie dahinfahren wie einen Strom, sie sind wie ein Schlaf, wie ein Gras, das am Morgen noch sproßt.« Ich wandte mich um. An der Wand neben der Eingangstür sah ich einen weißen Trenchcoat über hellen Hosenbeinen. Mein Blick endete in den dunklen Augen Klingelhöfers, der kühl nickte. Steinmetz neben ihm war zwar in seinem schwarzen Jackett angemessener bekleidet, wirkte aber deutlich verlegener. Vielleicht war es seine erste berufsbedingte Beerdigung.

»Unser Leben währet siebzig Jahre, und wenn's hoch kommt, so sind's achtzig Jahre.« Irritiert schaute ich wieder nach vorn. »Und was daran köstlich scheint, ist doch nur vergebliche Mühe.«

Das Schluchzen aus den ersten Reihen wurde unüberhörbar. Was wollte der Mann uns sagen? Vielleicht war er ein Evangelikale, der es Heiner noch als Glück auslegen würde, daß er so früh das Angesicht Jesu sehen durfte, noch dazu in der immer günstigen Abel-Position. Vielleicht hatte er aber einfach nur das Seminar *Trauergottesdienste* geschwänzt.

Ich fand niemanden, der meine Mißbilligung geteilt hätte. Kathrin saß mit eingezogenen Schultern und nassem Gesicht vornübergebeugt an meiner linken Seite. Der mutmaßliche Grundschulfreund Heiners rechts von mir saß steif und ungerührt in seinem schlechtsitzenden schwarzen Anzug.

»Paulus schreibt in seinem ersten Brief an die Korinther ...«, fuhr der Talarträger fort. Ich versuchte, Bekannte zu entdecken, um dieser mitfühlenden Stimme zu entgehen, die sich doch nur in der Sicherheit der kanonischen Texte bewegte. Das blaue Licht in der Kapelle machte es aber schwer, die Hinterköpfe zu identifizieren. Immerhin erkannte ich die Geschwister von Bohr, den mageren, hochaufgerichteten Oberkörper Rüdigers und daneben die zusammengesunkene, etwas breitere Gestalt Annes. Dann entstand in den hinteren Reihen mißfälliges Geraune. »... keine Hochzeit«, hörte ich und merkte auf.

»... Sie suchet nicht das Ihre, sie läßt sich nicht erbittern, sie rechnet das Böse nicht zu, sie freuet sich nicht der Ungerechtigkeit, sie freuet sich aber der Wahrheit«, predigte der professionelle Trostspender. Der Text kam mir vage bekannt vor, und die Stelle schien mir angesichts der besonderen Umstände von Heiners Tod auch gar nicht so schlecht. »Sie verträgt alles, sie glaubet alles, sie hoffet alles, sie duldet alles.« Kathrin begann zu wimmern. Der Schulfreund rutschte auf seinem Stück Bank herum. Links von uns wurde weiter zischelnd Gottesdienstkritik geübt, und als der Pastor weitersprach, verstand ich auch, warum. »Die Liebe höret nimmer auf«, und blitzartig sah ich Heiner, wie er in seiner ganzen Vitalität in seinem Schlafzimmer stand, lächelnd, redend, seine Augen, und dann eine nackte Frau mit einem weißen Oval anstelle eines Gesichts, die mit dem langen Messer in der Hand auf ihn zustürzte. »Jetzt erkenne ich stückweise; dann aber werde ich erkennen, gleichwie ich erkannt bin. Nun aber bleibt Glaube, Hoffnung, Liebe, diese drei; aber die Liebe ist die größte unter ihnen.« Der Mann mußte wahnsinnig sein.

Das Getuschel um mich herum verebbte, als er Heiners Leben erzählte. Ich lehnte mich zurück und ließ den Bibeltext in mir nachhallen. *Die Liebe ist die größte unter ihnen.* Meine Beziehung zu Heiner hatte damals abrupt geendet. Ich hatte mich so danebenbenommen, daß wir einander hinterher nicht mehr sehen wollten. Er hatte naheliegende Gründe, ich schämte mich meiner Ausfälle. Dabei wäre es ohnehin nicht mehr weitergegangen mit der Wochenendliebe: Wenigstens mein Konto war so überzogen, daß ein eineinhalbmonatiger Ferienjob nicht ausreichte, es wieder zu füllen. Meine Affäre mit Heiner hatte ein Semester in einer Putzkolonne nach sich gezogen. Ich erinnerte mich vage an Treppenhäuser, behördliche Schreibtische und Aktenschränke, an die Zerschlagenheit abends und meine Unfähigkeit, einen wissenschaftlichen Text zu lesen, vom Verstehen gar nicht zu reden. Und am nächsten Morgen hatte ich wieder mein Putzeimergestell vor mir hergeschoben und mit dem Wischmop Fußböden poliert, Mord im Sinn. Ein Stück meines Lebens war verschwunden gewesen, und jedesmal, wenn ich den Wischmop in das dreckige Putzwasser steckte, stellte ich mir vor, wie ich Heiners Kopf in die Lauge tauchte und erst losließ, wenn er sich nicht mehr bewegte. Natürlich hatte ich mir nichts sehnlicher gewünscht, als daß er plötzlich unvermutet vor mir gestanden hätte. Mit seinem etwas schiefen Lächeln hätte er gesagt, er freue sich, mich zu sehen. Aber da das nie passierte, hatte ich weiter Fußböden geschrubbt und Heiner gedanklich ins Jenseits befördert, weil er für mich schon längst dort drüben war. So war das damals gewesen. Und vielleicht, wer weiß, war er am Samstag an eine geraten, die sich nicht mit Phantasien begnügte.

Als die Orgel mit einer traurigen Melodie einsetzte, schrak ich aus meinen Erinnerungen auf. Der Pfarrer rauschte durch den Mittelgang an den Trauergästen vorbei und stieß die Kapellentür auf. Ungefärbtes Licht fiel in den Raum. Vorn erhoben sich die Träger und rollten das Gestell mit dem *Erdmöbel* – die Bezeichnung hatte ich in Andis *Spiegel* gelesen – durch den Gang. Alle standen auf, und die ersten Reihen schlossen sich dem Sarg an. Ich sah die zerquälten Gesichter des alten Ehepaars, das den Auszug der Trauergäste anführte. Kathrin neben mir trocknete ihr Gesicht und putzte sich die Nase. Bald nach den Leuten, denen eine gewisse Ähnlichkeit mit dem lebenden Heiner anzumerken war, folgten Anne und Rüdiger. Anne weinte, und Rüdiger hatte wieder den Arm um ihre Schulter gelegt. Diesmal machte er aber keine Anstalten, sie zu trösten, sondern starrte, versunken in den eigenen Schmerz, dem Sarg hinterher. Die Ringe unter seinen Augen hatten sich vertieft. Ich erspähte ferner die medizinische Creme der Gesellschaft unserer Stadt, den Chefarzt des Krankenhauses und den leitenden Chirurgen; weiter hinten im Kollegenpulk leuchtete der rote Schopf Andis. Wir reihten uns am Ende des Zugs ein und traten in die Sonne hinaus. Etwas abseits der Kapelle standen die beiden Kriminalbeamten, Steinmetz hielt unauffällig eine Zigarette in der hohlen Hand.

Wir zogen durch eine Allee mit jungen Ahornbäumchen, deren

Laub sich zum Teil gefärbt hatte, zum Teil bereits auf dem Boden raschelte. Wir gingen durch Schattenflecken, wenn wir ein Bäumchen passierten, dann traten wir wieder in das grelle Herbstlicht. Wir erreichten einen Teil des Friedhofs, der wie ein alter Wald war, in dem hier und da ein paar überwucherte Gräber lagen. Es roch schon modrig vom faulenden Laub. Die Atmosphäre machte mich melancholisch. Kathrin knetete ein Papiertaschentuch. In einigem Abstand folgten Klingelhöfer und Steinmetz.

Wir kamen jetzt in einen Bereich des Parks, in dem auf einer Lichtung neuere und ganz frisch aufgeschüttete Gräber lagen. Auf einem Kindergrab war ein weißer Vogel aus Ton aufgestellt, den ich für eine Ente hielt. Zwischen den Flußkieseln auf dem Grab steckte eine Windmühle, so ein Kirmesspielzeug, dessen Flügel aus blauem Alu stillstanden. Um das Spielzeug herum gab es viele gelbe Blumen.

Dann standen wir um das Loch herum, und die Träger ließen den Sarg hinunter. »Nachdem es Gott gefallen hat, unseren Bruder Heiner Feußner aus diesem Leben abzuberufen, legen wir seinen Leib in Gottes Acker.« Wer auch immer Heiner aus diesem Leben abberufen hatte, vielleicht befand sie oder er sich unter den teils traurigen, teils um einen angemessen würdevollen Gesichtsausdruck bemühten Gestalten um uns her. Ich schaute mich um, während wir das Vaterunser murmelten, aber der einzige Erkenntnisgewinn, der mir zuteil wurde, war der, daß die katholischen Gäste dieser Veranstaltung mit dem Gebet immer noch zwei Zeilen zu früh aufhörten. »Denn Dein ist das Reich und die Kraft und die Herrlichkeit in Ewigkeit. Amen.«

Dann trat der Pfarrer ans Grab und warf seine drei Schäufelchen Erde hinein. Kathrin schluchzte. Mir wurde eiskalt. Wenn ich das *Staub zu Staub* höre, sehe ich jedesmal kleine Menschen in grauer, mittelalterlicher Bekleidung, die ergeben das Haupt neigen vor der Macht, die ihnen so unendliche Leiden schenkt. Auf einer Bank in der Nähe saßen Klingelhöfer und Steinmetz und beobachteten, wie einer nach dem anderen aus dem Trauerzug trat, um Erde oder Blumen ins Grab zu werfen und den Hinterbliebenen sein Beileid zu murmeln.

Anne trat jetzt hin. Sie warf ein paar fast schwarze Rosen in das Loch, blieb dann stehen, holte Luft und sang, leise erst, aber dann mit ihrer geschulten Stimme immer lauter:

In a dream
It would seem
I went to those who close the open door.
And turnin' the key
I said
And spoke to those inside of me.

They answered my questions with questions
And they pointed me into the night
Where the moon was a starpainted dancer
And the world was just a spectrum of light.
They reached to my center of reason
And pulled down the touchstone that's there.
The shock of that light had me reeling
And I fell into the depth of despair.

Und dann weinte ich doch.

Später im Café, als wir in unseren Tassen rührten und über das lichtdurchflutete Lahntal hinsahen, gestand Kathrin, daß sie bis vor kurzem Heiners Geliebte gewesen war.

abends

Ich schloß die Wohnungstür auf und hörte Gemurmel aus Martins Zimmer. Eine Stimme gehörte ihm, die andere konnte ich nicht recht zuordnen, obwohl ich sicher war, mit der Frau bereits irgendwann in den letzten Tagen gesprochen zu haben. Höflichkeitshalber klopfte ich, bevor ich die nur angelehnte Tür, ohne auf ein ›Herein‹ zu warten, aufschob. Die Spenderin des Graphikprogramms saß am Computer und bearbeitete die Tastatur.

Martin riß seinen Blick vom Bildschirm los, um mich zu begrüßen. So, wie er grinste, mußte er den Grund meiner Abwesenheit vollends vergessen haben. »Hi, Paula. Wir haben ihn bald wieder klar. Heike hilft mir und installiert dann auch gleich das Graphikprogramm neu.« Heike hob grüßend eine Hand, mit der anderen tippte sie weiter.

»'n Abend. Ich will euch nicht weiter stören«, sagte ich.

Sichtlich erleichtert wandte sich Martin wieder dem Bildschirm zu. Während ich die Tür hinter mir zuzog, hörte ich ihn noch rufen: »Und, wie war dein Tag?« Eine Frage, die ich wahrlich für keiner Antwort würdig hielt.

Was ich mir wünschte, waren Bier und ein Gespräch, das sich nicht um Dateien, Setups und Speicherkapazitäten drehte. In der Jackettasche meines Ausgeh-Hosenanzugs fand ich die Nummer, die ich brauchte. Ich wählte die fünf Ziffern, die auf dem Blättchendeckel standen. Es klingelte lange. Als ich schon auflegen wollte, wurde doch abgenommen.

Eine verschlafene Stimme nuschelte mir ins Ohr. »Ja? Krawczik?«

»Äh, Norbert?«

»Hmhm.«

»Paula hier. Hast du Lust, gleich ein Bier trinken zu gehen?«

»Notfalls.«

So einsilbig hatte ich den Mann nicht in Erinnerung. Ich reduzierte meine Äußerungen auf das Minimum, das auch bei einem Schlaftrunkenen haften bleibt. »Um neun? Im *Rusti*?«

»Im wo?« Stimmt, er konnte ja gar nicht wissen, was das *Rusti* war.

»In der Kneipe *Zum Turm* oder so, gegenüber vom *Kontra*, nee, *Edeka-Aktiv*.«

»... spät isn?«

Ich schaute auf meine Armbanduhr. »Bald acht.«

»Okeeh. Um neun. Tschö.«

Ich hielt den Hörer verdutzt in der Hand. Vielleicht hätte ich lieber Andi anrufen sollen.

Die runden Tische auf der gekiesten Fläche vor dem *Rusti* waren sämtlich besetzt. Schließlich war es, obwohl bereits dunkel, ein sommerlich warmer Freitagabend. Ein mir unbekannter Zwanzigjähriger wieselte mit einem Tablett zwischen den Tischen herum und folgte mir dann ins verrauchte Innere der Kneipe. Die Theke war am oberen und unteren Ende dicht besetzt, an der Gangseite, wo sich ständig Leute auf dem Weg zum oder vom Klo vorbeidrückten, dagegen fast leer. Ziemlich weit hinten saß Norbert vor einem halbvollen Bier. Auf der großen Uhr hinter der Theke war es gerade kurz nach neun. Offenbar trank er zügig. Axel grinste mir vom Zapfhahn aus zu. Einige Gesichter an den erst halb besetzten Tischen bei der Musikbox waren mir vage vertraut. Die Musik war bewährt altmodisch. Axel hatte seine Klassikerkassette eingelegt – Lieder mit langen Gitarrensoli –, in die sich nur von Zeit zu Zeit was Neueres verirrt hatte. Gerade sangen die Eurythmics die ersten Takte von *Sweet Dreams*.

»Hallo«, begrüßte ich Norbert und setzte mich auf den freien Hocker neben ihm.

»Schönen guten Abend«, erwiderte er. »Sollen wir an der Bar sitzen bleiben?« Er grinste. »Du gehörst doch bestimmt nicht zu den Frauen, die unbedingt an Tischen sitzen müssen, weil's *gemütlicher* ist.«

»Hier ist der Nachschub sicherer.« Ich hatte keine Lust, mit Norbert über Frauen herzuziehen, die mit ihrem Freund an einem Tisch saßen, ein Mineralwasser nippten und so was ernsthaft als »Gestern waren wir mal wieder schön in der Kneipe« verkauften, obwohl es zweifellos ein dankbares Thema war. An dem Tisch direkt neben der Bühne saßen eine Schwarzhaarige mit langer Nase und eine dicke Wasserstoffblonde, die aus meinem Jahrgang sein mußten. Sie tranken ihr Bier, ehe es schal werden konnte, und parlierten dabei angeregt, mit raschen Seitenblicken. Wie hießen sie doch bloß?

Axel fragte nach meinen Wünschen, bevor sich mein Trinkkumpan über meine neuerliche Unaufmerksamkeit beschweren konnte. Ich bestellte ein großes Pils, das auch rasch kam. Bestrebt, meinen Rückstand hinter Norbert aufzuholen, trank ich den ersten großen Schluck.

»Gibt's was Bestimmtes«, erkundigte er sich. »Geht's um mich? Geht's ums Bier? Und warum so eilig?«

»Um Mord«, informierte ich ihn. »Ich muß das nur erst mal alles sortieren. Es ist so, daß seit Montag alle Leute von mir irgendwas über Heiner wissen wollen. Das am Dienstag hast du ja selbst mitgekriegt. Die Freundinnen meiner Mutter glauben zum Beispiel, daß, wenn ich den Mann nicht selber umgebracht habe, ich wenigstens ein Verhältnis mit ihm gehabt haben müßte.«

»Moment, Moment«, unterbrach mich Norbert. »Auf jeden Fall weißt du viel mehr als ich. Vielleicht erzählst du der Reihe nach.«

Also erzählte ich der Reihe nach, vom Konzert, von der Frühstückseinladung, von meinem Blackout in der Tatnacht und dem, was ich Zeugen zufolge an dem fraglichen Abend getrieben hatte. Während er noch lachte, bestellte ich ein neues Bier.

»Ich hab ja schon drüber nachgedacht, ob ich's nicht selbst gemacht hab. Schließlich war ich ja ein bißchen außer Kontrolle.«

»Ein bißchen außer Kontrolle!« kicherte Norbert.

»Oh, Mann, krieg dich wieder ein«, ranzte ich ihn an.

»Schade, daß ich nicht dabei war.« Dann wurde er ernst. »Also du bist raus. Und diese Freundin von ihm, Anna, auch.«

»Anne«, korrigierte ich. »Ja, die war gar nicht da. Außerdem ist sie für meinen Geschmack keine Mörderin. Sie kann kein einziges Gefühl in sich reinfressen. Du mußt sie dir mal ansehen. Sie ist Sängerin in so 'ner Spätpunkband, *Pink Lemons*.«

Norbert verzog das Gesicht. »Nicht gerade meine Musik.«

»Meine auch nicht.« Wir tranken uns zu. Dann kam ich wieder zur Sache. »Die Polizei ist sich übrigens nicht sicher, ob's nicht vielleicht doch ein Mann gewesen ist. Die haben sogar Martin verhört.«

»Das liegt nahe«, stellte Norbert unverschämterweise fest. »Und?« Ich bedachte ihn mit einem eindeutigen Blick. »Hat diese Punkfrau keinen abgelegten Liebhaber?« fragte er dann.

»Doch. Sogar einen anerkannt eifersüchtigen. Aber leider studiert der seit knapp einem halben Jahr Betriebswirtschaft in Amerika.«

»Bah«, Norbert schüttelte sich. »Der wäre ja ganz spontan mein Lieblingskandidat. Aber er ist nicht hiergewesen, nein?«

Ich verneinte.

»Vielleicht doch der Bruder? Unerlaubte Geschwisterliebe, er ist sauer, daß sein bester Freund ihm die Schwester ...«

»Quatsch«, beendete ich seinen Redebeitrag. »Ich bin noch nicht fertig. Deine Kollegin Kathrin war heute mit mir auf der Beerdigung. Und da stellt sich raus, daß sie Heiner nicht nur flüchtig kannte, sondern bis vor ein paar Monaten mit ihm liiert war.«

»O-oh«, war alles, was mein Thekenfreund von sich gab.

»Am Samstag hat sie mich nach Hause gebracht. Sie war bestimmt nicht so strunz wie ich. Nur mal angenommen. Von uns aus sind es bis zu Heiner maximal drei Minuten zu Fuß.«

Norbert murmelte etwas: »... nicht schön.«

»Ich weiß. Ich fühle mich auch ganz schlecht.«

»Ich kann so was der Kathrin, die ich so flüchtig als Kollegin kenne, nicht zutrauen«, setzte er zu einer längeren Ehrenrettung der Lehrer an. Da fiel mir etwas ein. Ich unterbrach ihn.

»Es könnte natürlich auch Bernhard gewesen sein.« Wohlige Wärme breitete sich in meinem Bauchraum aus, während ich das Szenario entwickelte. »Der ist ebenfalls erwiesen eifersüchtig. Er erfährt von der Affäre seiner Frau. Kathrin ist nicht zu Hause. Bernhard geht zu Heiner. Vielleicht hofft er ja, beide in flagranti zu erwischen.«

»Das könnte dir so passen«, grinste Norbert. »Nachdem das Verhältnis schon längst zu Ende ist?«

»Das muß Bernhard ja nicht wissen. Heiner läßt ihn rein, Kathrin ist nicht da. Bernhard randaliert trotzdem. Heiner lacht ihn aus, und dann nimmt Bernhard das Brotmesser.«

»Und seither leidet er an Gastritis, weil es doch zuviel Blut und Streß war«, beendete Norbert in etwas zu leichtfertigem Ton meinen Gedankengang. »Einfach und liebenswert wäre die Welt, wenn alle Mörder so unsympathisch wären wie Kollege Fuhrmann. Aber sag mal, im Ernst, willst du das nicht wirklich der Polizei überlassen?«

»Sicher«, antwortete ich. »Ich sitze hier mit dir, um mir einen Rat zu holen. Soll ich dem Kommissar erzählen, was ich über Kathrin weiß, oder lieber die Sache für mich behalten?«

»Ui!« Norbert wedelte mit seinem Bierglas in Richtung Axel. Dann warf er einen Blick auf mein annähernd leeres Glas und bedeutete unserem Wirt, daß zwei Biere benötigt würden. Axel nickte und schob gleich darauf die Getränke zu uns.

»Erst mal«, sagte er, nachdem wir die neuen Biere angetrunken hatten, »beneide ich dich nicht. Vielleicht wartest du einfach, bis sie dich fragen?«

»Das kommt bestimmt«, brummte ich düster. »Ich hab Klingelhöfer und seinen Assi auf der Beerdigung gesehn.«

»Na dann ...«

»... ist das Problem immer noch dasselbe. Ich kann Kathrin einfach als 'ne Freundin von mir ausgeben. Du weißt ja, zu solchen Anlässen schleppt jede Frau ihre beste Freundin mit. Oder ich kann sagen, daß sie Heiners Geliebte war, und weitertratschen, was sie mir heute nachmittag erzählt hat.« Ich dachte nach. »Ich behalte es wohl besser für mich. Heiner ist es schließlich egal, ob sein Mörder gefunden wird. Darüber ist er wohl hinaus.« Ich schluckte und trank ein bißchen Bier, um den dicken Brocken in meiner Kehle wegzuspülen.

Norbert schaute mich kurz und prüfend von unten herauf an. Dann spielte er mit der nassen Manschette am Fuß seines Glases. »Du willst es doch wissen. Und seine Eltern wahrscheinlich. Und korrekt ist es auch. Wir reden hier ja schließlich nicht von Hausfriedensbruch oder vom Rumschnippeln an irgendwelchen Atomkraftwerksbauzäunen. Was ich sagen will, ist, hier ist ein Kapitalverbrechen passiert, und deine Linke-Aktionsgruppen-Solidarität aus den Achtzigern, die ja nun auch längst vorbei sind, solltest du hier nicht zum Maßstab machen.« Er richtete sich wieder auf und grinste mich an: »Sonst halte ich dir nämlich denselben Gewaltmonopol-Vortrag wie meinen Schülern. Vergiß nicht, daß du mit einem Historiker redest. Und außerdem«, setzte Norbert noch eins drauf, »ist es die einzige Möglichkeit, daß die Bullen deine Lieblingshypothese überprüfen. Ich meine, bezüglich des eifersüchtigen Gatten.«

»Ist gut«, stöhnte ich. Ich fühlte mich auch nach seinem Vortrag nicht einen Deut besser beim Gedanken daran, daß durch mein Zutun der doofe Bernhard von der Liebschaft seiner Angetrauten erfahren könnte. Dann trank ich mein Bier aus. Als Norbert neu bestellen wollte, hielt ich ihn zurück. »Ich geh dann mal nach Hause, telefonieren.«

»Och nöö«, sagte er. »Ich hätte dir gern noch meine Geschwisterliebe-Theorie detailliert erklärt.«

Ich zögerte. Eigentlich wollte ich auch noch nicht nach Hause gehen. Klingelhöfer und Steinmetz waren bestimmt nicht mehr im Büro, dafür saßen Martin und diese Referendarin garantiert noch in trauter Zweisamkeit vor der Kiste. Hier dagegen war *Davy* immer noch *on the road*, es roch nach Bier, Zigaretten und Menschen. Und mein Nachbar war mit Sicherheit ein besserer Gesellschafter als unser Fernsehgerät.

»Eins noch«, gestand ich uns, vorgeblich zögernd, aber in Wirklichkeit ganz gern zu.

Es wurden zwei Biere. Norbert entwickelte seine Seifenoper, dann sprachen wir über anderes. Gegen Mitternacht gingen wir. Axel grüßte uns, »Bis die Daache«, und nahm aus seinem hinter der Theke bereitstehenden Glas einen kräftigen Schluck. Ich grüßte beim Rausgehen durch ein unverbindliches Kopfnicken in Richtung des Tisches, wo die beiden Frauen immer lebhafter gestikulierten. Die Schwarzhaarige grinste zurück, stieß die Blonde an und murmelte ihr etwas zu, worauf diese sich ebenfalls in meine Richtung drehte und grüßte. Auf unserem Jahrgangstreffen morgen würde ich die beiden bestimmt wiedersehen. Vielleicht fiel mir bis dahin wenigstens ein Name ein.

Die Tische draußen waren nicht mehr ganz so voll besetzt, aber die Lichterkette mit den bunten Birnchen brannte unverdrossen. Der Verkehrslärm von der Durchgangsstraße untermalte das Geplauder der Gäste, und ich hatte einen Moment lang fast den Eindruck, in einer richtigen Stadt zu sein.

»Soll ich dich nach Hause bringen?« fragte Norbert. »Ich bin mit'm Auto da.«

Ich schüttelte den Kopf. »Nee. Ich brauch 'n bißchen frische Luft. Und eilig hab ich's auch nicht.«

Wir standen vor dem restaurierten Türmchen, das direkt neben der Kneipe lag und ihr den neuen Namen gegeben hatte. Norbert mußte nach rechts, ich nach links weiter. »Ja, dann«, sagte er, ohne seinen Satz zu beenden. Ich scharrte ein bißchen im Kies, suchte nach ein paar Worten, fand aber keine passenden und versuchte es dann mit einer halbherzig freundschaftlichen Umarmung. Norbert roch ganz gut, nur ein schwacher Anflug eines etwas besseren After-shaves streifte meine Nase, und er hielt mich sehr angenehm fest. Dann küßte er mich, und seine Lippen fühlten sich schmal und fest an. Es war ganz gut.

Ich lehnte mich mit dem Rücken gegen das Turmgemäuer und genoß das Gemisch aus Rauch, Bier und Spucke, das wir produzierten. Ein Antiraucherwerbespruch von vor fünfzehn Jahren fiel mir ein: *Wer küßt schon gerne Nikotin?* Ich verlor mich in Gedanken an einen Liebhaber, der mich zum Rauchen auf die Terrasse schickt, mir mit ekelverzerrtem Gesicht Doublemint-Kaugummis zusteckt, die ich verabscheue, und dessen Körperausdünstungen an den Milchgeruch eines Babys gemahnen.

Norbert ließ mich los und beklagte sich: »Du bist wirklich immer unkonzentriert, wenn du mit mir zusammen bist.«

»Tut mir leid«, murmelte ich.

»Es war wohl keine so gute Idee«, murmelte er. Dann legte er eine Hand auf meinen Ellenbogen und drückte ihn leicht. »Nichts für ungut, woll? Ich fänd es nett, wenn wir uns trotzdem irgendwann noch mal treffen.«

»Sicher«, sagte ich. »Vielleicht kann ich mich ja auch irgendwann mal wieder konzentrieren.«

Winkend schob er ab. Nach ein paar Schritten drehte er sich noch einmal um und rief: »Hast du eigentlich schon dran gedacht, daß dein Ex noch ein paar mehr Geliebte gehabt haben könnte?«

Martin und Heike hatten die Beschäftigung mit Bits und Bytes wohl zu ihrer Zufriedenheit beendet, denn sie hatten nicht nur ihren Arbeitsplatz verlassen, sondern auch das Haus.

In unserem sogenannten Wohnzimmer fand ich den Fernseher, der im Laufe der Woche aus meinem Zimmer verschwunden war. Er befand sich nebst dem mittlerweile angeschlossenen Videorecorder auf dem neuen TV-Video-Möbel. Meine ausgeleierte Bettcouch aus Studientagen war das einzige übrige Mobiliar im Raum. Eine aufwendigere Einrichtung des Zimmers wäre auch seinem Zweck zuwidergelaufen, der darin bestand, sich aufs Sofa fallen zu lassen und so lange zwischen den unterschiedlichen Freitagsspätfilmen hin und her zu zappen, bis zwischen den ganzen markigen Westerngesichtern die ausdrucksvolle Nase Lino Venturas erscheint. Als ich gerade angefangen hatte, der Handlung des Films mit so viel Interesse zu folgen, daß ich wenigstens den Bösen identifizieren konnte, klingelte das Telefon.

Ich war versucht, es zu ignorieren. Niemand soll sich nach einem traurigen und verwirrenden Tag neuen Komplikationen aussetzen müssen, bloß weil ein Kommunikationsmedium mit einem nervenzerfetzenden Geräusch vor sich hin lärmt. »Ja«, blaffte ich ins Gerät. Ich hörte heftiges Atmen. War das etwa schon der erste unbefriedigte Provinzehemann auf der Suche nach Triebabfuhr? »Blöder Wichser!« fauchte ich spontan und zögerte mit dem Auflegen, hoffend, daß mir noch eine befriedigendere Verwünschung einfiele. Das Atemgeräusch klang allerdings, wenn man länger hinhörte, eher nach dem Schluchzen eines kleinen Mädchens als nach dem orgasmischen Röcheln eines Mannes.

»Hallo!« rief ich noch einmal ungehalten.

»Paula?« schniefte es aus dem Telefon. »Bitte leg nicht auf. Ich bin's, Kathrin.«

»Oh.«

»Kann ich …«, ihre Stimme zitterte. »Ich erreich Heike nicht. Ich zieh aus. Kann ich bei dir übernachten?«

Es verschlug mir für einen Moment die Sprache vollends. Als sie zurückkam, brachte ich nur die sachlich wohl richtige Äußerung »Heike is wahrscheinlich mit Martin weg« heraus.

»Bernhard hat mich rausgeschmissen«, kam vom anderen Ende, eine Information, die für mich ungefähr genauso relevant war wie für Kathrin die Abendgestaltung ihrer Freundin. Immerhin verlor mein Mißtrauen gegenüber Kathrin angesichts des neuhinzugekommenen Gesichtspunkts *Frauensolidarität* an Gewicht.

Ich kam auf ihr eigentliches Anliegen zu sprechen. »Ja, klar, komm doch vorbei«, lud ich sie ein, gespannt, was sie zu berichten hatte.

»Ich bin dann gleich da«, sagte Kathrin. Während sie sich noch überschwenglich bedankte, legte ich auf.

Ich schaltete den Fernseher ab. Auf der Suche nach etwas Hochprozentigem, das ich leidtragenden Scheidungsopfern anbieten konnte, fand ich in der Küche lediglich eine halbvolle Flasche Gin. Genießbareres schien nicht vorhanden zu sein. In einem Anflug von grausamer Wirtschaftlichkeit stellte ich den Gin ins Wohnzimmer. Dann partizipierte ich an Martins Flasche für besondere Gelegenheiten, dem Veterano aus einem unteren Fach seines Bücherregals. Während ich an dem gut eingeschenkten Glas süffelte, wurde die Wohnungstür geöffnet. Martin rief nach mir und fand mich gegen die Arbeitsplatte in der Küche gelehnt.

»Der Computer läuft wieder«, teilte er mir strahlend mit. »Wir können ihn rüber zu dir schaffen, und du kannst anfangen. Heike sagt, da passiert erst mal nichts mehr. Schade, daß du eben nicht mehr da warst, du hast ein gar nicht so übles chinesisches Essen verpaßt.«

All das war zwar erfreulich, interessierte mich jedoch im Moment herzlich wenig. »Wir kriegen Besuch.«

»Na, ist doch schön. Wer denn?«

»Deine Kollegin Kathrin will hier übernachten.«

Martins Gesicht fror ein. »Oh. Hat's da doch mal gekracht, ja?«

»Der Schwachkopf hat sie rausgeschmissen. Sie hat grad angerufen und müßte eigentlich jeden Moment hier sein«, setzte ich ihn über die Fakten in Kenntnis.

Martin schwieg einen Moment. »Blöd«, sagte er dann. »Ich meine, nicht, daß ich Bernhard besonders gut leiden könnte, aber ich hab mit ihm immer mehr zu tun gehabt als mit Kathrin.«

»Nun, das wird eben in Zukunft anders sein«, bemerkte ich. Lehrerzimmerdiplomatie war hier fehl am Platz.

Schon kündigte die Klingel unsere Besucherin an. Sie trat mit einer kleinen Reisetasche, roter Nase und verlaufener Wimperntusche auf den Wangen in unseren Flur. »So«, sagte Kathrin mit entschlossener Stimme, als sie ihre Tasche abstellte. »Danke, daß ich bei euch übernachten kann. Ich sehe wahrscheinlich furchtbar aus, aber ich hab vergessen, Taschentücher mitzunehmen.« Sie grinste mich an. »Ich habe eben in den entscheidenden Momenten meines Lebens nie ein Taschentuch.« Ich lachte.

Wir verbrachten eine Zeitlang damit, das Nächstliegende zu tun. Martin bot ein Päckchen Tempos und den Rest seines Cognacs an. Ich zeigte Kathrin die Wohnung. Dann verschwand sie im Bad.

Eine Viertelstunde später sah Kathrin aus wie immer, also verheult. Aber ihr Gesicht war sauber und weniger geschwollen. Sie setzte sich zu mir auf die Fernsehcouch, während Martin uns gegenüber im Lotossitz auf dem Fußboden thronte. Vorläufig würde seine langjährige Beschäftigung mit fernöstlichen Entspannungstechniken die Anschaffung von Sesseln überflüssig machen. Kathrin trank ihr Glas Cognac auf einen Zug aus und eröffnete mit dem ihr eigenen Lächeln, bei dem sie einen Mundwinkel höher zog als den anderen, unsere Nachtsitzung. »Und jetzt wollt ihr von mir eine Geschichte hören.«

Ich nickte eifrig. »Also eigentlich ...«, sagte Martin. »Eigentlich möchte ich mich aus euren Beziehungsproblemen raushalten.«

»Du bist herzlos, Kollege Hubschmidt. Siehst du nicht die riesigen Fragezeichen in den Augen deiner Freundin?« Dann griff sie nach der Cognacflasche, deren Boden nur mehr bedeckt war. »Darf ich?«

Martin gab mit einer Handbewegung seine Einwilligung. »Trotzdem«, beharrte er mit untypischer Sturheit, »werde ich das ungute Gefühl nicht los, daß das Ganze was mit Paulas totem Exfreund zu tun hat. Oder?« Er schaute von Kathrin zu mir und zurück. Sie nickte kurz. »Nun, darüber könnt ihr euch unterhalten. Ich möchte davon, sagen wir aus Selbstschutzgründen, gar nicht soviel wissen.« Er lächelte mich auf eine Weise an, die mich beinahe geneigt sein ließ, Kathrins Geschichte erst morgen zu hören. Dann löste er den Knoten in seinen Beinen und stand, ohne sich abzustützen, auf. »Darum laß ich euch jetzt allein und mach noch ein paar Torten. Solang ich noch Torten machen kann. Gute Nacht. Und fühl dich wie zu Hause«, schloß er, an Kathrin gewandt. Aus seinem Zimmer hörte ich kurz darauf, wie der Computer einen gesunden Piepton von sich gab.

»Was 'n für Torten?« fragte Kathrin mäßig interessiert. Ihr Glas war schon wieder leer. Sie nahm die Ginflasche in die Hand und rümpfte die Nase.

»Ach, so 'n Graphikprogramm«, antwortete ich auf die ausgesprochene und »Das ist das letzte Alkoholische, was wir im Haus haben« auf die unausgesprochene Frage.

Kathrin zuckte die Achseln. »Sei's drum.« Dann füllte sie ihr Glas, roch daran und kippte es in sich hinein. Ich holte, um dem Schlimmsten vorzubeugen, und damit ich auch etwas zu trinken hatte, ein paar Flaschen Wasser aus der Küche.

Kathrin schaute mir durch Rauchwolken hindurch finster entgegen. »Ach, Paula, eine Frage: Du hast doch wohl nicht alles, was ich dir heute mittag erzählt hab, der Polizei weitergetragen?«

Ich verneinte reinen Gewissens. Um Blickkontakt zu haben, setzte ich mich Kathrin gegenüber auf den Fußboden.

»Keine zehn Minuten, nachdem du mich nach Hause gebracht hast, standen die nämlich vor der Tür und haben mich aufs Präsidium geschleppt«, fuhr sie fort. »Das heißt, ich habe ihnen vorgeschlagen, das Ganze auf'm Präsidium fortzusetzen, weil Bernhard die ganze Zeit rumgebrüllt hat.« Unvermittelt begann sie zu kichern. »Seine Frau in einen Mordfall verwickelt! Gründlicher konnte er gar nicht das Gesicht verlieren.«

»Und die Bullen haben dich gehenlassen?« fragte ich.

»Na sicher. Wenn du dich erinnern könntest, wüßtest du, daß wir den größten Teil des Abends miteinander verbracht haben. Aber an deiner Stelle haben sich ja eine Menge anderer Leute erinnert.« Sie sah mich ärgerlich an. »Du glaubst doch nicht im Ernst, ich wär danach noch zu Heiner gegangen? Die Polizei meint jedenfalls, daß er schon ziemlich früh tot war. Und selbst wenn er erst gegen eins gestorben ist, wie, denkst du, hätte ich das schaffen sollen? Dich hab ich um kurz vor eins bei Martin abgeliefert. Und danach soll ich noch in den Fasanenweg gelaufen sein, Heiner rausgeklingelt haben, mit ihm ins Bett gegangen sein, wo der das gar nicht mehr wollte, und ihn dann auch noch erstochen haben?«

Ich war beschämt.

»Die Polizei hat auch erst mal behauptet, ich hätte Zeit genug gehabt. Mir hat ja keiner bestätigen können, daß ich um halb zwei zu Hause war. Bernhard …, na ja.«

»Der hat sich geweigert?« fragte ich ungläubig. So, wie ich mir die Funktionsweise dieses Pharmavertreterverschnitts vorstellte, hätte er, allein um das Aufsehen zu vermeiden, alles gesagt, was seine Frau aus dem Fall raushalten würde.

»Ach was«, Kathrin schenkte sich nach, nippte diesmal aber nur, »der Polizei hab ich gesagt, er hätte schon geschlafen. Aber der war gar nicht da. Was glaubst du, weshalb ich allein in der Kneipe war?« Wieder trank sie nur einen kleinen Schluck. »Wir haben ja schon am Nachmittag einen Höllenkrach gehabt, als ich von Heiner wieder zurück war.«

Ich horchte auf. »Wie, du warst am Nachmittag bei Heiner?«

»Sicher doch«, bestätigte sie, als sie ihr Glas wieder abgesetzt hatte. »Jedenfalls, als ich wieder zu Haus war, ging das mit Bernhard los. Wo ich gewesen bin, ob ich ihn in der Öffentlichkeit in Verruf bringen will und so weiter. Ich hab ihm dann mal dargelegt, wie ich mir eine Ehe nicht vorstelle, daraufhin ist er ausgetickt und weggefahren. Ich hab noch ein paar Sachen für die Schule gemacht und bin dann später, als Bernhard immer noch nicht zurück war, in die Kneipe. Ich hab allen Ernstes angefangen, mir Sorgen um ihn zu machen. Der macht sich bloß Gedanken um seinen guten Ruf, und ich, treue Ehefrau, die ich bin«, Kathrin leerte ihr Glas, »ich mach mir Sorgen und bin kurz davor, ein schlechtes Gewissen zu kriegen, weil ich ihm mal Kontra gegeben hab.« Sie fingerte umständlich eine Gauloise blonde aus dem Päckchen und ließ sich von mir Feuer geben. »Es hätte ja auch was passiert sein können.«

Ich konnte den Mund nicht halten: »Wenn dem was beim Autofahren passiert, ist er selber schuld.«

Kathrin tat meine Bemerkung mit einer Handbewegung ab. »Jaja. Das sagst du. Aber letztendlich hat er ja sogar recht gehabt mit seiner Eifersucht, auch wenn er das gar nicht gewußt hat. Ich hab ihn ja monatelang betrogen.« Das »Zu Recht«, das ich an dieser Stelle gern eingefügt hätte, schluckte ich herunter.

»Wo war ich?« fragte sie dann.

»Schlechtes Gewissen«, gab ich das Stichwort.

»Ach ja, genau. Weil ich ohnehin nicht mehr arbeiten konnte, bin ich in die Kneipe. Und da wurde ich ja auch wirklich ganz gut abgelenkt.« Sie kicherte.

Davon wollte ich ganz bestimmt nichts mehr hören. Ich brachte sie behutsam auf den Punkt, der mich viel brennender interessierte. »Und nachts, als du nach Hause kamst, war er noch nicht zurück?«

»Nee, sag ich doch«, versetzte Kathrin kurz.

»Sag mal, am Nachmittag bei Heiner ...« Mir fiel keine technische Umschreibung für den fraglichen Sachverhalt ein. »Du hast nicht noch mal mit ihm geschlafen?«

»Nee. Hab ich nicht.« Kathrin klang ungehalten. »Was soll der Blödsinn überhaupt?«

»Na ja«, murmelte ich kleinlaut. »Bist du sicher, daß Bernhard nichts von Heiner und dir gewußt hat?«

»Mmhm«, brummelte Kathrin. Sie balancierte die Ginflasche unsicher, kicherte und legte dann ihre Zigarette in den Aschenbecher, um mit der jetzt freien Hand das Glas vom Boden nehmen und festhalten zu können. Trotzdem konnte sie den Flaschenhals nicht freischwebend mit dem Glas koordinieren. Mit einem »*Ping*« setzte er auf dem Rand auf. Vermutlich, um sich die Prozedur des Einschenkens für den Rest der Nacht zu ersparen, leerte sie die Flasche vollständig. Sie hatte Mühe, ihr Glas ohne Überschwappen zum Mund zu führen. Als ihr das geglückt war, steckte sie sich eine neue Zigarette an.

»Soll ich dir was sagen? Ich bin froh, daß jetzt alles aufgeflogen ist.« Im Aschenbecher kokelte der Filter von Kathrins letzter Zigarette vor sich hin, und ich drückte ihn aus. »Weißt du, was Heiner mir am Samstag gesagt hat?« artikulierte sie schleppend. »Daß ich ihn eigentlich nur bräuchte, um die Ehe aufrechtzuerhalten. Hab ich erst nicht verstanden. Aber es stimmt schon. Solang ich mit ihm zusammen war, brauchte ich mir keine Gedanken um dieses unerträgliche Zusammenleben mit Bernhard zu machen. Außerdem hatte ich immer ein latent schlechtes Gewissen. Und, Paula, ob du's glaubst oder nicht, das verbindet auch. Jaah.« Kathrin rutschte von der Couch und lehnte sich mit dem Rücken an. »Das Sofa ist unbequem zum Sitzen«, mäkelte sie.

»Zum Liegen auch«, versetzte ich.

Kathrin nieste eruptiv. »Schulligung.«

Im Hintergrund hörte ich Türenklappen. Martin steckte noch mal den Kopf ins Zimmer und wünschte uns eine gute Nacht. Eine Zeitlang war das Singen der Wasserrohre zu hören, dann noch einmal Martins Schritte, eine Tür, und schließlich wurde es ganz still. Mein linkes Bein war eingeschlafen, und ich streckte es. Kathrin machte ihre Zigarette aus. Ich zündete eine an.

Es gab ein schabendes Geräusch, als Kathrin ein Röllchen Zigarettenasche in den Teppich einarbeitete. Sie schaute nicht auf, als sie weitersprach. »Weißt du, was Heiner noch gesagt hat, am Samstag? Er wollte sich dafür nicht mehr hergeben. Der Geliebte einer verheirateten Frau zu sein, wär ihm zu wenig. Deswegen hätt er sich auch von mir getrennt. Und ich ...«, sie hörte auf, herumzukratzen. »Ich hab mir zum ersten Mal, seit ich hier mit Bernhard wohne, ein paar Gedanken über mein Leben gemacht. Deshalb kam's ja dann auch zum Krach mit ihm.« Sie schlug mit der Faust auf den Boden. »Verdammt, du mußt dir das vorstellen. Da werd ich erst von einem Mann, den ich immer noch begehr, zurückgewiesen, und dann kommt der Ehemann ... Du kannst mir glauben, ich war drauf und dran, ihm zu sagen, daß ich ihn betrogen hab und daß ich mich jetzt von ihm trenne, aber dann dachte ich, gut, probieren wir's noch mal, also versuch ich, mit ihm zu reden, und er sagt nur: ›Meine liebe Kathrin, wir leben hier in einer Kleinstadt, du wirst dich anpassen müssen.‹ Und dann isser weggefahren.« Unbeachtet von Kathrin landete wieder ein Häufchen Asche auf dem Teppich. »Das heute war ja eher 'ne Posse. Ich bin aus'm Präsidium zurückgekommen, und Bernhard hat meine obere Schreibtischschublade aufgebrochen, da sin Papiere un Geburtsurkunde un Sparverträge drin, un alles hatter durchgewühlt. Un dann hab ich ihm gesagt, daß ich ihn betrogen hab und mich jetzt scheiden lasse, un er sagt nur: ›Wieso, muß doch keiner erfahren, der ist doch tot.‹ Un in den war ich mal verliebt«, nuschelte sie, bevor sie kotzen ging.

Ich stand auf und holte aus meinem Zimmer einen Schlafsack und ein Kissen. Dann lüftete ich das Wohnzimmer, schob den Tisch beiseite und klappte das Gästebett auseinander. Ich wartete am Fenster. Es war halb drei, und draußen war es immer noch warm. Der Mond war nirgends zu sehen. Ich gähnte. Mir war immer noch nicht klar, wieso Kathrin so sicher sein konnte, daß Bernhard nichts von ihrem Verhältnis mit Heiner gewußt hatte.

Kathrin hörte auf zu würgen und kam ins Zimmer gewankt. Sie ließ sich aufs Gästebett fallen. »Er wollt, daß ich bei ihm bleibe, nur weil 'ne Scheidung soviel Wirbel macht. Das rechte Glück ist zwar hin, aber meinen Fehltritt wollter decken, hatter gesagt. Völlig verrückt. Un dann kam er noch auf die Mitleidstour, mit seiner Magnschleimhautensündung. Un als ich immer noch nich bleiben wollte, hatter mich rausgeschmissn.«

Unvermittelt schnarchte sie los.

Samstag, 18. September, morgens

Ich wachte auf, weil eine dicke kalte Schlange auf meiner Brust lag und mich zu erdrücken drohte. Verschreckt glitt ich in den halbbewußten Dämmerzustand hinüber, der es mir ermöglichte, die Schlange als meinen eingeschlafenen Arm zu identifizieren. Von wütendem Geheule untermalte Gesangsfetzen drangen zu mir durch. Noch ziemlich benommen, legte ich den gefühllosen Arm neben mich und bewegte ihn so lange, bis er kribbelte. Dann erst machte ich mich daran, die Lärmquellen zuzuordnen. Der volltönende Bariton gehörte Martin. »Schön ist die Jugendzeit, sie kommt nie mehr«, sang er.

Gesang und Geheule, das ich mittlerweile als Staubsaugergeräusch ausgemacht hatte, näherten sich. Ich klappte vorsichtig die Augenlider auf und erschrak aufs neue. Bücherwände drohten auf mich niederzustürzen, und ich wähnte mich schon in einem nicht enden wollenden Alptraum befangen, als mir einfiel, daß ich vor einigen Stunden im Verlangen nach menschlicher Nähe eine Nacht in einer Art Feldbett auf mich genommen hatte. Mein Hals erinnerte sich noch vor mir. Es wollte mir nicht gelingen, ihn, ohne von einem stechenden Schmerz an die Nachteile intimer Zweisamkeit gemahnt zu werden, so weit nach links zu drehen, daß der Wecker auf dem Nachttisch neben der Zimmertür in mein Blickfeld geriet. Stöhnend wälzte ich mich auf die Seite. Halb neun.

Das Seniorenprogramm auf dem Flur wurde mit *Auf der Heide blühn die letzten Rosen* fortgesetzt. Halb neun am Samstag. An einem Samstag, zehn Jahre und dreieinhalb Monate nach der offiziellen Bescheinigung meiner Hochschulreife. Heute mußte ich mich mit den Menschen, die ich vor über zehn Jahren in mildem intellektuellem Hochmut bespöttelt hatte, in Sachen Erreichung gesteckter Lebensziele erstmals ernsthaft auseinandersetzen. Ich rollte mich wieder auf den Rücken und schloß die Augen. »Möcht einmal noch mein Liebchen kosen«, und rums, knallte die Saugvorrichtung gegen die Tür. Ach, würde er nur seinen gesungenen Wünschen nachkommen und vorher diese Höllenmaschine abstellen! Hatte ich nicht erst kürzlich gestaubsaugt? Es rumste noch mal, dann öffnete sich die Tür, und der Lärm vervielfachte sich. Ich versuchte es noch einen Augenblick mit Totstellen, bis mich das Déjà-vu hochfahren ließ. Meine Mutter hatte an längst vergangenen Samstagmorgen ostentativ und unter meistmöglichem Angestoße die Türschwelle meines Zimmers gestaubsaugt, ein fröhliches »Guten Morgen« trällernd, wenn ich gereizt und übernächtigt von freitäglichen Ausschweifungen schließlich notgedrungen reagiert hatte und aufgestanden war.

»Guten Morgen«, konnte ich auch von Martins Lippen ablesen. Er drang, das Gerät hinter sich herziehend, in Richtung Schreibtisch vor. Ich setzte mich auf die Bettkante. Der Staubsaugerkörper befand sich direkt zu meinen Füßen, und ich nutzte die Gelegenheit, auf den Ein- und Ausschaltknopf zu treten.

In die himmlische Stille knurrte ich den Morgengruß. »Was soll das? Ich hab doch erst gesaugt.«

Martin blickte über die Schulter zurück. »Echt?« fragte er ungläubig. »So sah's aber gar nicht aus.« Wann meine Teppichreinigung stattgefunden haben sollte, wußte ich allerdings auch nicht genau. Martin zuckte die Achseln. »Wenn ich jetzt schon mal dabei bin, kann ich eigentlich auch weitermachen«, sagte er und näherte sich dem Einschaltknopf. Ich flüchtete unter die Dusche.

Als ich aus dem Bad kam und mich angezogen hatte, war es ruhig in der Wohnung und roch nach Kaffee und Toast. Martin hatte in meinem Zimmer für drei gedeckt, Eier gekocht, Milch aufgeschäumt und Orangensaft eingeschenkt. All das machte es mir leicht, die häßlichen Weckgeräusche zu vergessen. Und ausnahmsweise war Kaffee genau das, wonach mir der Sinn stand. Wir saßen einander gegenüber, tranken Saft und Milchkaffee, sahen uns an, dann den noch warmen Toast und setzten gleichzeitig zur alles entscheidenden Frage an: »Sollen wir noch warten?«

»Am Wochenende sollte man morgens nicht Hunger leiden«, sagte Martin.

»Kathrin kann eh nichts essen außer Aspirin«, sagte ich.

Einträchtig fielen wir über das Frühstück her.

Gegen zehn war Kathrin immer noch nicht aufgestanden, und ich begann mir Gedanken zu machen. »Sie wird doch wohl keine Alkoholvergiftung haben?« fragte ich so allgemein hin.

Martin grinste und zog genüßlich an seiner filterlosen Gauloise. »Bestimmt hat sie eine. Aber garantiert keine so heftige wie du am letzten Sonntag.«

»Sie ist doch viel kleiner und dünner als ich«, wandte ich ein.

»Aber sie hat auch viel weniger getrunken«, konterte Martin.

Nunmehr kam ich auf die anstehenden Wochenendeinkäufe zu sprechen. Insbesondere legte ich detailliert dar, warum ich weder heute noch sonst irgendwann in der Zukunft bereit war, Melanies Gemüsestand zu frequentieren.

Martin lächelte. »Ich geh schon«, sagte er. »Aber falls du dir einbildest, daß über dich weniger geredet wird, wenn *ich* an Melanies Stand einkaufe ...«

Ich überhörte den unausgesprochenen Teil und erklärte, dem Weinladen einen Besuch abstatten zu wollen. Kathrins Anwesenheit machte eine Auffrischung unserer Alkoholvorräte dringend erforderlich. Wir warfen ein paar Bezeichnungen für Lebensmittel in den Raum, die Martin notierte, bevor er sich unverzüglich auf den Weg machte.

»Wir wollen doch frisches Gemüse«, bemerkte er beim Rausgehen.

Allein geblieben, schaute ich flüchtig in die Zeitung. *Mordfall Feußner: Keine neuen Erkenntnisse* war auf die dritte Seite im Lokalteil gerutscht. Eine Teilnehmerliste unseres Jahrgangstreffens war nicht abgedruckt, und so erhob ich mich seufzend, räumte die benutzten Teller ab und beseitigte ein paar Toastkrümel. Um Kathrin die Suche nach ihrem Frühstück zu erleichtern, hinterließ ich ihr eine Notiz in der Küche. Den Einkaufszettel, den Martin auf der Ablage liegengelassen hatte, warf ich in den Müll.

Der Himmel spannte sich blau, noch weiß an den Rändern und ohne ein Wölkchen über mir. Ich ging einen kleinen Umweg, um nicht nur Wein, sondern auch Tee zu kaufen. In dem Laden, den ich ansteuerte, hatte ich weiland meine erste Bekanntschaft mit Tee als Lebensart gemacht. Wir hatten *bewußt* Tee aus Schälchen genippt und uns dabei die Finger verbrannt. Wir hatten langsam und leise möglichst unkonkrete Sätze abgesondert und dabei das Personalpronomen zweite Person Singular überdurchschnittlich oft gebraucht. Den Duft nach parfümiertem Tee, der dem Laden eigen war, konnte ich jetzt noch förmlich riechen. Nur der Teeladen war nicht mehr da. An seiner Stelle machte sich das *Pizza-Taxi*

Zack-Zack um die Verbindung von italienischen und teutonischen Lebensweisen verdient. Beschleunigung allenthalben.

Ich ging weiter und kam an der Jugendstilvilla am Anfang des Domplatzes vorbei, die für meinen Geschmack das schönste Haus der Stadt war. Die *Drachenburg* hatte Balkons, Terrassen, Steinlöwen, Freitreppen und Türmchen und war mir in ihrer freundlichen Weltlichkeit immer ein wenig wie eine Herausforderung an den alten Steinhaufen am anderen Ende des Platzes vorgekommen. Den Dom im Blick, lief ich auf die roten, offenen Kellerklappen des *Wein Contors* zu.

Vereinzelte Touristen saßen auf den im Rondell vor dem Dom angeordneten Bänken. Von seitlich huschte ein weißgekleideter Mönch durchs Bild. Ein paar Autos fuhren vorbei und machten das schmatzende Geräusch von Gummi auf Kopfsteinpflaster. Eine Frau kam aus dem Dom, klein vor dem gewichtigen Rundbogen des Portals. Am exakten Haarschnitt erkannte ich die Ruth von letzter Woche, an ihrer Kleidung die Klosterschülerin von Anno Schnee. Sie trug eine weiße Bluse und einen dunkelgrünen Lodenglockenrock. Ob es das war, was Mutter Riemenschneider unter *gefällig* verstand?

Mit einem Scherz stieß ich zu ihr. »Sollen wir heute abend beide als Schülerinnen gehen? Vielleicht hängt bei meinen Eltern noch irgendwo ein Indienkleid.« Ich lachte.

Ruth lachte nicht. Sie äußerte lediglich: »Ich komme nicht.«

»Schade«, sagte ich. »Und was machst du im Dom?« Meines Wissens war um diese Zeit nicht mal Messe. Vielleicht war sie beichten gegangen.

»Beerdigungsformalitäten. Mein Großvater ist gestorben.«

»Tut mir leid«, murmelte ich verlegen.

»Das braucht es nicht. Er war alt und krank und hat Schmerzen gehabt.« Sie zog eine Augenbraue hoch. »Ich will dich nicht mit den Einzelheiten des allmählichen Auflösungsprozesses bei Lungenkrebs langweilen. Jedenfalls ist in dem Fall der Tod nicht das Schlechteste. Das mit deinem Exfreund, das ist was anderes. Wenn jemand so unerwartet ...« Sie brach ab.

»Das war alles so lange her, und was mich betrifft, nun, er hätte schon lange tot sein können.« Ich ließ den Unsinn, den ich von mir gegeben hatte, verhallen. Ruth fixierte mich.

So könnten wir auch in dreißig Jahren hier stehen, wie unsere Mütter und Großmütter, die auf der Straße mit Bekannten Todesfälle besprachen.

»Wann ist denn das Begräbnis?« fragte ich.

»Montag«, antwortete Ruth. »Danach fahr ich auch wieder. Dann habe ich noch eine Woche vom Jahresurlaub übrig. Wenn ich Glück hab, kann ich ihn bald nehmen. Dieses Sterben hat mich doch sehr angegriffen. Ich werde nach Italien fahren, Cinqueterre, da ist es schön jetzt.« Sie lächelte und schien meine Anwesenheit vergessen zu haben. Dann gab sie sich einen Ruck und sah mich freundlich an. »Nicht wahr, du rauchst immer noch?« fragte sie unvermittelt. Ich nickte. »Laß es sein.« Auf einmal schien sie es eilig zu haben. »Vielleicht sehn wir uns noch mal. Ansonsten viel Glück hier. Und übersetz schön.« Sie winkte, und weg war sie.

Ich wandte mich dem Weinladen zu. Nachdem ich das Treppchen hinuntergestiegen war, stand ich vor verschlossenen Glastüren. Ich war ein wenig verwirrt. Wenn der Tod ihres Großvaters ihr nicht so nahegegangen war, woher kam dann dieses Unpräzise, Verwischte im Auftreten von Ruth? *Kunden bitte oben klingeln. G. Durstewitz*. Ich stieg die Stufen wieder hoch und klingelte bei G. Durstewitz. Der Name weckte in mir die Assoziationen blond, männlich, Sport. Fast gleichzeitig mit meinem Klingeln wurde die Tür aufgerissen.

»Tach. Ich hon Se schonn vom Fenster uss gesähn«, erklärte die blonde, beleibte Mittfünfzigerin ihr plötzliches Auftreten. »Ich bin immer 'n bißchen uffm Sprunge, weil de Liere oft wegginn, ohne ze klingeln.« Sie zog die Tür hinter sich zu und ging voran, ein voluminöses Schlüsselbund schwenkend. »Mä hon je dn Laaden nur näbnbi.« Sie schloß die Glastüren auf. Vor uns erstreckte sich ein verwinkelter Gewölbekeller. »Sin Sie dann von hie? Fremmede kommen hie je nit oft vorbi. Wenn Se uss der Staad sin, bringn me Ihnen au was ins Huss.« Die Wände waren mit eingebauten Weinregalen versehen; im Vorraum stand auf einem Tischchen dies und das an Geschenkartikeln, Himbeeren in Schnaps,

Rumtopfgläser und dergleichen mehr. »Guggn Se sich erschdemo imme«, sagte Frau Durstewitz.

Das tat ich dann auch. Ich trug Flaschen aus der niedrigeren Preislage in allen Farben zusammen, vollendete das Ensemble mit einer Flasche Sherry und drückte endlich, in Gedanken immer noch bei meiner alten Bekannten Ruth Riemenschneider, fast 150 DM ab. Frau Durstewitz erzählte von der Arthritis ihres Gatten und daß der Keller Gift für ihn sei. »Fer dn Winn is dos je gud. Ahler Winn un ahle Kerle sin aber nit desselbe.«

Vier Flaschen paßten in meinen mitgenommenen Baumwollbeutel, ohne daß sich der Henkel allzu besorgniserregend dehnte. Dann stand ich ratlos vor den verbliebenen Flaschen. Frau Durstewitz verschwand in den Tiefen des Kellers. Nach ein paar Minuten kam sie mit zwei leeren Kartons zurück und verpackte die Flaschen sachgerecht.

»Hon Se dann n Audo midde?« fragte sie anschließend. Ich verneinte. »Bassen Se mo aachde. Ich fahre Se schnell. Ich muß nur minnem Schorsche bescheidsprechen, damit der schonnemo de Garduffeln uffsetzt.«

Binnen kurzem stand ich mit zwei Kartons und einem Baumwollbeutel vor unserer Haustür im Chattenweg.

mittags

In unserer Wohnung roch es nach Kamillentee. Ich schluckte, dann stürzte ich in die Küche und riß das Fenster auf. Im Vorbeigehen stellte ich fest, daß unser Aufenthaltsraum leer und aufgeräumt war.

»Hallo?« rief ich. »Kathrin?«

»Hier drüben«, piepste es heiser zurück.

Ich hielt die Luft an und ging in mein Zimmer. Kathrin hatte eine ganze Kanne von dem seifig-gelben Kräuteraufguß gekocht, die auf dem Stövchen vor sich hin dampfte. Ich atmete durch den Mund weiter. Unser Gast saß auf meinem Sofa, nippte an dem Zeug und schien weitgehend regeneriert.

»Morgen, Paula«, sagte sie. »Tut mir leid, daß ich erst jetzt aufgestanden bin. Aber ich fürchte, ich hab gestern zuviel getrunken.«

»Das kommt vor«, merkte ich achselzuckend an.

»In der Tat«, sagte sie. »Ich hoffe, ich bin nicht zu wehleidig gewesen.« Ich ersparte ihr einen Kommentar. Trotz Mundatmung roch ich die Kamille. »Ist irgend etwas?« fragte Kathrin freundlich.

Höflichkeit, die mit Übelkeit beim Gastgeber einherging, war zuviel verlangt. »Macht es dir etwas aus, das da«, ich wies mit einer allgemeinen Handbewegung auf das Gebräu, »in eine fest verschließbare Thermoskanne zu tun?«

Sie lachte. »Ach, deshalb. Ich dachte schon, ich hätte gestern abend was Furchtbares gemacht.«

Ich eilte in die Küche und suchte unsere dichteste Kanne heraus. Danach lüftete ich auch mein Zimmer so lange, bis es nur noch schwach nach Genesung roch und ich wieder zur Nasenatmung übergehen konnte. Kathrin studierte die Zeitung. »Sie wissen immer noch nicht, wer's war«, sagte ich beiläufig.

»Hmm.« Kathrin schien ungemein vertieft. Ich hatte da aber noch eine kleine, brennende Frage, mein überarbeitetes Szenario betreffend. Kathrin war zwar auch nicht die Glückliche, aber nichtsdestoweniger bei Heiner gewesen. Und Bernhard hätte sicher ihre Anwesenheit in der Wohnung genügt, um tätig zu werden, vorausgesetzt natürlich, er hatte von Kathrins Affäre gewußt. Daß er ihren Fehltritt mit dem Tod des *Galans seiner Frau* für erledigt erachtete, machte ihn nur um so verdächtiger. Kleinere Unstimmigkeiten, die vor allem Heiners Garderobe zur Tatzeit betrafen, wischte ich vorläufig beiseite. Nur kurz stand vor meinem inneren Auge das Bild, wie Bernhard in seinen teuren Klamotten Heiner mit vorgehaltenem Brotmesser zum Ausziehen zwang. »Hast du eine Ahnung, wo Bernhard an dem Samstagabend gewesen sein könnte?«

»Was?« Es kam mir vor, als hätte sich ein leicht ungehaltener Ton in ihre Stimme geschlichen. Ich wiederholte meine Frage.

Kathrin faltete ostentativ die Zeitung zusammen. »Es läßt dir keine Ruhe, nicht? Du glaubst mir einfach nicht. Wir haben mit dieser Geschichte nichts zu tun.« Ich schwieg. Mir blieb auch nichts anderes übrig, weil sie begann, sich in Fahrt zu reden. »Ich dachte, wir könnten uns vielleicht anfreunden. Ich hab dir von vornherein ziemlich viel erzählt, ich würde das mal Vertrauensvorschuß nennen. Und du? Am liebsten wär dir, Bernhard hätte's gemacht, und mich willst du dazu bringen, dir noch was an Material zu liefern, mit dem du dann zur Polizei rennen kannst. Ich finde das, freundlich ausgedrückt, fehl am Platz. Wenn ich unfreundlich sein soll, könnte ich auch sagen, es hat was von Spitzelei.«

»Aber ...«, setzte ich an.

»Wenn ich dir einen Rat geben soll, würde ich sagen, laß die Toten ruhen, die Polizei ihre Arbeit tun und mach du deine.«

Endlich hatte ich die Gelegenheit, etwas zu sagen. »Und wer Heiner ermordet hat ...«

»Interessiert mich nicht«, vollendete sie meinen Satz. »Ich war's nicht, Bernhard war's nicht, du warst es wohl auch nicht. Heiner ist tot und begraben. Wer immer es war, soll das von mir aus mit sich selbst abmachen, wenn er kann. Ansonsten haben wir, wie Bernhard immer so schön sagt, eine durchaus funktionierende Exekutive, die sogar – im Gegensatz zu dir – die Aufgabe hat, sich um so was zu kümmern.« Damit nahm sie sich wieder die Zeitung vor.

»Tut mir leid«, sagte ich zu der Zeitungsdoppelseite mir gegenüber. »Es ist nur ...« Es fiel mir einfach nichts mehr ein. Ich stand auf und suchte nach meiner Arbeit. Das Buch war nicht zu finden. Es war weder auf dem Schreibtisch noch in einer der Schreibtischschubladen. Es steckte nicht zwischen den anderen ungelesenen Büchern. Es lag nicht neben dem Futongestell. Ich schaute darunter.

Über mir raschelte es. »Was treibst du da, Paula?« fragte Kathrin, hinter der Zeitung hervorschauend, genervt.

»Ich versuche, mich mit meiner Arbeit zu beschäftigen«, gab ich zurück. »Leider ist mir das Buch, das ich übersetzen soll, abhanden gekommen. Du hast es nicht zufällig gesehen?«

»Nee. Hab ich nicht«, versetzte sie und zog sich wieder hinter die *NHP* zurück. Es roch, wenn man aufmerksam darauf achtete, immer noch nach Kamillentee. Ich überließ Kathrin ihrer Lektüre, was immer sie der *Nordhessischen* an Informationen zu entlocken hoffte, und verließ das Zimmer.

In der Küche setzte ich Wasser auf. Als es kochte, mußte ich feststellen, daß nur noch etwas Staub den Boden der Teedose bedeckte. Die Küchenuhr tickte unangenehm. Halb eins. Dann ging die Wohnungstür auf, und ein unter der Last zweier gefüllter Baumwollbeutel ächzender Martin trat ein. Ein heftiger warmer Wind vom Küchenfenster her zog durch die Wohnung und ließ die Eingangstür krachend zufallen. »Hast du Tee mitgebracht?«

»Klar«, sagte Martin. »Aber ich weiß nicht, ob ich sonst alles hab. Ich muß den Einkaufszettel verloren haben.« Dankbar für den Tee, hatte ich keine Lust, ihm unter die Nase zu reiben, daß er den Wisch gar nicht erst mitgenommen hatte. »Sicherheitshalber hab ich größere Mengen Spaghetti mitgebracht«, fuhr er fort. »Schöne Grüße von Melanie soll ich ausrichten. Sie läßt fragen, ob du krank bist. Das wär doch schade, meinte sie, dann würdet ihr euch heute abend gar nicht sehen.« Er grinste. »Ich hab sie in dieser Hinsicht beruhigt.« Dann drückte er mir ein Päckchen Tee in die Hand und packte die übrigen Einkäufe aus, einschließlich der vier Weinflaschen, die sich noch in der Tasche auf der Ablage befanden. »Mhm. Vielversprechend«, würdigte er meine Auswahl.

»Im Keller ist noch mehr.«

»Schön. Wie geht's Kathrin?« fragte er. Wie als Antwort erschien unser Gast, die Zeitung in der Hand, in der Küchentür.

»Hallo, Martin«, sagte sie. »Kann ich mal telefonieren?«

Martin schaute rasch von ihr zu mir und zurück und nickte dann. »Im Flur.« Als sie weg war, fragte er mit gedämpfter Stimme: »Is irgendwas?« Ich schüttelte bedrückt den Kopf und verzog mich in mein Zimmer. Kathrin führte mehrere Gespräche, während ich weiter nach dem Krimi suchte. Dann hörte ich Martins Stimme und das Klappen der Wohnungstür.

Martin kam in mein Zimmer. »Is sie weg?« fragte ich ihn.

»Ja. Sie will ein paar Wohnungen angucken. Ich hab ihr das Auto geliehen.« Er schloß die Tür. »Außerdem wollte sie noch mal zu sich nach Hause, ein paar Sachen holen.« Martin trat hinter mich und legte mir den Arm um die Taille. »Sag mal, was ist denn los? Krach?«

»Mmhmm«, machte ich. Martin ließ seinen Arm an meine Brust wandern und drückte mich an sich. »Sie meint, ich wär so 'ne Art Spitzel«, sagte ich. »Daß sie nicht Blockwart gesagt hat, ist alles.«

»Das hat sie bestimmt nicht so gemeint«, sagte er. »Sie steht eben ziemlich unter Streß.« Dabei schob er eine Hand unter mein T-Shirt.

»Ach, sie hat doch recht«, sagte ich. »Ich seh ja überall nur noch Mörder.«

»Kam mir auch so vor«, murmelte es hinter mir. Bevor mein schlechtes Gewissen mich überwältigen konnte, realisierte ich einen schwachen Duft von Schweiß und Testosteron. Ich atmete tief ein und verschob jegliche höherwertige Gehirnakrobatik auf später. Wir taten, was getan werden mußte.

Danach tranken wir von der neuen Flasche Cognac für besondere Anlässe. Ich entließ eine Säule Zigarettenrauch aus meinem Mund und sah zu, wie sie in Richtung der frischgeweißten Zimmerdecke aufstieg. Das Futongestell knarrte leise, wenn einer von uns nach seinem Glas griff. Ich erzählte unter Auslassung meines absurdesten Verdachts, was ich in der vergangenen Woche erfahren und was ich mir daraufhin zurechtgedacht hatte. »Ein nicht allzu großer Mann, hat Klingelhöfer gesagt«, schloß ich.

Martins Hand kam einen Moment auf meine Hüfte zu liegen und setzte dann ihre langsame Bewegung in Richtung meines Oberschenkels hin fort. »Ach, Paula«, seufzte er.

Ich setzte mich abrupt auf. Martin zog seine Hand zurück. »Dein Kollege Bernhard ist klein und eifersüchtig. Und wenn Kathrin sagt, daß er es nicht war, ist das für mich absolut nicht überzeugend«, sagte ich trotzig und drückte meine Zigarette aus.

Martin lächelte bloß.

»Auf der anderen Seite«, fuhr ich fort, während er mich wieder an sich zog, »glaub ich's mittlerweile selbst nicht mehr. Ich meine, warum sollte da überhaupt noch 'n Mann gewesen sein? Schließlich haben sie nur Hinweise auf eine Frau gefunden.«

»Ich find das gar nicht so schlecht, was du dir da überlegt hast«, ergriff Martin das Wort. »Ich meine, daß da noch ein Mann war. Warum sollte 'ne Frau jemanden ermorden, mit dem sie gerade im Bett gewesen ist?«

»Vielleicht war sie gerade deswegen wütend. Ich mein, er schläft mit ihr, und dann sagt er vielleicht, danke, das war's, und ...«

»*Vielleicht*«, sagte Martin prononciert. Ich glaubte, sein Grinsen durch die veränderte Spannung seiner Bauchdecke an meinem Ohr wahrnehmen zu können. »Hast du eigentlich schon mal erwogen, daß der Mord gar kein, äh, romantisches Motiv haben könnte?«

Ich drehte meinen Kopf, bis ich ihm ins Gesicht sehen konnte.

»Man könnte die Ereignisse entkoppeln. Es scheint ja keiner so genau zu wissen, wann die Frau da war. Wann sie gegangen ist. Wie lange sie überhaupt da war.«

»Martin«, unterbrach ich ihn. »Heiner lag nackt in seinem Schlafzimmer.«

»Ich sag ja auch gar nicht, daß an deiner In-flagranti-Variante nichts dran ist. Nur scheidet dann Bernhard eben aus. Es war entweder einer, der wußte, daß diese Terrassentür immer offensteht, oder einer, der seiner Frau oder Freundin gefolgt ist. Vielleicht hat er dann gewartet, bis sie wieder weg ist, vielleicht ist er auch zwischendurch rein.«

»*Vielleicht*«, gab ich mindestens so pointiert wie er zu verstehen, daß seine Hypothesen auch nicht besser waren als meine. »Wieso kannst du dir eigentlich nicht vorstellen, daß es einfach die Frau war, die ja nachgewiesenermaßen wirklich da war?«

Er schob mich weg und stand auf. Dann sortierte er den Kleiderhaufen auf dem Fußboden. »Ich kann nicht glauben, daß 'ne Frau mehr als einmal zugestoßen hätte«, ließ er beiläufig verlauten, während er seine Unterhose anzog.

»Du unterschätzt die Wut zurückgewiesener Frauen«, gab ich kühl zurück.

»O nein«, lachte er, während er sein T-Shirt von links auf rechts wendete. »Sieh mal, ich kenn da eine, die auch leicht zur Furie wird. Aber selbst die wirft immer nur *einen* Salatkopf, *ein* Weinglas oder *ein* Buch. Dann erschrickt sie über das, was sie getan hat. Frauen haben sich einfach besser im Griff.«

Ich warf ein Kissen nach ihm.

»Das meinte ich«, sagte er.

nachmittags

Dieweil ich meinen Kleiderschrank ausräumte, trank ich ein zweites Glas Cognac. Ich konnte mich nicht entscheiden, welche Verkleidung ich für das Jahrgangstreffen wählen sollte. Den Hosenanzug verwarf ich gleich, obwohl er mir einen Anschein von solider Berufstätigkeit gegeben hätte. Schließlich hatten einige meiner Mitschüler Bauernhöfe in der Umgebung übernommen, und ich wollte mich nicht durch dezidiert städtische Kleidung von vornherein ausschließen. Mir stand der Sinn nach einem Kleid oder Rock, aber ich wollte mich auch nicht übertrieben aufdonnern. Es war nicht leicht.

Ich ging ins Bad und schmierte mir eine Maske ins Gesicht. Reine Haut überstrahlt auch unangemessene Garderobe. Es klingelte.

»Machst du mal auf?« brüllte ich durch die Wohnung. Ich betrachtete meine gekalkte Fassade im Spiegel und übte weiter an dem professionellen Lächeln für heute abend. Es klingelte wieder. Wohl oder übel bequemte ich mich zum Türöffner.

Im selben Augenblick riß auch Martin seine Zimmertür auf. Er sah mich fassungslos an. »Igitt«, sagte er nur, bevor er seine Tür wieder von innen schloß.

Kathrin kam, zwei Reisetaschen in den Händen, die Treppe hochgekeucht. »Entschuldige, Paula, aber könntest du mir mal tragen helfen? Ich hab noch ein paar Sachen im Auto.«

Ich sah demonstrativ an meinem hellgrünen Bademantel herunter. Und ich sah weiter in die Zukunft: Meine gerade halbwegs eingerichtete Wohnung würde zugestellt mit ehelicher Konkursmasse.

Kathrin stellte die Taschen in den Aufenthaltsraum. Dann schien auch ihr aufzufallen, daß ich für Umzüge nicht ganz korrekt gekleidet war. »Ach so«, sagte sie. »Meinst du, daß Martin mir helfen könnte?«

»Wenn du noch ein paar Minuten wartest, helf ich dir«, bot ich widerwillig an.

Sie ließ sich zu einer Erklärung herab. »Ich mußte einfach die Gelegenheit nutzen. Bernhard ist nicht da, und solang ich den Schlüssel hab, kann ich Sachen holen, ohne für jede Unterhose und jedes Buch eine Beziehungsdiskussion führen zu müssen.« Ich sagte nichts, und Kathrin lächelte mich schief an. »Wegen vorhin, entschuldige bitte. Ich hab überreagiert.«

»Is schon okay«, brummte ich. »Vergiß es.«

»Bernhard ist übrigens in Wiesbaden, wie schon vor zwei Wochen, an dem bewußten Samstagabend. Da wohnt ein Freund von ihm, Werner Wüllersdorf, so'n Karrierejurist im Innenministerium.«

Und der Fleck auf seiner Ehre hatte einen Mitwisser, dachte ich bei mir. Ich zuckte die Achseln. »Ich geh duschen«, sagte ich.

»Ich hab übrigens zum Ersten 'ne Wohnung«, rief Kathrin mir noch hinterher.

Als ich unter der Dusche stand, hörte ich Geächz und Gepolter. Ich dehnte meine Körperpflege noch etwas aus, froh, um neuerliches Kistenschleppen herumzukommen. Vorläufig mit Jeans und einem T-Shirt wenigstens halbwegs angezogen, kam ich in das mit Kartons zugestellte Wohnzimmer. Martin und Kathrin, beide einigermaßen derangiert, saßen auf dem Sofa, eine sich beulende Plastiktüte, die mir sehr bekannt vorkam, zwischen sich. Martin griff hinein, zog etwas grünes Längliches heraus und hielt es in die Höhe.

»Kathrin hat uns was mitgebracht.«

Die Tatsache, daß unser Abitur zehn Jahre zurücklag, war es den Veranstaltern unseres Jahrgangstreffens wert gewesen, einen Saal anzumieten. Leider hatten sie dies in einem der umliegenden Ortsteile getan, so daß ich mangels öffentlicher Transportmittel einem weiteren trockenen Abend entgegensah. Rüdiger kam mir über den Parkplatz des Dorfgemeinschaftshauses entgegen.

Sein Versuch, mich anzulächeln, erschöpfte sich in einem Zukken der Mundwinkel. »Ich muß mich einfach ablenken«, sagte er entschuldigend, als müsse er sich ausgerechnet bei mir für seine Anwesenheit rechtfertigen. »Seit gestern ist alles so real«, fügte er traurig hinzu. Sein Anblick war besorgniserregend. Leicht geschwollene Lider deuteten auf akuten Schlafmangel hin, und Rüdigers Nase wirkte ungewöhnlich spitz in seinem bleichen Gesicht. Alles andere an ihm war frisch gebügelt: das Hemd, die Hose mit der scharfen Falte, ja selbst der dunkelblaue Blazer, auf dem nicht einmal die kleinste Andeutung einer Schuppe zu sehen war.

Rüdiger tat mir leid. Leider bin ich nicht die geborene Trösterin. »Ich glaube, wir müssen da rein«, war das Passendste, was mir einfiel.

Wir durchmaßen den Eingangsbereich, vorbei an Vitrinen, in denen die Trophäen der örtlichen Vereine aufgereiht waren, und öffneten die Flügeltür mit der Aufschrift *Abi '83*. Ich ließ Rüdiger gerne den Vortritt, froh darüber, ausnahmsweise mal mein T-Shirt gebügelt und den halbformellen Touch meines grünen Anzugjaketts durch das Mitführen einer Handtasche unterstrichen zu haben.

Wir blieben unschlüssig in Türnahe stehen. Der hintere Teil des Saales war durch eine Ziehharmonikawand abgetrennt, wahrscheinlich, um der Bildung verstreuter Kleinstgruppen entgegenzuwirken. Die U-förmig angeordneten Tische waren erst zu zwei Dritteln besetzt. Tiefhängende Kugellampen verströmten gedämpftes Licht.

»Draut euch nur rein«, tönte es von rechts. Elmar, der Organisator des Abends, kam auf uns zu und begrüßte uns mit einem kräftigen Händedruck. »Schön, dasde gekommen bist, Paula. 's Leben muß schließlich weitergehn«, erklärte er zuversichtlich und legte mir eine Hand auf die Schulter. Ich knickte links ein wenig ein. Rüdiger indes stöhnte leise und griff zaghaft mitfühlend nach meinem rechten Arm. Dann ließen sie von mir ab.

Elmar deutete mit einer weitausholenden Armbewegung auf die Versammlung unserer konversierenden Exmitschüler. »Das Ganse kommt langsam in de Gänge.« Er rieb sich die Hände. »Hockt euch dezu. Ze drinken gibts an der Theke. Zum Einkaufsbreis. 's Büffee is da hinden.« Er wies vage mit dem Kopf über die Schulter. »Bediend euch. Gegen 'nen Obulus ham wir nix einzewenden.« Ganz der perfekte Empfangschef, wandte er sich zum Gehen, nachdem er uns hinlänglich mit den Konditionen vertraut gemacht hatte. Dann überlegte er es sich doch anders und zeigte auf Rüdiger. »Womit du Knede machst, ist ja bekannd«, griente er. »Aber was du jetze treipst«, wandte er sich mit einem erwartungsvollen Blick an mich, »weiß ich noch nit. Rein beruflich, mein ich.«

Erstmals an diesem Abend hatte ich Gelegenheit, die Wirkung meines einstudierten Sprüchleins zu erproben. »Ich bin Übersetzerin. Freiberuflich«, sagte ich so beiläufig wie möglich. Dazu lächelte ich hoffentlich genauso, wie ich es heute nachmittag einstudiert hatte.

Elmars Augen weiteten sich. »Simuldan?«

»Bitte?« Ich lächelte weiter, wenn auch leicht irritiert.

»So heißt das doch, wenn einer das übersetzt, was wer anners grade sacht?« Mein Gegenüber wirkte seinerseits etwas verunsichert. »Find ich immer voll beeindruckend«, fuhr er fort, »ich meine, da kamme doch nit krooß nachschlaachen, oder?«

»Kaum. Aber ich dolmetsche nicht. Ich übersetze Bücher«, erklärte ich und dachte an die diversen dickleibigen Wörterbücher auf meinem Regal.

»Ach so.« Elmar war sichtlich enttäuscht.

»Und was machst du?« erkundigte ich mich, da ich fand, daß wir lange genug über mich geredet hatten.

»Ich bin noch da, wo ich gelernt hap. Vieh- und Fleischvermarktung Northessn. Aufm Büro«, präzisierte er.

Ich lächelte verständnisinnig, auch wenn seine Statur eine handfestere Tätigkeit in diesem Bereich nahelegte. Ich kam jedoch nicht dazu, interessierte Fragen zu stellen. »Mensch, Jürchgen, alder Schwede«, johlte Elmar und drängte sich zwischen Rüdiger und mir durch. »Komm an meine Brusd«, verlangte er von Jürgen. Die Herren beklopften sich ausgiebig.

Das Begrüßungszermoniell in unserem Rücken trieb uns drei Schritte weiter in den Raum hinein. »Vielleicht sollten wir erst mal zum Büffet gehen«, schlug ich vor, mußte aber bedauerlicherweise erfahren, daß Rüdiger bereits gegessen hatte. Also einigten wir uns darauf, zunächst Sitzplätze in angenehmer Nachbarschaft zu suchen. Wir spähten in die Runde, um herauszufinden, welche Mitglieder alter Fraktionen sich wo wieder zusammengefunden oder neu formiert hatten. Es war Andi, die uns schließlich die Entscheidung abnahm. Sie winkte vom linken Ausläufer des U herüber, wo noch zwei Stühle unbesetzt waren.

Rüdiger erkundigte sich, was ich zu trinken wünsche, und wandte sich zur Theke, während ich Andi begrüßte und ihr gegenüber Platz nahm. Neben ihr saß Hermann Durstewitz: blond, männlich, Sport. »Je später der Abend«, rief er mir zu.

Andi lachte. »Guck mal da rüber. Da sitzt unser Traumpaar in trauter Zweisamkeit.«

Ich drehte mich um. In der Tat hatten die flachsblonde Katja und der rabenschwarze Ronald, dessen Haartracht inzwischen allerdings erheblich gestutzt war, die Köpfe zusammengesteckt.

»Es gibt keine Traumpaare«, meldete sich Hermann. »Traumpaare sin wie Dinosaurier. Ausgestorben. Fragt meine letzte Freundin.«

»Eben«, bemerkte Andi trocken. »Deshalb waren sie ja auch nicht mehr zusammen, als wir Abi gemacht haben. Wißt ihr noch, wie erschüttert wir alle waren?«

»Ach ja!« Ein tiefer Seufzer entwich Hermann, auf den aber unmittelbar ein breites Grinsen folgte. »Ich bin übrigens wieder zu haben, Mädels.«

Andi hob abwehrend die Hände. »Sportlehrer sind mir zu stressig.« Sie schaute zur Tür. »Holla. Grade schwebt unsere Diva herein«, informierte sie uns.

»Diva?« wiederholte Hermann eine Spur zu laut, während ich vergeblich versuchte, einen Blick auf die Dame zu erhaschen. Rüdiger war mit unseren Colagläsern in der Hand hinter mich getreten und versperrte mir die Sicht. Ich hatte meinen Platz nicht mit Bedacht gewählt.

»Sag bloß, du wußtest nicht, daß aus unserer Mitte 'ne Opernsängerin hervorgegangen is?« Andi sah Hermann ungläubig an.

»Du meinst, die singt richtig hoch und laut?« Er verzog das Gesicht. »Unangenehm!«

Die beiden tauschten Hallos mit Rüdiger, der auf dem noch freien Stuhl vor Kopf Platz genommen hatte. Die Tafel zu präsidieren schien nicht seine Sache. Vielleicht fühlte er sich zu sehr exponiert, auf jeden Fall aber sichtlich unwohl. Er rückte den Stuhl ein Stückchen in meine Richtung, als er sich an mich wandte: »Ich wußte gar nicht, daß du Übersetzerin bist.«

Hermann indes sah seine Chance, Andi die Vorteile seiner Sportlehrerexistenz nahezubringen. Sie sah leidend aus.

Ich dankte Rüdiger für die Cola und nahm einen großen Schluck. »Wir hatten auch kaum Gelegenheit, über so was zu reden. Außer auf Annes Konzert vielleicht.« Und strenggenommen hätte er es auch da nicht erfahren können.

»Ja, da hat Heiner noch gelebt«, sinnierte er melancholisch. Wir starrten beide in unsere Gläser. Schließlich sprach er leise weiter. »Ist bei dir alles in Ordnung? Ich meine, will die Kripo noch was von dir? Du hast am Dienstag angedeutet, daß es da Probleme mit deinem ...«, er zögerte, »na ja, mit deinem Alibi geben könnte.«

»Das, äh, hat sich erledigt«, erklärte ich. Ein kleines Teufelchen in meinem rechten Ohr flüsterte mir den weiteren Text ein: »Ich fand es übrigens sehr nett, daß du bereit warst, mir dieses Alibi zu verschaffen. Gewissermaßen jedenfalls. Weil du ja nicht die ganze Zeit über dabei warst, mein ich. Du bist doch erst ziemlich spät ins *Rusti* gekommen.«

Rüdigers Lächeln war nachsichtig. »Ach weißt du, ich würde jederzeit schwören, daß du den ganzen Abend im *Rusti* gewesen bist, weil ich mir einfach nicht vorstellen kann, daß du das andere getan hast. Und außerdem«, fuhr er fort, »besteht für mich kein Zweifel daran, daß du schon länger dagewesen sein mußtest. Ich fand das, ehrlich gesagt, ziemlich offensichtlich.«

Ich kippte mein Glas ein wenig, drehte es hin und her und versuchte, bis zum Boden zu sehen. Da ich erst wenig getrunken hatte, erforderte dies meine volle Konzentration. Ich fuhr mir mit der Zunge über die Zähne, wobei sich bereits das stumpfe Gefühl andeutete, das mit dem Verlust von Zahnschmelz durch Cola einhergeht. Ganz nebenbei erkundigte ich mich, was ihn denn so spät noch in die Kneipe getrieben habe.

»Ich wollte noch 'n Bier trinken.«

»Ach nee«, bemerkte ich.

Rüdiger wurde gesprächiger: »*Mußte* trifft es eigentlich besser. Ich kam von 'ner Familienfeier.« Er fröstelte.

»Kenn ich«, sagte ich voll ehrlichen Mitgefühls und dachte an den Geburtstag meiner Mutter vor zwei Jahren. Ich konnte mich gerade noch zurückhalten, ihm die Hand zu tätscheln.

»Mein Vater hatte neunundsechzigsten. Anne hat natürlich mal wieder durch Abwesenheit geglänzt. Damit hat er mir die ganze Zeit in den Ohren gelegen. Und damit, daß sie keinen Mann dauerhaft an sich binden kann. Hat der 'ne Ahnung! Ich ...«, in einer hilflosen Geste wies er mit beiden Händen auf seinen Brustkorb, »ausgerechnet ich sollte auf Heiner einwirken, daß er – wörtlich – ›sich wie ein Mann verhält und um Anne anhält‹. Auf Anne sollte ich natürlich auch einwirken. Daß sie ihn dann auch nimmt, weil Heiner schließlich Arzt ist und sie dann abgesichert wäre. Als ob sie das bräuchte!« Er richtete seinen Blick leidend zur Decke. »Und dann will er natürlich auch 'n Enkel. Von mir.«

Andi sah interessiert zu uns herüber. »Das hält ungemein fit«, redete Hermann ungerührt auf sie ein.

Rüdiger fuhr sich zerstreut durch die Haare. »Entschuldige. Wieso erzähl ich dir das überhaupt alles? Du mußt ja denken, ich hätte keine anderen Sorgen.«

»Denk ich nicht«, versicherte ich ihm. »So was kann einen ganz schön mitnehmen.«

Rüdiger lächelte mich dankbar an. »Ich darf gar nicht darüber nachdenken, daß Heiner vielleicht schon nicht mehr gelebt hat, als darüber befunden wurde, was er zu tun oder zu lassen hat.« Ich drückte nun doch kurz seine Hand. Rüdiger starrte fasziniert auf den Bierdeckel, der zwischen Andis Fingern rotierte. »Diese andere Frau ... Vielleicht konnte sie nicht so landen, wie sie sich das vorgestellt hat. Vielleicht war sie verletzt, weil Heiner sich nicht von Anne trennen wollte.«

Ich dachte an einen Putzeimer voll grauer, nach Desinfektionsmitteln stinkender Lauge. »Und dann ist sie durchgedreht und hat das Brotmesser genommen. Nur weiß keiner, wer sie ist«, schloß ich frustriert.

Rüdiger riß sich von Andis fahrigen Fingerübungen los und sah mich freundlich an. »Aber du wüßtest es gern?«

»Du etwa nicht?« fuhr ich ihn an.

Rüdiger sagte nichts, sondern drückte mir seinerseits verständnisvoll die Hand. Selbst Hermann war für einen Moment lang still. Er schaute irritiert zu mir herüber, die Hand zur Faust geballt, den Arm im rechten Winkel angespannt und offenbar im Begriff, Andi seinen Bizeps vorzuführen. Die sah mich eher flehend an. Sie war dazu übergegangen, winzige Fetzchen aus dem Rand der Pappscheibe zu zupfen.

Hermann ließ den Arm sinken. »Na ja, auf jeden Fall hab ich mein Hobby zum Beruf gemacht. Das wirkt sich sehr positiv auf meine Freizeit aus«, meinte er zu niemandem im besonderen.

»Schön für dich«, bemerkte Rüdiger lakonisch.

Mein Vorschlag, das Buffet in Augenschein zu nehmen, bevor es restlos abgeräumt wäre, fand keine Gegenliebe. Also lächelte ich mir allein meinen Weg dorthin, mal in diese, mal in jene Richtung nickend. Seit Rüdigers und meiner Ankunft war es deutlich voller geworden, wenn auch bei weitem nicht alle, die hätten hier sein sollen, gekommen waren. In aller Ruhe häufelte ich eine Auswahl der zahlreichen Salatkreationen auf einen Teller. Soweit ich das Angebot überblicken konnte, hätte es nur noch durch eine große

Schüssel voll marinierter Zucchini bereichert werden können. Die hätte ich mühelos beisteuern können und wahrscheinlich unberührt wieder nach Hause getragen. In meinem nächsten Alptraum würde ich krumme Wurfgurken so weit wie möglich von mir werfen, nur um sie in rasender Geschwindigkeit wieder auf mich zuschießen zu sehen.

»Schahatz, wir müssen bald gehen. Dieser ganze Rauch! Meine Stimme!« ließ sich ein Sopran vernehmen, gefolgt von einem sonoren »Ganz wie du meinst!«

Da ich noch nie eine Diva aus nächster Nähe gesehen hatte, drehte ich mich um. Diese hier trug keine wallenden Gewänder, sondern ein schlichtes, pflaumenfarbenes Kostüm; sie hatte seit unserer Schulzeit kein Gramm zugenommen, und ich erlaubte mir Rückschlüsse auf ihr Stimmvolumen. »Ja, Paula«, perlte es mir von ebenfalls pflaumenfarbenen Lippen entgegen. Der Mann mit der klangvollen Stimme wurde mir als Ehemann und Manager eines Großkonzerns vorgestellt. Sein Hosensaum stauchte vorne auf den dünnbesohlten Schuhen und schleifte hinten auf der Erde.

Man tauschte weitere Basisinformationen aus, welche den Ehemann und Manager veranlaßten zu fragen, wie es denn um meine Auftragslage bestellt sei. Ich könne nicht klagen, erwiderte ich. Woraufhin er wissen wollte, wie viele »dieser Kriminalromane« ich unter solch günstigen Voraussetzungen eigentlich schon übersetzt habe. Mein Lächeln gefror. Ich erklärte ihm, daß sich meine Arbeit leider nicht in nackten Zahlen aufrechnen ließe, krönte mein Salatsample mit einem Fleischbällchen und empfahl mich.

Als ich zum Tisch zurückkam, hatte Andi den Untersetzer atomisiert. Rüdiger und Hermann waren verschwunden. Ich setzte mich auf Rüdigers frei gewordenen Platz, um alle interessanten Vorgänge verfolgen zu können, ohne mir dabei den Hals zu verrenken. Andi sah nicht glücklich aus.

Ich wartete.

Sie strich das Häuflein aus Papierschnipseln, das einmal ein Bierdeckel gewesen war, umständlich mit dem kleinen Finger zusammen. »Ich hab versucht, mich mit Rüdiger zu verabreden«, offenbarte sie dann.

»Und?« fragte ich und probierte den Kartoffelsalat. »Ist er deshalb abgehauen?«

»Sehr witzig!« zischte sie. »Himmel, es ging doch echt nur um 'n Abend in der Kneipe. Wenn er dazu keine Lust hat, hätt er's doch einfach sagen können. Dann wär die Sache ein für allemal gegessen gewesen. Aber nein, er erfindet tausend Ausflüchte, warum's hier nicht geht und dann nicht paßt.« Sie verdrehte die Augen. »Meine Oma hätte gesagt, ›es war, wie wenn de mit Ziejen aggerst‹. Irgendwann war's mir zu blöd. Ich hab dann vorgeschlagen, dich auch zu fragen, ob du kommst.«

Der Thunfischsalat fiel mir von der Gabel. »Als Anstandsdame?« fragte ich entgeistert.

»Quatsch! Damit es so aussieht, als hätt ich von Anfang an 'ne größere Runde geplant. Unser Klassen-Kasper hat übrigens auch angeboten, mal für 'n Abend anzureisen.«

»Hermann?« Ich verschluckte mich an dem Fleischklops.

Andi klopfte mir auf den Rücken. »Keine Panik. Es steht sowieso nicht an. Wir haben nichts Konkretes abgemacht.«

Erleichtert wandte ich mich dem Nudelsalat zu.

Andi seufzte. Sie betrachtete eingehend das Schnipselhäufchen vor ihr und formte es, jetzt unter Zuhilfenahme beider kleiner Finger, um. »Wahrscheinlich ist es besser so. Ich meine, was hab ich mir nur dabei gedacht, jemanden kennenlernen zu wollen, der immer noch unter der Knute seines Vaters steht? Und der aussieht, als würde seine Mutter die Klamotten für ihn kaufen.« Ich folgte kauend ihrem Blick zur Theke, wo Rüdiger sich mit einem gewissen Thomas Sowieso von der Naturwissenschaftlerfraktion unterhielt. »Außerdem ist er viel zu niftelich, hätte meine Oma gesagt«, meinte sie abschätzig und lächelte wehmütig dabei. Dann griff sie entschlossen nach dem Aschenbecher, hielt ihn unter die Tischkante und wischte das zerbröselte Dokument ihrer ebenso gespannten wie enttäuschten Erwartung hinein.

Ich hätte gerne ein gutes Wort für Rüdiger eingelegt. Aber was hätte ich vorbringen können? Ein bißchen mager war er schon. Daß er eigentlich ganz nett war, hatte Andi längst selbst bemerkt. »Wohnt er wirklich bei seinen Eltern?«

Sie nickte.

Ich schluckte. Mit dem Rest der Cola versuchte ich den sauren Geschmack herunterzuspülen, den sowohl das Zuviel an Essig im Bauernsalat als auch die Vorstellung, mit dem alten von Bohr unter einem Dach zu leben, hinterlassen hatte. Wir bedauerten Rüdiger noch ein bißchen, das heißt, Andi beglückwünschte sich dazu, daß sie »damit nie was zu tun haben würde«, und ich war dankbar für den Sicherheitsabstand von immerhin zweieinhalb Kilometern Luftlinie zwischen meinen Eltern und mir. Dann brauchte ich doch ein Bier, um den bitteren Nachgeschmack loszuwerden, und einen nicht feuergefährlichen Aschenbecher, um meine erste Attacke gegen die Stimmbänder der Diva zu rauchen.

An der Theke nahm mich Rüdiger beiseite. »Ich weiß nicht, ob ihr schon darüber gesprochen habt«, begann er umständlich und zog mich ein Stück weg.

»Mit wem habe ich über was gesprochen?« hakte ich nach, da Rüdiger nicht willens schien, sich genauer auszudrücken.

»Mit Andi.« Er holte Luft. »Sie will ein Treffen arrangieren mit uns dreien und diesem Hermann.«

Ich nickte. »Und?«

»Also, ehrlich gesagt«, druckste er herum, »würde ich das Ganze gerne abbiegen. Ich kann Leute wie den einfach nicht ausstehen. Im Moment schon gar nicht«, beeilte er sich zu erklären.

Es war ihm hoch anzurechnen, daß er Andi nicht bloßstellte und statt dessen Hermann den Schwarzen Peter zuschob. Ich ging darauf ein und spielte die schlecht Informierte: »Wir können uns doch ohne Hermann treffen«, schlug ich vor, wohl wissend, daß uns die peinliche Zusammenkunft erspart bleiben und ich nicht der Kuppelei bezichtigt werden würde.

Rüdiger betrachtete seine Schuhspitzen. »Das möchte ich eigentlich auch nicht«, sagte er leise. Dann sah er mich entschuldigend an. »Versteh mich bitte nicht falsch. Es hat wirklich nichts mit dir zu tun.«

»Schon klar«, erwiderte ich verständnisvoll.

Dabei hätten wir es bewenden lassen können, wenn Rüdiger nicht ausgerechnet jetzt größeren Erklärungsbedarf gesehen hätte.

»Andi ist ja lieb und nett. Aber sie redet soviel … Na ja, sie ist wohl nicht mein Typ«, bekannte er. »Und ich möchte ihr das nicht direkt sagen müssen. Ich will sie nicht verletzen. Das wär mir im Moment einfach zuviel.« Er hob beschwörend die Hände.

»Ich denke, die Botschaft ist auch indirekt angekommen«, gab ich nun doch zu erkennen, daß ich bereits eingeweiht war.

Rüdiger atmete auf. »Glaub mir, ich wollte sie nicht vor den Kopf stoßen«, versicherte er. »Es ist nur so, daß ich im Moment ziemlich viel mit mir selbst zu tun habe.«

Ich glaubte ihm beides und nickte.

»Und außerdem«, fügte er leise hinzu, »braucht Anne mich jetzt.«

Ich sah sie vor mir, wie sie an Heiners offenem Grab stand und dieses unendlich traurige Lied sang. »Wie geht's ihr?« fragte ich beklommen.

»Unterschiedlich. Heute nachmittag war sie ganz ruhig, beinahe heiter. Und gestern abend so wütend.« Rüdiger wischte sich über die Augen. »Es ist ja gut, daß sie schreit und brüllt und um sich schlägt, wenn's zu schlimm wird. Nur kommt man sich so entsetzlich hilflos vor, wenn man daneben steht.«

»Ja«, sagte ich, obwohl ich Rüdiger gegenüber wahrscheinlich weniger hilflos gewesen wäre, wenn er ein bißchen rumgebrüllt hätte. Vorsichtig betastete ich seinen Arm.

»Es geht schon«, murmelte er entschuldigend und hob dann etwas die Stimme. »Aber du siehst, daß ich im Moment absolut nicht heiratsmarkttauglich bin. Später vielleicht … Heiner hat ja immer gesagt, ich sollte mich endlich mal unter den Frauen vor Ort umsehen.« Er lächelte in sich hinein. »Er hat das ja gleich dreimal gemacht.«

Ich horchte auf. »Gibt es denn außer Kathrin noch jemanden hier?« fragte ich alarmiert.

»Kathrin?« Er sah mich verständnislos an. »Ach so, ihr kennt euch ja. Aber Kathrin zählt eigentlich nicht als Einheimische. Nein, irgendwann, als Heiner noch in Würzburg war, hat er 'ne Beziehung mit 'ner Frau gehabt, die von hier war.«

»Mit wem?« Ungeachtet der Tatsache, daß sich kein Aschenbecher in greifbarer Nähe befand, zündete ich endlich eine Zigarette an.

Rüdiger zuckte mit den Achseln. »Keine Ahnung. Jedenfalls hat mir der Name nichts gesagt.«

»Und wie war der Name?« erkundigte ich mich atemlos.

»Hab ich vergessen.«

»Rüdiger!« Am liebsten hätte ich ihn geschüttelt.

»Es war sowieso nichts Ernstes«, erklärte Rüdiger gelassen. »Heiner fand sie etwas verschroben.«

Ich verzichtete darauf zu erfragen, wie Heiner mich gefunden hatte. Meine bohrenden Fragen bezüglich der anderen Einheimischen beantwortete Rüdiger mit »weiß nicht«, gelegentlichem Achselzucken und generellem Desinteresse.

»Tut mir leid, Paula, ich kann dir wirklich nicht mehr sagen«, setzte er unserem zähen Ringen schließlich ein Ende. Ich ließ ihn ziehen, als er sich kurz darauf verabschiedete, um nach Hause zu fahren. Vielleicht konnte ich von Anne oder Kathrin Genaueres über die Identität der Frau erfahren; vielleicht waren Klingelhöfers Würzburger Kollegen ihr gar schon auf der Spur.

An diesem Abend war in der Angelegenheit kaum mehr etwas auszurichten. Also holte ich mir endlich ein Bier und suchte nach neuer Gesellschaft und einem Aschenbecher. Letzteren fand ich unweit der dicken Wasserstoffblonden und der Dunklen mit der langen Nase, die ich tags zuvor schon im *Rusti* gesehen hatte. Als ich die Zigarette, deren Asche im wesentlichen auf dem Parkett zerbröselt war, ausdrückte, waren mir ihre Namen aber immer noch nicht eingefallen. Ich seufzte und mischte mich unter die Grüppchen vor der Theke.

Es wurde richtig nett. Kein Mensch interessierte sich dafür, wie lange ich meinen Beruf schon ausübte. Der eine oder andere fand meine Tätigkeit sogar außerordentlich spannend. »Toll, da haste ja dein Hobby zum Beruf gemacht«, sagte man mir. Ich hörte von anderen interessanten Karrieren, zum Beispiel von einer Makrobiotin aus der Teeladenclique, die jetzt für McDonald's Werbetexte schrieb. Wir lästerten ungehemmt über »den CSU-Freund, der uns wohl immer noch nicht in die Augen sehen kann«, weil er dereinst die Abirede vermasselt hatte. Wir lachten gemeinsam über den *NHP*-Artikel, in welchem nach dem denkwürdigen Abend unsere Darbietungen gewürdigt worden waren. »›Resignation ist keine Lösung anstehender Probleme‹, stand da drin. Das werd ich nie vergessen«, erzählte einer. »Damals hab ich das sogar noch geglaubt«, prustete ein anderer. Ja, es war wirklich ausgesprochen nett, jedenfalls bis zu dem Moment, als eine vertraute Stimme eine Geschichte zum besten gab, die mir in Teilen bekannt vorkam.

Die Geschichte handelte von einer »eingebildeten Zieje«, die offenbar als »so was wie 'ne Edlnudde« von sich reden machte. Ich konnte nicht alles verstehen, was hinter mir gesprochen wurde, da die Erzählung immer wieder im Gegacker mindestens zweier weiterer Zuhörerinnen unterging. Aber so viel wurde deutlich: Eine aus unseren Reihen sollte sich in verruchten Etablissements verlustiert, sich »an reiche, ahle Knagger rangeschmissn un denen de Scheine aus der Dasche gezoochen ham«. Rein finanziell hatte es sich für die Protagonistin angeblich gelohnt, in ausgefallene Dessous zu investieren. »Dieder gugd ja au disse Steiner-Filme, aber Strabse un son Zeuch findet er billich. Mit so was soll ich ihm ja nie ankommen, sacht er immer«, vernahm ich. Das Gegacker schwoll an. »Un dann taucht die doch am Stand auf un benimmt sich wie de Heilije Johanna. Dud so, als wär nix, un behandelt mich von oben herap. Als wüßt ich nit, wasses in Würzburch getrieben hat.«

Ich wandte mich um und sah Melanie ins Gesicht. Ihr Haar war frisch onduliert und durch hellblonde Strähnchen farblich aufgepeppt. Auf ihrer Brust glitzerte irgendein mit Pailletten umrissenes Ornament. »Das häddesde schon letzden Samsdaach hören können, wennsdes nit so eilich gehapt häddest«, rief sie mir nach, als ich den Saal verließ.

Sonntag, 19. September, früher Nachmittag

Es war wieder heiß, und ein trockener Wind raschelte im gelbgefleckten Laub der Büsche in Riemenschneiders Vorgarten. Die Äste warfen Schatten über den Weg, die Astern leuchteten. Nach einem kurzen Zögern war ich nun bereits zum dritten Mal am Eingang des Hauses vorbeigegangen und lief die Straße mit dem obskuren Namen *Siechenrasen* weiter bis zur nächsten Kreuzung. Dort drehte ich mich um, entschlossen, Ruth einfach mit meinem Wissen zu konfrontieren, aber meine Entschlußkraft nahm ab, je näher ich dem Haus kam, und so wanderte ich zum vierten Mal an der Jägerzauneinfriedung vorbei. Was wußte ich denn schon? In meinem Gedächtnis schwirrte ihr Satz: *Dieses Sterben hat mich doch sehr angegriffen*, in seiner ganzen mangelnden Eindeutigkeit. Ruths Rückfall in alte Kleidungsgewohnheiten schien zeitlich mit Heiners Tod zusammenzufallen. Man konnte sie durchaus als verschroben bezeichnen, und in Würzburg gelebt hatte sie auch. Leider war die Person, von der ich letzteres erfahren hatte, alles andere als vertrauenswürdig.

Von ganz weit unten im Schutt meiner Erinnerungen stieg eine Szene auf, in der wir, beginnend bei den vorgeblichen Verfehlungen Effi Briests, uns in Hitze geredet hatten. Ich weiß nicht mehr, wer von uns zuerst persönlich geworden war. »Starrsinniges Festhalten an überholten menschenfeindlichen Ordnungssystemen« hatte ich ihr an den Kopf geworfen, was von ihr gekontert wurde mit »diffuser Menschenfreundlichkeit als Tarnkäppchen für die eigene Undiszipliniertheit und Unentschlossenheit«. Abrupt hielt ich an.

Vielleicht war es nunmehr an der Zeit, meine Entschlußfähigkeit und Konsequenz unter Beweis zu stellen. Ich drehte auf dem Absatz um, ging zielstrebig zum fünften Mal an einer Reihe Pappeln vorbei, durchmaß festen Schrittes Riemenschneiders Vorgarten, mein Finger machte keine Anstalten, vor dem Klingelknopf zurückzuweichen, und selbst das Läuten im Innern des Hauses klang vital.

Ruths jüngerer Bruder Christian öffnete. Er sah mich von sehr weit oben durch seine dicken, runden Brillengläser an und blinzelte. »Ja?« fragte er, bevor ich etwas sagen konnte. Dann erkannte er mich. »Ach, du bist das. Komm rein. Wie geht's?«

»Danke der Nachfrage«, bewies ich meine Fähigkeit, von den richtigen Leuten das Richtige immer noch lernen zu können, und schloß anstelle der obsoleten Gegenfrage etwas gemurmelt Kondolenzartiges an. Im Eingangsflur war der Garderobenspiegel mit einem Tuch verhängt. Es roch streng nach Medikamenten und Desinfektionsmitteln. Hoffentlich hatten sie nirgendwo die Leiche aufgebahrt.

Christian zögerte, bevor er mich in die Tiefen des Trauerhauses führte. Dann reagierte er auf meine ungenauen Beileidsbekundungen. »Laß mal. Heb dir das für meine Mutter auf, wenn du sie siehst.« Er fuhr sich durch das mattbraune, kurze Haar. Ich fühlte mich wie Gulliver im Land der Riesen und bewunderte seine Schuhe, während er weitersprach. Er hatte mindestens Schuhgröße 48. »Ich mache mir Sorgen um Ruth«, sagte er dann. »Seit sie hier ist, ist sie einfach nicht mehr dieselbe.«

»Ich weiß«, warf ich ein.

»Sie sagt nichts. Vielleicht ist sie einfach nur erschöpft, wie wir alle. Immerhin hat sie der Mutter einen Haufen Arbeit und Wege abgenommen. Sprich mal mit ihr. Vielleicht redet sie mit dir.«

»Darum bin ich hier«, sagte ich.

Er nickte ernst. »Gibt's da irgendwas, was wir wissen sollten?« erkundigte er sich, während wir den Flur passierten, er langsam, ich schnell, um mit ihm Schritt halten zu können. Ein paar antike, dunkelbraune Kommoden standen herum, auf denen weder Zierdeckchen noch die im Haushalt meiner Mutter allgegenwärtigen Trockenblumengestecke prangten. Dafür hingen über den Zimmertüren einige Hirschgeweihe. In einer Ecke stand ein lederner Ohrensessel mit einer Stehlampe und einem Tischchen daneben. Eine Tür war angelehnt und ließ etwas Licht in den Gang. Wir schritten über den dicken Orientteppich auf den Lichtstreifen zu. Im Haus war es bemerkenswert still. Ich tat, als hätte ich seine Frage überhört.

Wir betraten die Küche. Frau Riemenschneider stand an dem in der Mitte des Raums aufgestellten Eßtisch und verpackte Inkontinenzeinlagen in einen Karton. Auf den Ablageflächen der nußbaumfurnierten Einbauküche lagen originalverpackte Einwegspritzen, Medikamentenfläschchen und -ampullen und weitere Gegenstände medizinischer Art, über deren Anwendung ich nicht weiter nachdenken wollte.

Mutter Riemenschneider sah von ihrer Beschäftigung auf. »Paula?« Sofort gewann sie ihre Fassung wieder. »Sie möchten sicher Ruth besuchen. Das Kind hat es ja ein bißchen bedauert, daß es gestern nicht zu eurem Treffen kommen konnte. Aber das hätte doch nicht gepaßt.«

Ich reichte ihr die Hand und brachte mein Kondolenzsprüchlein an.

»Vater ist in Gottes Hand«, antwortete sie mit leicht geneigtem Kopf. Ich meinte, Christian hinter mir Luft einsaugen zu hören. Frau Riemenschneider hatte es auch gehört und blickte scharf über mich hinweg. »Christian, bitte«, wies sie ihn zurecht.

»Entschuldige, Mutter«, sagte der Mann lammfromm. »Ich bring Paula rasch zu Ruth.« Zügig schritt er um den Tisch herum und auf die Glastür an der linken Seite des Raums zu. Ich schenkte Frau Riemenschneider mein professionelles Lächeln und war froh, ihm ins Freie folgen zu können.

»Ich bringe euch gleich etwas zu trinken«, rief sie uns noch hinterher.

Wir traten durch den Bastvorhang hinaus. Die Äste der Obstbäume im Garten zeichneten auf den hellen Bodenplatten der Terrasse Muster aus grellem Licht und scharfen Schatten. Immer wenn eine Böe in die Bäume fuhr, huschten die Lichtflecken über den alten Holztisch, die schmalen Klappgartenstühle aus Holz und Eisen und auch über die rosa geblümte Hollywoodschaukel, in der Ruth saß und schaukelte. Sie trug alte Hausschuhe, ihren Glockenrock und dazu eine karierte Bluse.

»Besuch für dich«, rief Christian mit der fröhlichen, zu lauten und sich naiv gebenden Stimme dessen, der mit einem Kleinkind oder einem Schwerkranken spricht.

»Hallo, Ruth«, sagte ich, wie ich hoffte, in der einer erwachsenen Person angemessenen Stimmlage. »Hast du ein paar Minuten Zeit?«

Ruth stieß sich mit den Füßen vom Boden ab und schaukelte weiter, ohne uns zu beachten. Die Federn quietschten im Gestänge.

Christian zuckte hilflos die Achseln. »Ich laß euch dann mal allein und helf der Mutter«, sagte er und eilte durch den Bastvorhang zurück ins Haus.

Die Hollywoodschaukel quietschte noch einmal, dann bremste Ruth resolut ab und wandte mir ihr Gesicht zu. Ihr Lächeln war gewohnt spöttisch und ihre Augenbraue hochgezogen. »Der hat wohl ein Pflegedefizit, das er jetzt an mir auslassen will.« Sie pfiff ein paar falsche Töne. »Der letzte echte Softie, mein kleiner Bruder. Er hat sogar Zivildienst gemacht. Trotzdem hat er's nicht geschafft, die Mutter zu überzeugen, daß ich meinen Urlaub auch anders hätte nutzen können.« Ich griff nach meinem Tabak, und Ruth setzte die Schaukel wieder in Bewegung. »Nun?« fragte sie dann. »Was verschafft mir die Ehre deines Besuchs?«

Das Rascheln des Bastvorhangs in meinem Rücken ersparte mir die sofortige Antwort. Frau Riemenschneider trat mit einem Tablett heraus, auf dem eine Flasche Mineralwasser und zwei Gläser standen, und stellte es auf den Tisch. »Du kümmerst dich um deinen Gast, nicht wahr, Ruth?«

Ohne eine Antwort abzuwarten, ging sie. Ruth ignorierte sowohl ihre Mutter als auch das Tablett vor ihr. Da ich einen einigermaßen trockenen Mund hatte, goß ich uns beiden ein. Ruth schaukelte, und die Schaukel machte »Rarih«, wenn sie nach vorn, »Rarah« wenn sie nach hinten ausschlug.

»Wie war's auf dem Jahrgangstreffen?« fragte sie unvermittelt.

»Aufschlußreich«, entfuhr es mir. Und ohne daß ich nach passenden Überleitungen hätte suchen müssen, sprach die neue Paula aus mir: »Wie hast du's angestellt, daß Heiner letzten Samstag mit dir ins Bett gegangen ist?«

Das Quietschen stoppte jäh. Ruth sah überrascht auf und lächelte dann spöttisch. »Respekt, Paula. Deine … literarische Betätigung scheint auf dich abzufärben.« Sie verschränkte die Arme hinter dem Kopf und stieß sich wieder vom Boden ab. »Rarah«, machte die Schaukel, »rariih, rarah.« Ich stürzte drei Viertel des Inhalts meines Glases auf einen Zug hinunter und kämpfte mit der Kohlensäure, die meine Speiseröhre hinaufdrängte, entschlossen, die Stille auszuhalten, bis sie weiterredete. »Das war ja keine Kunst«, ging sie schließlich auf meine Frage ein. »Gib den Typen ein paar Schlüsselreize, und schon wollen die doch nichts anderes mehr.« Ich rülpste dezent beiseite und zündete dann meine Zigarette an.

Ruth hatte trotz ihrer unzeitgemäßen Kleidung immer viel mehr Raffinesse besessen als ich. Sie hatte unsere Mitschüler, besonders die mit den karierten Hemden, durch minimale Veränderungen in Stimmhöhe und Körperhaltung zu umgarnen verstanden. Anschließend hatte sie sich die Jungs mit kühlen Vorträgen über die Vorzüge jungfräulicher Eheschließungen vom Leib gehalten. So hatte sie es ja wohl auch in den Jahren danach gehalten, wenn man den umlaufenden Klatschgeschichten Glauben schenken sollte. »Heiner auch?« fragte ich ungläubig.

»Das war schon ein bißchen schwieriger. Heiner und ich waren ja früher mal befreundet. Aber wenn man einfach dafür sorgt, daß sie vergessen, daß sie einen kennen, geht's fast so gut, als wenn man sie das erste Mal sieht. Ich hab mich eben ein bißchen um mein Outfit gekümmert«, sie ließ ihren Blick über meine schwarze Jeans und das dunkelgrüne T-Shirt gleiten. »Man braucht allerdings ein gewisses Gespür für Kleidung und Farbkombinationen.« Ich aschte mangels Aschenbechers auf die Terrassenfliesen. »Kurzer Rock und Strumpfhosen sind unerläßlich. Die Strumpfhosen deshalb, weil sie die Beine formen. Den Busen solltest du verborgen lassen, kein Dekolleté, das schreckt sie nur ab, aber bitte auch keinen Schlabberpulli, daß nix mehr zu sehen ist.« Rarih, rarah, rarih, rarah. »Bist du erst einmal bis zur trauten Zweisamkeit vorgedrungen, geht's am besten mit Lächeln und Halbsätzen. Laß ihn reden. Gib ihm das Gefühl, er hätte was Wichtiges zu sagen. Und das Lächeln nicht vergessen. Schau ihn an, aber wenn ihr euch länger in die Augen seht, mußt du als erste weggucken. Vorher mußt du kurz aufhören zu lächeln. Es ist der einzige Moment, in dem du Unsicherheit zeigen *mußt*. Das reicht normalerweise«, sagte sie sachlich.

»Danke«, giftete ich.

»Mach mir auch eine Zigarette«, verlangte sie und bremste die Schaukel ab. Ich legte meine brennende Zigarette auf den Gartentisch, so daß die Glut über den Rand hinwegwies, und kam ihrem Wunsch nach. Ruth paffte und stieß mit in den Nacken gelegtem Kopf eine Rauchsäule gegen die Decke der Hollywoodschaukel. Selbst Rauchen wurde bei ihr zur kalkulierten Geste. »Hast du sonst noch Fragen?«

Die Ruth, die ich auf dem Markt für ihre Kleidung und Souveränität bewundert hatte, war also ein Kunstprodukt gewesen, einzig kreiert, um einen alten Freund zu verführen. »Warum Heiner«, fragte ich. »Bisher hast du dieses Spielchen doch nur mit alten Männern gemacht.«

»Das ist lange her«, sagte Ruth, »und das war auch ganz etwas anderes. Was weißt du schon davon.«

»Immerhin das, was selbst hier die Spatzen von den Dächern pfeifen«, konnte ich mir nicht verkneifen, ihr in das ungerührte Gesicht hinein zu sagen. »Daß du in Würzburg irgendwelche Typen in Hotelbars angemacht hast. Über das, was danach passiert ist, gibt es zwei vorherrschende Meinungen. Die einen sagen, du hast 'ne Stripshow abgezogen und die Männer dann hängenlassen, die anderen sagen, du hättest mit ihnen gefickt. Gegen Cash.«

Sie zuckte nicht zusammen. »Soso. Sagt man. Und was davon glaubst du? Und wie, denkst du, hängt das mit Heiner zusammen?« fragte sie mit einem zuckersüßen Lächeln. Kokett blies sie den Rauch ihrer Zigarette in den Garten und warf den Stummel achtlos hinterher. Das Rauchwölkchen warf einen Schatten. »Starkes Kraut«, stellte sie fest. »Das ist doch die Marke, die im Gefängnis geraucht wird, oder? Gib mal her.«

Ich reichte ihr den Tabak und beobachtete, wie sie wahrscheinlich zum ersten Mal in ihrem Leben eine Zigarette mehr faltete als drehte. Dann verbalisierte ich meine Theorie. »Ich denke, du hast während deines Studiums bloß das weitergeführt, was du an der

Schule schon angefangen hast. Du hast Typen scharfgemacht, die dir so weit unterlegen waren, daß du nie in Gefahr gekommen bist, dich selbst zu verlieben«, schloß ich den ersten Gedankengang. »Und dann hast du das Spielchen mit Heiner probiert.« Ich zögerte, bevor ich weiter spekulierte. »Und mit ihm hat es nicht geklappt. Ich nehme an, er hat dich ausgelacht bei deinem Strip.«

»Warum sollte ich ihn dann Jahre später noch einmal besuchen?« Jetzt war sie wieder ganz von oben herab. »Eine äußerst schwache Motivation, Paula. Ich möchte deinen Kommentar hören, wenn jemand versucht, dir so was in einem Buch zu verkaufen. Probier's noch mal«, forderte sie mich auf.

»Vielleicht hat dich genau das an ihm gereizt. Vielleicht hast du dich in ihn verliebt, gerade weil er auf deine Spielchen nicht einging.« Ihr verträumtes Lächeln erinnerte mich an etwas. »Er war doch das *andere*, für das du so viel Zeit hattest«, mutmaßte ich, ihre heitere Versunkenheit auf dem Marktplatz vor Augen.

»Na gut«, sagte Ruth. »Zumindest ein Stückchen von den Tatsachen hast du rausgebracht. Es war natürlich weit prosaischer. Die Geschichte mit Heiner lief völlig unabhängig von meinen sonstigen Herrenbekanntschaften. Du denkst mich zu eindimensional.« Sie legte ihre erste Selbstgedrehte auf den Tisch und sah auf, als horche sie ihrem Satz nach. Ich ließ die Zigarette, die ich fast bis an meine Fingerkuppen abgeraucht hatte, auf die Terrasse fallen. »Natürlich habe ich mich verändert, als ich hier rausgekommen bin. Ich bin ja nicht als bunter Hund unter den Kommilitonen rumgelaufen. Im zweiten Semester hab ich sogar – wie sagte man damals – eine Beziehung gehabt. Nichts Weltbewegendes, aber jedenfalls das Ende meiner Jungfräulichkeit.«

»Darf ich daraus schließen, daß du deine exotischen Ansichten über den Kontakt zwischen den Geschlechtern mit deinem Auszug in die Welt zu den Akten gelegt hast?« fragte ich und trat den noch glimmenden Stummel aus.

Ruth zuckte die Achseln, immer noch mit meinem Tabak und meinen Blättchen beschäftigt. »Vorübergehend. Ich dachte wohl, daß es an der Zeit ist, mein Mädchenstadium zu beenden. Leider hat die Angelegenheit nichts von dem gehabt, was ich mir immer darunter vorgestellt hatte. Es war bloß eine öde, mehr oder minder sportliche Übung in einem Studentenwohnheimbett.« Sie verzog den Mund. »Es hat sich nicht gelohnt, und ich bin danach wohl etwas aus dem Ruder gelaufen. Wahrscheinlich hab ich nach dieser verkorksten Affäre zeitweise wirklich geglaubt, daß ich mein Fleisch möglichst teuer verkaufen sollte oder vielmehr die gewünschte Leistung gar nicht erst erbringen. Du hast natürlich recht, was diese Männergeschichten angeht: Ich hätte nie einen von denen an mich rangelassen.« Beim Zusammenkleben der Zigarette riß das Blättchen. Sie sah mich an. »Heiner hab ich im Rahmen des studentisch Üblichen auf einer Party kennengelernt. Im Sommer 89. Er fand mich wohl ganz interessant, und ich verliebte mich in ihn.« Ruth lächelte. »Und im September sind wir nach Cinqueterre gefahren.«

»Und dann?«

Sie betrachtete die kaputte Zigarette und meinte: »Ich werde noch üben müssen. Dauert es lange, bis man das kann?« Sorgfältig legte sie das verunglückte Modell auf den Tisch und unternahm einen neuen Versuch.

»Du wirst es schon lernen«, beruhigte ich sie. »Eigentlich ist es nichts anderes als Tütenkleben.«

Den Blick unverwandt auf das Blättchen mit dem Tabak zwischen ihren Fingern gerichtet, äußerte sie: »Weißt du, was das Richtige an unserem altmodischen katholischen Grundsatz ist, als Jungfrau in die Ehe zu gehen? Wir ersparen uns diesen ungeheuren Schmerz des ersten Verlassenwerdens. Du weißt doch, *Wo die Liebe erwacht, stirbt das Ich, der finstere Despot.* Aber wie kriegt man sein Ich wieder, wenn die Liebe vorbei ist? Das vergessen sie immer zu erklären in diesem ach so fortschrittlichen Jahrhundert.« Eine kleine Szene erstand vor meinem inneren Auge:

Es ist warm, ein Fenster steht offen. Es ist schon dunkel draußen. Heiner lehnt in Unterhose und T-Shirt an einem alten Küchenschrank. Rechts neben ihm liegt ein angeschnittenes Brot, das Brotmesser daneben. Links von ihm steht das Weinglas, aus dem er gerade nicht trinkt. Die Küche riecht nach Erdbeeren.

»Er wurde meiner recht schnell überdrüssig«, sagte Ruth in

meine Erinnerung hinein. »Ich habe mich zurückgezogen, als ich es gemerkt habe, und nicht gewartet, bis er mich rauswirft. Dann hab ich den Job gekriegt und bin nach Nürnberg gezogen. Ich habe mich anders angezogen. Ich habe mich anders benommen. Ich habe mir alle Mühe gegeben, eine moderne, berufstätige Frau zu werden, eine, die ein Dr. Feußner hätte lieben können.«

»Und hier hast du die Probe aufs Exempel gemacht?« fragte ich dazwischen.

»Ja, so könnte man das sehen«, bestätigte Ruth. Stirnrunzelnd betrachtete sie die zigarettenähnlichen Ergebnisse ihrer Bemühungen, die sie akkurat nebeneinander auf dem Tisch aufgereiht hatte.

Es riecht nach Erdbeeren. Im Hintergrund singt Bonnie Tyler. I get a little bit nervous that the best of all the years have gone by. Ich versuche, mein Weinglas zu zerdrücken. Heiner sagt: »Paula, wir haben doch eine schöne Zeit gehabt, sei vernünftig.« Ich schreie etwas.

Ich atmete tief durch. »Du hast die verfeinerte Form deines Verführungsprogramms durchgezogen, und er hat dir, was weiß ich, gesagt, daß er eine Freundin hat.«

»Ja, immer diese banalen Geschichten.« Ruth setzte die Hollywoodschaukel wieder in Bewegung und hob die Stimme, um das Quietschen zu übertönen. »Er hat mir erzählt, daß er 'ne Freundin hat, die genau das ist, was er immer gesucht hat. Richtig leuchtende Augen hat er bekommen. Sie sei so kompromißlos.« Sie lachte bitter auf. Ich kriegte plötzlich Herzklopfen und mußte einen Schluck Wasser trinken. »Warum nur geht er mit mir ins Bett, wenn er doch diese drogensüchtige Musikerin liebt ...« Sie stoppte die Schaukel ab und zündete sich eine ihrer krummen Zigaretten an.

Ich sehe vor Heiners Füßen Scherben und eine Pfütze Rotwein. Es ist einen Augenblick ganz still. Ich sehe in sein Gesicht. Über sein rechtes Auge läuft Blut. »Raus!« schreit er. Ich verlasse die Wohnung in dem Gefühl, Siegerin geblieben zu sein.

»Und dann hast du das Brotmesser geholt und auf ihn eingestochen?«

Ruth lachte hell und klangvoll auf. Freundlich und nicht mehr ganz so hochnäsig sagte sie: »Ich muß dich enttäuschen, Paula. Dann bin ich gegangen.« Mir stieg das Blut in den Kopf. Automatisch griff ich nach dem Schwarzen Krausen und wagte nicht, sie anzusehen. »Hast du wirklich geglaubt, ich hätte ihn ermordet? Nein, Paula. Ich hab Heiner zufällig im Krankenhaus getroffen. Er war der Arzt meines Großvaters. Das Ganze war geplant als ein Abendessen in allen Ehren und ist dann, nun ja. Ich wollte das schon so.« Ihre Stimme war immer leiser geworden. Jetzt rauchte sie geistesabwesend, statt affektiert zu paffen. »Im nachhinein bereue ich's natürlich«, begann sie nach einer Weile wieder in normaler Lautstärke. »Es werden nur alte Wunden wiederaufgerissen. Und dann wird mir natürlich niemand glauben, daß ich einfach weggegangen bin. Sie werden sich alle was zurechtphantasieren. Genau wie du. Deshalb stell ich mich mal lieber darauf ein, eine gewisse Zeit im Gefängnis zu verbringen.« Eine Bewegung ließ mich aufschauen. Sie fuhr mit der Hand in einer liebevollen Geste über die Reihe der Anfängerzigaretten.

»Und diese komischen Röcke trägst du jetzt wieder, weil du keine Kompromisse mehr machen willst?« hörte ich mich fragen.

»Ich will mich nicht jeden Tag dreimal mit meiner Mutter streiten«, antwortete sie verwundert. »Das ist alles. Es hat gar nichts mit Heiner zu tun.« In meinen Ohren begann es zu pochen. Dann stand sie aus der Hollywoodschaukel auf und setzte sich zu mir an den Tisch. »Hat man ihn wirklich mit einem Brotmesser erstochen?« fragte sie.

»Da lag eins auf dem Bett«, sprach ich mechanisch gegen meine Ohrgeräusche an.

»Furchtbar«, sagte Ruth. »Brotmesser sind doch gar nicht richtig spitz.« In der folgenden Stille knetete ich mein Tabakpäckchen. »Wie bist du überhaupt auf mich gekommen?« wollte sie noch wissen.

Ich winkte ab und stand auf. »Es tut mir leid«, murmelte ich und legte ihr, als hilflosen Versuch einer Wiedergutmachung, den Tabak auf den Tisch.

Montag, 20. September, nachmittags

Ich fühlte mich unbehaglich auf dem großen Stuhl. Eine rundliche Fünfzigerin hatte mich freundlich, aber bestimmt angewiesen, hier Platz zu nehmen.

Vor mir sah ich eine sonnenüberflutete Waldlichtung. Die Farbnuancen spielten vom frühlingshaften Erbsgrün der Laubbäume über das saftige Grün des Grases bis ins Schwarzgrün der Tannen. Ich hörte kein Vogelzwitschern. Statt dessen vernahm ich ein beständiges eintöniges Meeresrauschen, vermischt mit sanften, vor sich hin perlenden Klavierklängen, die weder eindeutig von links noch von rechts kamen. Beides, das zum Poster vergrößerte Hochglanzfoto und die akustische Berieselung, sollte wohl meiner Entspannung dienlich sein. Ich konnte mich nicht entspannen.

Hinter mir wurde eine Tür geöffnet. Leichtfüßige Schritte kamen näher. Rechts außerhalb meines Blickfeldes begann ein Wasserhahn zu laufen. Schmatzende Geräusche entstanden, als sich jemand die Hände einseifte. Mein Mund wurde trocken. »Ich komme gleich zu Ihnen, Frau Hubschmidt«, brummelte eine Männerstimme, und die Schritte entfernten sich wieder. Die Tür wurde behutsam geschlossen, bevor ich protestieren konnte.

Ich war nicht Frau Hubschmidt! Ich nahm lediglich einen Termin für einen gewissen *Herrn* Hubschmidt wahr. Dieser Herr Hubschmidt konferierte just zu diesem Zeitpunkt mit Kollegen. (»Ich kann da nicht fehlen. Is total wichtig. Es geht darum, ob Marco von der Schule fliegt oder nicht. Du kannst ja an meiner Stelle gehen. Wenn nicht, sag ich halt ab.«) Ob noch Zeit war, meine Entscheidung zu revidieren? Als Frau Hubschmidt konnte ich unerkannt fliehen. Aber die Furcht, mich der Lächerlichkeit preiszugeben, fesselte mich genauso effektiv an den Stuhl, wie es Stricke getan hätten.

Die Tür wurde wieder geöffnet und gleich darauf geschlossen. Die Schritte mehrerer Personen verteilten sich im Raum. Rechts hinter mir raschelte es. Mein Blick verhakte sich im Arsenal der Zangen, Spiegel, Häkchen und Bohrerköpfe, die fein säuberlich auf dem fahrbaren Stahltischchen zu meiner Rechten aufgereiht waren. Meine Finger verkrampften sich in die Armlehnen. Von links neigte sich ein Kopf über mich. Ich sah auf und drückte mich unwillkürlich fester gegen das Rückenpolster. Das Gesicht hatte ich erst kürzlich gesehen. Winzige Löckchen kringelten hinter den Ohren hervor und stauchten auf den Schultern. Über der Stirn und an den Seiten war das Haar straff nach hinten gekämmt und mußte irgendwo am Hinterkopf zusammengehalten sein. Es war faupelfarben. »Oh, hallo«, sagte Tanja Faupel überrascht. »Ich mach meine Ausbildung hier«, fügte sie erklärend, fast schon entschuldigend, hinzu.

Es gelang mir, ein heiseres »Hallo« durch meine ausgedörrten Lippen zu pressen und in einer Weise zu grimassieren, die hoffentlich als freundlich auszulegen war.

Von rechts trat Rüdiger an mich heran. Das Zucken in seinen Mundwinkeln gefror, als er mich ansah, und er wich einen halben Schritt zurück. Wenigstens war er nicht durch meinen Anblick blaß geworden. Schon in dem kurzen Moment, bevor das Erkennen in seinen dunklen Augen aufgeflackert war, hatte seine Gesichtsfarbe mit dem strahlenden Weiß seines Polohemdes konkurrieren können. »Hast du Schmerzen?« fragte er sachlich-kühl.

Froh, dies verneinen zu können, schüttelte ich den Kopf. Tanja machte sich mit dem Fuß unter dem Stuhl zu schaffen. Ich spürte, wie ich leicht nach hinten kippte und meine Füße den Kontakt zum Boden verloren.

»Was macht dich dann zum Notfall?« erkundigte sich Rüdiger geduldig.

»Nichts!« Ich fand in eine aufrechte Sitzhaltung zurück und faselte etwas von »Routinecheck« und »Bonusheft«.

»Seltsam!« Rüdiger sah auf die Patientenakte in seiner Hand. »Kann es sein, daß du bei meinem Vater vorgemerkt bist?«

»Nein«, krächzte ich.

»Tja, bei mir bist du's auch nicht«, erklärte er bedauernd. »Und wenn du nicht als Notfall zwischengeschoben bist, ist jetzt eigentlich eine Frau Hubschmidt dran.« Er sah noch einmal auf die gelbliche Pappe. »Paula Hubschmidt«, ergänzte er.

Erst jetzt fiel mir auf, daß ich bei der Anmeldung nur meinen Vornamen hatte angeben müssen, nebst einigen persönlichen Daten und meiner Krankenkasse. Das lebenswichtige Plastikkärtchen von der Kasse hatte ich bedauerlicherweise vergessen. Ich versicherte Rüdiger, daß alles seine Richtigkeit habe, und faßte das Zusammenspiel unglücklicher Umstände kurz als »Mißverständnis« zusammen.

Rüdiger bedachte mich mit einem Dann-wollen-wir-das-mal-glauben-Blick, griff in seine Brusttasche und zückte einen Kugelschreiber. Er benutzte das Werkzeugtischchen als Schreibunterlage, zog mehrere gerade Striche am oberen Pappenrand und malte dann langsam, jedes Zeichen noch einmal sorgfältig nachziehend, eine neue Buchstabenfolge darüber. Schließlich legte er meine noch zu schreibende Krankengeschichte beiseite und streifte sich bedächtig ein Paar chirurgischer Handschuhe über. »Dann laß mich mal sehen«, formulierte er präzise. Ich schluckte.

Tanja berührte meine Schulter und drückte mich sanft zurück gegen die Lehne. Diese glitt noch weiter nach hinten, bis ich mich in einer fast liegenden Position befand. Eine unerbittliche Lampe wurde auf mein Gesicht gerichtet.

Rüdiger streckte mir seine gummierten Finger entgegen. Sie hielten einen Spiegel und ein Instrument mit einer häßlich gebogenen Spitze. Ob er mir hinterher wenigstens Nelkenöl verabreichen würde? Er schien auf etwas zu warten. »Den Mund mußt du schon aufmachen.«

Mit einiger Mühe gelang es mir, meine Kiefer, die immer wieder reflexartig zurückschnappen wollten, ein Stück auseinanderzudrücken. Schicksalsergeben schloß ich die Augen.

»So geht das wirklich nicht, Paula«, seufzte Rüdiger.

Ich gab mein Bestes und kniff dabei angestrengt die Augen zusammen.

»Meine Güte, du bist ja völlig verkrampft. Hast du etwa Angst vor mir?« fragte er leise.

Ich nickte. »Nein«, brachte ich heraus und sah ihn an.

Rüdiger lächelte milde. »Ich will doch erst mal nur nachsehen. Es passiert überhaupt nichts.«

Ich sog antiseptische Luft durch die Nase ein und heftete meinen Blick auf die Waldlichtung. Rüdiger hat schon genug mit seinem Vater zu tun, redete ich mir innerlich zu. Er mußte sich nicht auch noch mit den von diesem verursachten Phobien auseinandersetzen.

»So ist es gut, ja. Ruhig, ganz ruhig«, lobte Rüdiger, der mit der Inspektion meiner Zahnreihen begonnen hatte. Er hantierte gekonnt mit Häkchen und Spiegel, pochte hier auf eine Füllung, kratzte dort in einem Zwischenraum und murmelte ununterbrochen die Zahlen und Buchstaben vor sich hin, die den Zustand meines Gebisses verschlüsselt wiedergaben. Plötzlich war er still. Dann beklopfte er liebevoll einen meiner Backenzähne irgendwo unten rechts. »Tut es weh?« Ich versuchte, etwas zu artikulieren, das einem Nein gleichkam. »Eigentlich müßte es. Hier hast du ein ganz hübsches Loch«, informierte er mich. Finger und Werkzeuge konnte er entfernen, bevor meine Zähne aufeinanderschlugen.

Ich reckte den Kopf in die Höhe. »Und jetzt?« verlangte ich zu wissen.

»Der Zahn sollte dringend behandelt werden«, erklärte Rüdiger bestimmt. »An deiner Stelle würde ich das nicht aufschieben.« Er sah mich ratlos und ein bißchen traurig an und seufzte tief. »Paula, wenn du nicht willst, daß ich das mache …«

»… dann kann ich gerne meinen Vater bitten«, bildete sich ein Nachsatz in meinem Hirn, den Rüdiger nicht ausgesprochen hatte. Mein Kopf fiel kraftlos zurück. Deutlich hörte ich die Stimme aus dem Off: *Ich bohre nicht an der alten Stelle weiter. Ein lebendiger, gesunder, frischer Nerv ist sehr viel empfindsamer.* »Bitte nicht«, stöhnte ich. »Ich meine, mach du das lieber.«

»Wenn du meinst. Die Entscheidung liegt bei dir. Ich nehme an, du möchtest eine Spritze«, ließ sich Rüdiger vernehmen.

Die Entscheidung ist manchmal ganz einfach: Wohlbefinden oder Schmerzen. Ich nickte schwach. Jeder Widerstand war zwecklos. Ich öffnete die Augen erst wieder nach der kleinen Ewigkeit, die das Betäubungsmittel brauchte, um sich zu verteilen, und Rüdiger die Nadel sachte aus meinem Zahnfleisch zog.

Die Rückenlehne schob mich wieder in eine würdigere Position. Tanja hielt mir einen Becher mit Wasser hin. Sie lächelte mich aufmunternd an. Dankbar nahm ich den Becher.

»Danke, ich brauche Sie im Moment nicht. Sie können meinem Vater assistieren«, wandte sich Rüdiger an Tanja, während ich ausgiebig über dem Spucknapf spülte. »Also schön«, fuhr er nach einem beredten Schweigen fort, »machen Sie eine Pause. Ich rufe Sie, wenn wir hier weitermachen.« Tanja verließ eiligen Schrittes den Raum.

Rüdiger blieb. Das irritierte mich, hatte ich es doch immer für ein ehernes Gesetz gehalten, daß man sich selbst und seinen Alpträumen überlassen war, bis die volle Wirkung der Spritze einsetzte. Alle mir bekannten Zahnärzte waren spätestens in diesem Moment mit wehendem Kittel in den Nebenraum entschwunden, um dort etwas Angefangenes zu beenden. War Rüdiger vielleicht der erste seiner Art, der auf Rundumbetreuung setzte? Wie rechnete er psychotherapeutische Extravaganzen mit den Kassen ab? Noch stand er aber nur regungslos am Fenster und sah hinaus, eine Hand in der Tasche, mit der anderen die schräggestellten Blenden der Jalousie auseinanderhaltend. Er hatte seinen Platz nur einmal kurz verlassen, um dem einlullenden Gerausche und Geklimper ein Ende zu machen. In die darauf folgende Stille tropfte der Wasserhahn. Ich wünschte, Rüdiger würde endlich etwas sagen.

»Nun sag's schon endlich«, forderte er statt dessen mich auf. Leider ließ er unerwähnt, was genau er wissen wollte.

Ob ich ihm von den Zahnarztträumen erzählen sollte, die mich hin und wieder heimsuchten? Und davon, was mich am meisten an ihnen beunruhigte: Nämlich, daß sie Frauen als Geburtsträume ausgelegt werden konnten? Ich entschied mich für ein einfaches »Was?«

»Das, weshalb du hier bist, Paula«, antwortete er ruhig, ohne seine Haltung zu verändern.

Ich betastete meinen rechten Unterkiefer. Die Gesichtshaut registrierte zwar noch die Impulse meiner forschenden Fingerspitzen, aber ein unbestimmtes Kribbeln kündigte schon die Betäubung an. »Rüdiger, es scheint mir offensichtlich, warum ich hier bin.«

»Ja!« Ein metallisches Rasseln schwirrte durch den Raum, als Rüdiger die auseinandergedrückten Jalousienblenden zurückschnellen ließ. Er drehte sich um und sah mir ins Gesicht. »Wann bist du drauf gekommen?«

»Vor fünf Minuten, als du es gesagt hast.« Irritiert ließ ich meine Hand sinken. »Glaub mir, ich habe das Loch wirklich nicht gesehen. Ich dachte, es wär reine Routine.«

Rüdiger war sichtlich enttäuscht von mir. »Hör doch auf damit. Bitte! Du weißt genau, wovon ich rede.«

Ich konnte nur bedauernd den Kopf schütteln. Ähnlich überfordert mußte sich Dustin Hoffman gefühlt haben, als ihn Olivier immer wieder mit einer einzigen unsinnigen Frage bedrängte. Und ich konnte nicht so schnell, geschweige denn so ausdauernd rennen wie der *Marathon Man*. Ich sank ein wenig in mich zusammen.

»Komm schon«, drängte Rüdiger. »Du meldest dich unter falschem Namen an. Du überrumpelst mich. Du zitterst wie Espenlaub.« Er hielt inne, um mich entgeistert anzusehen. »Mein Gott«, stammelte er fassungslos, »du hast keine Ahnung, stimmt's? Und ich dachte ...« Er lachte stimmlos auf. »Zuerst dein merkwürdiges Interesse an Annes früherem Freund, das sie sich gar nicht erklären konnte. Und dann am Samstag, als du unbedingt den Namen dieser Frau wissen wolltest. Ich war mir zwar nicht sicher, wie ernsthaft du Detektiv gespielt hast. Aber ich dachte wirklich, du würdest es über kurz oder lang herausfinden.« Langsam ließ er sich auf einen hohen Hocker nieder und verharrte dort mit vorgebeugtem Oberkörper. Seine Schultern zuckten krampfartig, und es war nicht zu unterscheiden, ob er lachte oder weinte.

Ich starrte ihn an. Ein leichtes Frösteln kroch meine Wirbelsäule hinauf und breitete sich über die Schulterblätter aus. Ich drückte mich fester gegen das Rückenpolster. »Ach, Rüdiger, ich hab übrigens rausgekriegt, wer die Dritte im Bunde war. Die dritte Einheimische, von der du am Samstag erzählt hast, mein ich. Die, die Heiner in Würzburg, du weißt schon, sie hat mit uns Abi gemacht. Erinnerst du dich an Ruth Riemenschneider?« plapperte ich einfach drauflos.

Rüdigers Schultern spannten sich. »Ja«, meinte er nur und rieb sich die Nasenwurzel mit Daumen und Zeigefinger.

»Sie war's nicht«, flüsterte ich verzweifelt und schlang die Arme um mich. Es war auf einmal sehr kalt in diesem Raum.

»Nein«, bestätigte er. Dann blickte er auf, sah aber an mir vorbei. »Es war mir klar, daß du auf sie tippen würdest«, fuhr er heiser fort. »Ich hab euch an *dem* Samstag gesehen. Wie ihr euch unterhalten habt. Auf dem Marktplatz. Ich hab einfach angenommen, daß du weißt, wo sie studiert hat. Und wenn nicht, wär's auch egal gewesen. Du warst ja erst mal abgelenkt.« Er warf mir einen scheuen Blick zu. »Entschuldige, aber du hast mir wirklich angst gemacht. Der Kripo hab ich dasselbe erzählt, als die mich am Freitag abend noch mal verhört haben. Ich wollte einfach Zeit gewinnen. Ich dachte, ich könnte das Ganze doch irgendwie durchstehen. Aber es war ja sowieso schon alles aus. Und ich hab gehofft, wenn rauskäme, daß diese Ruth an dem Abend mit Heiner geschlafen hat, denken sie, daß sie auch das ... das andere getan hat.« Rüdiger schwieg. Es tropfte und tropfte. Ich versuchte, das einsetzende Zähneklappern unter Kontrolle zu bringen.

Endlich sprach er weiter. »Ich konnte das natürlich nicht direkt sagen. Sonst hätte ich ja zugegeben, daß ich sie bei Heiner gesehen hab. Ich hab ja auch erst da erfahren, daß Heiner mal was mit ihr hatte. Daß er sie verschroben fand, hab ich gesagt, weil ich sie ja irgendwie beschreiben mußte. Ihr Verhalten, ihre Ansichten, was ich noch von früher wußte.«

»Aber du warst doch auf dem Geburtstag deines Vaters«, erinnerte ich ihn eifrig.

»Ja, das hast du mir anstandslos geglaubt.« Rüdigers Mundwinkel zuckten. »Und es war nicht mal gelogen. Jedenfalls nicht ganz. Mein Vater hatte tatsächlich an dem Tag Geburtstag. Aber es waren keine Gäste da. Nur mein Vater, meine Mutter und ich. Ich hatte gekocht. Während des ganzen Essens hat er auf mir rumgehackt. Was ihm alles nicht paßt. Was alles noch passieren muß, damit er sich mit siebzig dann auch wirklich zur Ruhe setzen kann. ›Alles muß in geordneten Bahnen ablaufen‹, hat er mindestens fünfzehnmal gesagt. Wie diese Bahnen für Anne, mich und auch für Heiner auszusehen hätten, hab ich dir ja erzählt.« Er fuhr sich unwillig durch die Haare und winkte dann mit einer fahrigen Geste ab. »Meinem Vater Widerworte zu geben macht alles nur noch schlimmer. So was wagt nur Anne, aber die war ja nicht da. Ich hab also irgendwie dieses Essen hinter mich gebracht und bin dann gegangen.« Rüdiger erhob sich schwerfällig.

Meine Zunge klebte am Gaumen. Sie war außerdem halb gefühllos. Ich mußte darauf achten, mir nicht draufzubeißen. »Das war ganz richtig so«, versicherte ich ihm, wobei meine Zunge die Lautbildung mehr behinderte als unterstützte. »Ich hab das auch mal gemacht, als meine Mutter Geburtstag hatte. Ich bin auch schnurstracks ins *Rusti* gegangen.«

Rüdiger begann, in weiten Kreisen um mich herumzulaufen. »Ich hab dann gedacht, ich könnte noch zu Heiner gehen. Das muß so gegen halb neun, neun gewesen sein. Anne war ja nicht bei ihm. Und er hatte auch nicht gesagt, daß er was Besonderes vorhatte. Ich wollte mich einfach bei ihm aussprechen. Ich hab sogar einen guten Wein mitgenommen. Als ich dann geklingelt hab, hat er nicht aufgemacht. Erst war ich enttäuscht, aber dann dachte ich, vielleicht ist er vor dem Fernseher eingeschlafen, oder er hat ihn so laut gestellt, daß er mich nicht hört. Also bin ich ums Haus rum zur Balkontür, um nachzusehen.«

Rüdiger befand sich jetzt hinter mir. Ich sah die Balkontür vor mir, bei Tageslicht, angelehnt nur, sah meine ausgestreckte Hand, die die Tür aufstoßen wollte, und hörte das Summen der Fliegen. Ich faßte an mein Kinn und fühlte das nunmehr tote, aber warme Fleisch in meinem Gesicht.

»Daß Licht brannte, konnte ich schon erkennen, als ich um die Ecke bog. Und dann hab ich sie gesehen. Sie haben mich nicht bemerkt. Sie hatten nur Augen für einander. Ich wollte mir das eigentlich gar nicht ansehen. Aber ich war wie angewurzelt. Ich mußte einfach hingucken.« Er kam von links wieder in mein Blickfeld. »Sie sind dann irgendwann nach hinten gegangen, ins Schlafzimmer. Sie zuerst. Ich weiß nicht, warum ich dann nicht wieder nach Hause gegangen bin.« Er trat ans Fenster und sah hinaus. Oder starrte er nur auf die Lamellen, die den blauen Himmel in Scheiben schnitten? Draußen schien die Sonne. Ich wünschte mich auf die Waldlichtung.

»Ich hab mich hinter ein paar Büschen verkrochen. Irgendwann kam sie ins Wohnzimmer. Allein. Sie nahm ihre Sachen und ging. Er hat sie nicht an die Tür gebracht. Sie ging an mir vorbei, mit hoch erhobenem Kopf und ganz langsam zuerst, dann immer ein bißchen schneller, bis ich ihre Schritte nicht mehr hören konnte. Ich hab noch ein bißchen gewartet. Dann bin ich aufgestanden und reingegangen.«

»Hör doch bitte auf«, flehte ich Rüdigers Rücken an, mühsam artikulierend, da ich mittlerweile auch meine Lippenbewegungen nicht mehr recht kontrollieren konnte. Ich wollte nicht hören, was sich danach ereignet hatte, es mir nicht vorstellen müssen, nicht darum wissen.

Er schien mich nicht gehört zu haben. »Ich bin ins Wohnzimmer gegangen und hab nach Heiner gerufen. ›Moment‹, hat er gebrüllt. Dann kam er ins Zimmer. Er war nackt, hatte nur ein Badetuch um die Hüften. Ob ich vorhin schon mal geklingelt hätte, wollte er wissen. Ich hab nein gesagt, weil, na ja, er sollte nicht wissen, daß ich sie beobachtet hatte. Es war mir peinlich. Man macht so was einfach nicht. Und dann sagte er: ›Schön, daß du da bist.‹«

Die Jalousie bebte, als Rüdiger seine Stirn gegen das Fenster drückte, ungeachtet der scharfkantigen Lamellen, die sich zwischen ihm und der Scheibe befanden. Das hektische Gerassel ging in ein leises Rascheln über, je weiter die Erschütterung nach oben und unten ausstrahlte.

Rüdiger sprach jetzt gegen das Glas, leiser und eindringlicher als zuvor, aber immer noch nur allzu verständlich. »Er hat mir den Wein aus der Hand genommen. ›Den machen wir gleich auf‹, hat er gesagt. Wir sind dann in die Küche gegangen. Die Schlafzimmertür stand offen, und ich hab gesehen, daß das Bett zerwühlt war. Wir haben uns in der Küche immer auf denselben Stühlen gegenübergesessen. Wir haben einen Schluck getrunken. Auf dem Weg hierher hätte ich eine alte Mitschülerin getroffen, Ruth Riemenschneider, erzählte ich ihm. ›Du bist mit ihr zur Schule gegangen?‹ hat er gefragt und gelacht. ›Sie ist gerade weggegangen‹, hat er gesagt, als wenn das das Selbstverständlichste von der Welt wär. Dann hat er mir erzählt, woher er sie kannte, daß sie mal ein Verhältnis miteinander hatten und so weiter. Ich hab ihn nur angestarrt. ›Das hat doch mit Anne nichts zu tun‹, hat er gleich gesagt, weil er sich denken konnte, daß ich das nicht gutheiße. Ich meine, wie kann man so was tun, wenn man mit Anne zusammen ist? Und irgendwie fand ich es auch der anderen gegenüber nicht richtig, obwohl die ja im Prinzip schuld dran war. Heiner hat immer alles so leicht genommen. Das war wohl das, was Anne so an ihm gemocht hat. Heiner wollte dann wissen, ob ich was Besonderes auf dem Herzen hätte oder ob er erst duschen gehen könnte. Er wußte ja, woher ich kam. ›Das Übliche‹, hab ich gesagt, aber er ist dann trotzdem sitzengeblieben.«

Es schepperte nicht aufs neue, als Rüdiger sich ganz langsam aufrichtete. Alles blieb still, bis auf den Wasserhahn. Er drehte sich nicht um, stand einfach nur da und ließ die Arme herunterhängen.

»Ich hab mich seitdem oft gefragt, was passiert wär, wenn er einfach ins Bad gegangen wäre. Oder wenn ich auf Anne gehört hätte. ›Du mußt dem Alten nicht die Ehre geben‹, hat sie gesagt. ›Er hat es nicht verdient. Es ist dein Samstagabend. Tu dir das nicht an, Rüdi. Mach's wie ich.‹ Vielleicht wär alles noch wie früher, wenn ich das nur fertiggebracht hätte. Aber das hab ich nicht. Und Heiner ist sitzengeblieben.«

Rüdiger nahm seine Wanderung wieder auf, immer um mich herum. »›Na, erzähl schon‹, hat er gemeint und uns beiden nachgeschenkt. Also hab ich erzählt, auch von den Hochzeitsplänen, die mein Vater mit Anne und Heiner hatte. Die hab ich mehr als Scherz einfließen lassen. Heiner hat auch sehr gelacht. Er ist aufgestanden, um seine Zigaretten von der Küchenablage zu holen, hat sich dort angelehnt und geraucht. Er schien das wirklich komisch zu finden. ›Sag deinem Alten, daß es ganz so aussieht, als ob aus seiner Tochter und mir was werden könnte. Sag ihm aber bitte auch, daß wir ihm in unseren Plänen noch etwas hinterherhinken‹, hat er zu mir gesagt.«

Der Wasserhahn tropfte in die langen Pausen zwischen den Sätzen, die Rüdiger nur noch mühsam herausbrachte. »Dann wurde

Heiner plötzlich ernst. Ich sei der erste, der es erfährt. Er hätte die Möglichkeit, in Hannover eine Stelle zu kriegen. Und da gäb's so 'ne Band, die Anne sofort als Sängerin nehmen würde. ›Und wenn wir hingehen, gehen wir gemeinsam‹, hat er gesagt.«

Rüdiger tauchte in immer kürzeren Abständen in meinem Blickfeld auf. »Es ging dann alles so schnell. Er hat mich so ungläubig angesehen. Der zweite Stich war, glaube ich, schon tödlich. Es kann nicht lange gedauert haben. Das Messer war sehr scharf. Kein Brotmesser, Paula, du hast es doch gesehen. Ein richtiges Fleischmesser mit einer Spitze vorne dran. Ich hab's ihm selber geschenkt. Weil er doch das Fleisch immer mit so ungeeigneten, stumpfen Dingern zerfasert hat.«

Ich schloß die Augen. »Rüdiger«, sprach ich ihn zaudernd und ein wenig schleppend an, »Heiner hat aber im Schlafzimmer gelegen ...« Tastend fuhr ich mir mit der Zungenspitze über den noch unbehandelten Zahn oder glaubte zumindest, dies zu tun. Auf einmal waren seine Schritte nicht mehr zu hören.

»Ja«, hörte ich ihn von irgendwo rechts. »Ich konnte ihn doch nicht auf dem Küchenfußboden liegenlassen. Ich hab den Duschvorhang geholt und ihn darauf ins Schlafzimmer geschleppt. Im Flur ist dann doch was runtergelaufen. Eigentlich hätte ich ihn gern aufs Bett gelegt, aber das hab ich nicht geschafft. Aber vor dem Bett war wenigstens der weiche Teppich. Dann hab ich ihm den Schal umgebunden. Das macht man so, damit der Mund nicht aufklafft. Die Hände hab ich ihm auch zu falten versucht. Ich weiß nicht, warum. Er war ja nicht gläubig. Ich weiß nicht. Anschließend hab ich saubergemacht. Soweit das eben geht. Es läßt sich letztlich immer rekonstruieren, wie es passiert ist. Aber ich wollte nicht einfach so gehen. Ich wollte die Küche nicht so hinterlassen. Heiners Handtuch und mein Hemd hab ich in eine Tüte gesteckt und hinterher mitgenommen. Ich hab ein frisches von Heiner übergezogen. Das abgewaschene Messer hab ich aufs Bett gelegt, wegen Ruth. Ich hab gehofft, wenn sie denken, daß sie es war, könnte doch noch alles wieder so werden wie vorher. Oder doch wenigstens fast.«

Ich hörte, wie er aufschluchzte, und öffnete die Augen. Er stand mit dem Rücken zu mir, hatte die Schultern hochgezogen und die Finger in seine Oberarme gekrallt. »Hast du dieses Hemd noch angehabt, als du ...«, wisperte ich. Eine Hälfte meiner Unterlippe hing herunter oder fehlte ganz. Sehr lange war wieder nur der Wasserhahn zu hören.

Als ich schon dachte, daß Rüdiger endgültig verstummt sei, antwortete er. »Nein, ich bin nach Hause gegangen und hab mich noch mal umgezogen. Ich bin dann gleich wieder weg, weil«, er stöhnte, »es mag dir abstrus erscheinen, aber weil ich unter Menschen sein wollte.« Mit, wie es schien, enormer Anstrengung wandte er sich um und sah mich an. Seine Züge waren nicht mehr nur bleich, übernächtigt und ausgelaugt. Rüdiger war vollkommen zerstört. Und das hatte nichts mit den beiden tiefen Furchen zu tun, die sich durch den Kontakt mit den Lamellen in seine Stirn gekerbt hatten. »Es tut mir leid, daß ich dich mit all dem belastet habe. Aber ich kann nicht mehr. Ich möchte einfach nur mal wieder schlafen. Anne kann ich mich nicht anvertrauen. Ich kann ihr kaum mehr in die Augen sehen. Sie hat ihn so sehr geliebt. Daran hab ich erst viel zu spät gedacht.« Er schloß nun seinerseits kurz die Augen. »Ich wollte es nicht zum ersten Mal denen von der Kripo erzählen müssen. Früher oder später werden sie wieder bei mir auftauchen. Und ich bin froh darüber.« Sein Lächeln war ebenso erleichtert wie abwesend.

Mir wäre es entschieden lieber gewesen, er hätte seine Geschichte gleich Klingelhöfer und dessen Aufnahmegerät erzählt. Erst allmählich dämmerte mir, wie ungeheuerlich und absurd sie war. »Du hast Heiner umgebracht, damit sie nicht weggehen konnten?« fragte ich fassungslos.

Seine schwarzen Augen, die unnatürlich groß erschienen, schimmerten feucht. Er sah weg und nahm seine enervierende Wanderung wieder auf. »Heiner war der einzige wirkliche Freund, den ich jemals hatte. Ich hatte nie das Gefühl, daß ich ihm etwas beweisen muß. Bei meinem Vater ist das ganz anders. Ich kann es ihm nie recht machen, egal, was ich tue. Obwohl ich immer alles gemacht hab, was er von mir erwartet hat.« Er lachte höhnisch auf. »Nicht, daß ich mir erträumt hätte, überhaupt in einem derartigen

Kaff zu landen ...« Irgendwo, wo ich ihn nicht sehen konnte, blieb er stehen. »Anne und ich haben uns schon als Kinder immer ausgemalt, wie wir zusammen auswandern würden. Aber Anne war ja hier. Deshalb hatte ich eigentlich gar nichts dagegen, zurückzukommen und die Praxis zu übernehmen. Sie ist nun mal der wichtigste Mensch in meinem Leben. Sie ist so stark und stand immer kompromißlos auf meiner Seite. Ich war so froh, daß sie und Heiner sich auf Anhieb verstanden haben. Als sie dann ein Paar waren, hab ich befürchtet, daß sie mich ausschließen würden. Aber es war ja nicht so. Im Gegenteil. Wir haben alle drei bekommen, was wir brauchten. Und als Heiner dann sagte, daß sie beide weggehen würden ...« Seine Stimme zitterte. »Ich wollte nicht allein zurückbleiben. Was soll ich denn hier ohne Anne? Ich hab sie doch nie betrogen. Aber sie geht trotzdem nach Hannover, auch ohne Heiner oder gerade deswegen. Sie will ihre Energie nicht mehr darauf verschwenden, sich gegen unseren Vater aufzulehnen. Sie will endlich ihr eigenes Leben leben. Und ich soll das auch tun. Das hat sie vorgestern gesagt.«

Seine Schritte näherten sich von hinten. Plötzlich lagen seine Hände links und rechts von meinem Hals. »Es ist alles so sinnlos gewesen«, wimmerte er.

Zitternd schälte ich mich aus dem erhöhten Sitz, bis meine Füße wieder auf dem Boden standen.

»Bitte, Paula«, sagte Rüdiger mit gequälter, aber ruhiger Stimme, »sag du es diesem Klingelhöfer. Damit es endlich ein Ende hat. Nur, ruf bitte nicht von der Praxis aus an. Mein Vater, die Patienten, du weißt ...«

Er hatte nicht aufgesehen und verharrte in gebückter Haltung auf die Rückenlehne des Zahnarztstuhles gestützt. Die Tränen liefen ihm übers Gesicht, als ich wortlos den Raum verließ.

Und dann rannte ich wie nie zuvor in meinem Leben.

Epilog

Das Loch in meinem Zahn wird immer größer. Mein Arbeitsexemplar hat sich wieder angefunden. Es stand in der Krimiabteilung meines Regals, eingeordnet unter dem Buchstaben H. Der Computer steht jetzt auf meinem Schreibtisch. Als erstes habe ich einen Antrag auf Stundung meiner Bafög-Schulden geschrieben. Unsere Mahlzeiten nehmen wir am neuen Eßtisch in der Küche ein.

Martin hat viel freie Zeit. Er nutzt sie zum Blanchieren und Einfrieren von Zucchini.

Marco ist nicht von der Schule geflogen.

Dafür hat Bernhard einen Versetzungsantrag gestellt.

Kathrin wohnt nicht mehr bei uns.

Norbert liegt im Krankenhaus. Er hat an einem Freitagabend einen Autounfall gehabt.

Andi hat sich in einen Sportlehrer verliebt. Er ist blond, und seine Eltern besitzen einen Weinladen.

Melanie braucht eine frische Dauerwelle.

Tanja braucht einen neuen Ausbildungsplatz.

Anne und Heino leben jetzt in einer Wohngemeinschaft in Hannover. Ruth ist im Urlaub.

Und Rüdiger –

Kommissar Klingelhöfer ist mir gram. Er hat allen Ernstes erwartet, daß ich ihm von Ruth erzähle. Und das, obwohl sie sie auch alleine gefunden haben. Als ich außer Atem auf der Wache einlief, waren sie gerade dabei, ihr den Mord anzuhängen. Specht brachte mich unverzüglich ins frisch *gebutzde* Vernehmungszimmer, wo man selbdritt Kaffee trank. Es war natürlich alles ein einziges Mißverständnis. Als die Polizei bei ihr aufkreuzte, hatte Ruth gedacht, sie hätte das mir zu verdanken. Leider hat sie das auch gesagt. Selbst Steinmetz hat mir vorgeworfen, die polizeilichen Ermittlungen behindert zu haben. Er hat sogar für einen Moment die Contenance verloren und mich geduzt.

Im übrigen heißt er Stephan.

Viele der kursiv gesetzten Textstellen in diesem Buch sind nicht von uns. Unser Dank gilt Drafi Deutscher, Bonnie Tyler, Elfi Graf, Manfred Mann, William Goldmann, Joan Hess und selbstverständlich Theodor Fontane.

Für wertvolle Tips und Anregungen danken wir unseren malträtierten Erstfassungslesern Jochen Buschmann, Gesa Coordes, Andrea Geldmacher, Sibylle Heilmann, Martin Hummel, Martin Leutz, Ulla Merle, Anneliese Pachali, Eva Profousová, Marianne Prost, Beate Smandek, Kaspar Steinhoff und Eva Zwach.

Für Informationen musikalischer und anderer Art sind wir Markus A. Ebeling, Karl Heinz Ernst und Martin Leutz verbunden.

Unser spezieller Dank für Speis und Trank sowie Geduld in harter Zeit gebührt J. J. E. W.-E.

Maria Benedickt

Ein Hund in Teufels Küche

Roman

Band 13720

Aus beruflichen Gründen fährt Margi, eine junge Übersetzerin aus Wien, in Begleitung ihres Hundes Bärli nach Paris. Dort trifft sie ihre alte Freundin Bea wieder, die Merkwürdiges zu berichten hat: Vor wenigen Tagen war sie vor ihrer Haustür Zeugin einer wilden Verfolgungsjagd geworden, in deren Verlauf der Verfolgte, ein junger Chinese namens Zhan, sie darum bat, sich bei ihr verstecken zu dürfen. Kurze Zeit später verschwindet Bea auf rätselhafte Weise. Von Bärli tapfer und ab und zu bißkräftig unterstützt, versucht Margi herauszufinden, was passiert ist, und begreift sehr bald, daß sie es mit einer Bande von Drogendealern zu tun hat, die vor nichts zurückschrecken. Eine gefährliche Jagd quer durch Pariser Gassen, Märkte und den Bois de Vincennes beginnt ...

Fischer Taschenbuch Verlag

fi 2253 / 1

Maria Benedickt

Blutrotes Passepartout

Roman

Band 13943

Die 33jährige Passepartout-Schneiderin Margo Varese hat das zweite Gesicht. Seit ihrer Kindheit kann sie in unkontrollierbaren Schüben in die Köpfe von anderen Menschen eindringen. Ihre Gabe löste vor Jahren einen Skandal aus, als sie in einer Wiener Straßenbahn scheinbar ohne jeden Grund einen Mann bewußtlos schlug. Nur ihre Großmutter weiß den Grund dafür, nämlich daß Margo sich in einem plötzlichen Schub im Kopf des Mannes wiederfand, als er sich ausmalte, wie er sie mit seinem Gürtel erdrosseln wollte. Das ist einige Jahre her, und nun verbringt sie mit ihrer Großmutter den Urlaub in ihrem Heimatort, dem niederösterreichischen Herbeckstein. Margo mied den Ort lange Zeit, weil das Opfer ihres Angriffs, Heinrich Gruber, gleich im Nachbardorf lebt. Kurz nach ihrer Ankunft wird eine Frauenleiche gefunden. Margo ist sicher, daß Gruber der Mörder ist. Sie legt sich einen riskanten Plan zurecht, der prompt schiefgeht. Unweigerlich müßte sie sein nächstes Opfer werden – hätte da nicht die respektlose Großmutter ein Wort mitzureden.

Fischer Taschenbuch Verlag

fi 1591 / 4

Maria Benedickt
Fräulein Gloria geht baden
Roman

Band 13942

Die unscheinbare Gloria Wehling hat sich längst daran gewöhnt, von allen übersehen zu werden. Tagsüber arbeitet sie als Rezeptionistin in einem Wiener Großbüro, abends schreibt sie an ihrer Diplomarbeit in Sinologie. Sie hat eine erträgliche Balance zwischen dem Job, ihrer Forschungsarbeit und langen, heißen Entspannungsbädern gefunden, die ins Wanken gerät, als es Frühling wird. Eine seltsame Unruhe erfaßt sie, die bald darauf durch die Entdeckung eines Nachbarn einen konkreten Anlaß bekommt: Ein Spanner beobachtet sie vom Haus gegenüber. Kurze Zeit später zischt bei einem Spaziergang ein Projektil an ihrem Kopf vorbei. In Glorias Büro geht eine Bombe hoch. Nur durch Zufall entgeht sie einem Attentat. Jetzt muß sie die Ereignisse wohl oder übel auf sich beziehen. In einer winterlichen Hügellandschaft kommt es zum Showdown. Gloria entdeckt, wer sie beseitigen wollte.

Fischer Taschenbuch Verlag

fi 1626 / 4

Dagmar Kekulé

Paulinas wilde Reiter

Roman

Band 13680

Paulina Hummel, das freche Mädchen mit dem zarten Gemüt, das sich schon als Jugendliche für andere stark machte, bleibt auf ihrem Weg. Ungebrochen ist ihr Sinn für Gerechtigkeit und ihre Schwäche für Außenseiter der Gesellschaft. Während sie auf einen Studienplatz wartet – Berufsziel: Psychotherapeutin –, geht sie auf Jobsuche. Die Zufallsbekanntschaft mit dem unkonventionellen Strafverteidiger Wenzel Fürchtegott erweist sich als Glücksfall. Paulina wird seine rechte Hand. Die Verbindung von Fachwissen und Phantasie bewährt sich in der Mordsache Remick. Ein junger Mann steht unter Verdacht, seinen Stiefvater ermordet zu haben. Alles spricht gegen ihn. Selbst Fürchtegott hält seinen Mandanten für schuldig. Nur Paulina sieht das anders. Einer ihrer tollkühnen Einfälle – jenseits von Gesetz und Ordnung – birgt die Lösung des Problems.

Fischer Taschenbuch Verlag

fi 2251 / 1

Isabel-Clara Simó

Wie ein dunkler Schatten

Roman

Aus dem Katalanischen von Elisabeth Brilke

Band 13674

Die tödliche Langeweile der fünfzigjährigen kinderlosen Hausfrau Sara findet ein jähes Ende, als die Polizei sie eines Tages mit der Leiche ihres Ehemannes Oscar konfrontiert. Nicht nur weil der Anblick mehr als unappetitlich ist, weint Sara ihrem Oscar im wahrsten Sinne des Wortes keine Träne nach. Im Grunde hatte sein Mörder ihr sogar ungewollt einen langgehegten Wunsch erfüllt. Seit Jahren schon nahm ihr Oscars hinterhältige, hochmütige, unerträgliche Kleingeistigkeit, Phantasielosigkeit und Knauserigkeit die Luft zum Atmen. Und doch erweist sich Oscar, der kleine Versicherungsangestellte, im nachhinein als wahrer Zauberkünstler: Er hinterläßt seiner Frau Sara ein riesiges Vermögen!
Diese könnte nun – wie bisher – den Dingen ihren Lauf lassen und den Rest ihres Lebens endlich in Freuden genießen. Wenn nicht die Hinweise des sympathischen, hilfsbereiten Polizeiinspektors und ihr Mitleid mit der jungen, unschuldigen Sekretärin Vera wären. Sara beschließt, nicht zu ruhen, bevor sie Oscars Geheimnis aufgedeckt hat.

Fischer Taschenbuch Verlag

fi 2092 / 5

Alexandra von Grote

Die unbekannte Dritte

Roman

Band 13958

Eine Deutsche wird in der Provence erschossen. Die Berliner Kommissarin Florence Labelle fährt aufgrund eines Amtshilfeersuchens ihrer französischen Kollegen an den Ort des Geschehens. Die Aufklärung des Falles erweist sich als schwierig und delikat, denn als ehemalige Geliebte der Ermordeten gehört die bekannte Schlagersängerin Cathérine Volet, Nichte des französischen Präsidenten, zu den Hauptverdächtigen. Doch auch andere hätten ein Motiv gehabt, den Mord zu begehen: Die Tote hatte viele Geheimnisse und eine dunkle Vergangenheit. Als eine unbekannte Dritte auftaucht, fällt es Florence wie Schuppen von den Augen.

Fischer Taschenbuch Verlag

fi 4002 / 7

Anna Johann

Ihr erster Auftrag

Roman

Band 13535

Sabine Reichert hätte sich nie träumen lassen, eines Tages eine Detektei zu besitzen. Doch da sie seit ein paar Monaten arbeitslos ist und ihr Freund sie gerade verlassen hat, nimmt sie die Herausforderung an. Gleich ihr erster Auftrag verwickelt sie in einen höchst brisanten Fall: Plutoniumschmuggel. Sie löst ihre Aufgabe zur vollen Zufriedenheit des Auftraggebers, ohne jedoch die Zusammenhänge zu durchschauen. Die Hintergründe deckt ihre alte Schulkameradin Anna Wagner auf, eine engagierte Journalistin, die sehr bald die Verantwortlichen benennen kann. Doch ihr glaubt man nicht. In diesem spannenden und unterhaltsamen Roman geht es nicht so sehr um die Frage, wer was warum getan hat und wie man ihm auf die Schliche kommt, sondern vor allem um die beiden Freundinnen, die in die mysteriösen Aktionen verwickelt werden und denen ihr Privatleben und ihre Beziehungskonflikte immer wieder in die Quere kommen.

Fischer Taschenbuch Verlag

fi 2017 / 6

Barbara Dobrick

Sommertheater

Roman

Band 13894

Die 42jährige Rundfunkjournalistin Susanne Quast wird zur Kontaktperson im Entführungsfall der Enkelin von Seebrandt Kleinschmidt, einem Hamburger Unternehmer. Knapp drei Spätsommerwochen lang wird das Leben der Kulturjournalistin durch die Entführungsgeschichte durcheinandergewirbelt. Ganz unpassend ist also der Zeitpunkt für weitere Aufregungen, die Susannes Mutter auslöst. Sie eröffnet ihr Einzelheiten über sich und ihren verstorbenen Ehemann, die Susanne das Gefühl geben, ihre Lebensgeschichte völlig überdenken zu müssen. Während der Woche lebt sie allein in Hamburg. Die Wochenenden verbringt sie in Krayenhude bei ihrer Freundin Telse und deren Mann Viktor. Telse ist eine extrovertierte, beherzte Lehrerin, die es schwer hat mit ihrem phantasievollen, aber ziemlich eigenbrötlerischen Ehemann. Als sie hört, daß Susanne das Lösegeld für die Enkelin von Kleinschmidt übergeben soll, läßt sie sich nicht davon abhalten, ihre Freundin auf dieser aufregenden Fahrt zu begleiten.

Fischer Taschenbuch Verlag

fi 746 / 7